死水微瀾

李劼人——著

上至官紳洋人，
下至土匪暗娼，描寫平凡人的生存樣態

寫盡社會黑暗的現實主義小說，
李劼人以文字反映時代

目錄

第一部分　序幕

第二部分　在天回鎮

第三部分　交流

第四部分　興順號的故事

第五部分　死水微瀾

第六部分　餘波

第一部分
序幕

一　早眠

至今快四十年了，這幅畫景，猶然清清楚楚的擺在腦際：

天色甫明，隔牆靈官廟剛打了曉鐘，這不是正好早眠的時節？偏偏非趕快起來不可，不然的話，一家人便要向你做戲了；等不及洗臉，又非開著小跑趕到學堂 —— 當年叫做學堂，現在叫做私塾。—— 去搶頭學不可，不然的話，心裡不舒服，也得不到老師的誇獎。睡眠如此不夠的一個小學生，既噪山雀兒般放開喉嚨喊了一早晨生書，還包得定十早晨，必有八早晨，為了生書上得太多，背不得，腦殼上挨幾界方，眼皮著糾得生疼，到放早學回家，吃了早飯再上學時，胃上已待休息，更被春天的暖氣一烘，對著疊了尺把厚的熟書，安得不眉沉眼重，萬分支持不住，硬想伏在書案上，睡一個飽？可是那頂討厭，頂討厭，專門打人的老師，他卻一點不感疲倦，撐起一副極難看的黃銅邊近視眼鏡，半蹲半坐在一張絕大絕笨重的舊書案前，拿著一條尺把長的木界方，不住的在案頭上敲；敲出一片比野貓叫還駭人的響聲，駭得你們硬不敢睡。

還每天如此，這時必有一般載油、載米、載豬到殺房去的二把手獨輪小車，—— 我們至今稱之為雞公車，或者應該寫作機工車，又不免太文雅了點 —— 從四鄉推進城來，沉重的車輪碾在紅砂石板上，車的軸承被壓得放出一派很和諧，很悅耳的「咿咿呀呀！咿呀！咿呀！」

咿呀？只管是單調的嘶喊，但在這時候簡直變成了富有強烈性的催眠曲！老師的可憎面孔，似乎離開了眼睛，漸遠漸遠，遠到彷彿黃昏時候的人影；界尺聲也似乎離開了耳朵，漸細漸細，細到彷彿初夏的蚊子聲音，還一直要推演到看不見聽不見的境界。假使不是被同桌坐的年紀較大的同學悄悄推醒，那必得要等老師御駕親征，拿界方來敲醒的了。

雖只是一頓時的打盹，畢竟算過了癮。夫然後眼睛才能大大睜開，喊熟書的聲音才能又高又快，雖是口裡高喊著「天地元黃」，「粗陳四字」，說老實話，眼裡所看的，並不是千字文、龍文鞭影，而清清楚楚的是一片黃金色的油菜花，碧油油的麥苗，以及一灣流水，環繞著喬木森森，院牆之內，有好些瓦屋的墳園。

至今還難以解釋，那片距城約莫二十來裡的墳園，對於我這個生長都市的小孩子，何以會有那麼大的誘惑！回憶當年，真個無時無刻不在想它，好像戀人的相思，尤其當春天來時。

在私塾讀書，照規矩，從清早一直到打二更，是不許休息的，除了早午兩餐，不得不放兩次學，以及沒法禁止的大小便外；一年到頭，也無所謂假期，除了端陽、中秋，各放學三天，過年放半個月，家裡有什麼婚喪祝壽大事，不得不耽擱相當時日外。倘要休息，只好害病。害病豈非苦事？不，至少在書不溜熟而非背通本不可之時。但是病也是不容易的，你只管禱告它來惠顧你，而它卻不見得肯來。這只好裝病了，裝頭痛，裝肚子痛，暫時誠可以免讀書之苦，不過卻要裝著苦相，躺在床上，有時還須吃點不好吃的苦水，還是不好！算來，唯有清明節最好了，每年此際，不但有三天不讀書，而且還要跑到鄉下墳園去過兩夜。這日子真好！真比過年過節，光是穿新衣服，吃好東西，放潑的玩，放潑的鬧，還快活！快活到何種程度！仍舊說不出。

只記得同媽媽坐在一乘二人抬的，專為下鄉，從轎鋪裡雇來的鴨篷轎裡，剛一走出那道又厚又高的城門洞，雖然還要走幾條和城裡差不多同樣的街，才能逐漸看見兩畔的鋪面越來越低、越小、越陋，也才能看見鋪面漸稀，露出一塊一塊的田土，露出塵埃甚厚的大路，露出田野中間一叢叢農莊上的林木，然而鼻端接觸到那種迥然不同的氣息，已令我這個一年只有幾度出城，而又富有鄉野趣味的孩子，恍惚起來。

啊！天那麼大！地那麼寬，平！油菜花那麼黃，香！小麥那麼青！清澈見底的溝水，那麼流！流得響，並且那麼多的竹樹！遼遠的天邊，橫抹著一片山影，真有趣！

二　墳園

這一年，墳園裡發現了奇事。

自從記得清楚那年起，每同爹爹、媽媽、大姐、二姐到墳園來時，在門口迎接我們的，老是住在旁邊院子裡的一對老夫婦。看起來，他兩個似乎比外公、外婆還老些，卻是很和藹，對人總是笑嘻嘻的一點不討厭，並且不像別的鄉下人髒。老頭子頂愛抱著我去看牛看羊，一路逗著我玩，教我認樹木認野花的名字，我覺得他除了葉子煙的臭氣外，並沒有不乾淨的地方。老太婆也乾淨利爽，凡她拿來的東西，大姐從沒有嫌厭過，還肯到她院子裡去坐談，比起對待大舅母還好些。

這一年偏怪！我們的轎子到大門口時，迎著我們走到門口的，不是往年的那對老人，而是一個野娃娃 —— 當時，凡不是常同著我們一塊玩耍的孩子，照例給他個特殊名稱：野娃娃。 —— 同著一個高高的瘦瘦的打扮得整齊的年輕女人。那女人，兩頰上的脂粉搽得很濃，笑瞇了眼睛，露出一口細白牙齒，高朗的笑道：「太太少爺先到了！我老遠就看清楚了是你們。媽還說不是哩。」

媽媽好像乍來時還不甚認得她，到此，才大聲說道：「啊呀，才是你啦，鄧玄姐，我爭點兒認不得你了。」

媽媽一下轎子，也如回外婆家一樣，顧不得打發轎伕，顧不得轎裡東西，轉身就向那女人走去。她原本跟著轎子走進了院壩，腳小，搶不贏轎伕。

媽媽拉袖子在胸前拂著回了她的安道：「聽說你還好嘍，取玄姐！……果然變了樣兒，比以前越好了！……」

「太太，不要挖苦我了，好啥子，不過飯還夠吃。太太倒是更發福了。少爺長高了這一頭。還認得我不？」

我倒彷彿看見過她，記不起了，我也不必去追憶；此刻使我頂感趣味的，就是那個野娃娃。

這是一個比我似乎還大一點的男孩子。眼眶子很小，上下眼皮又像浮腫，又像肥胖。眼珠哩，只看得見一點兒，又不像別些孩子們的眼珠。別些人的都很活動，就不說話，也常常在轉。大家常說錢家表姐生成一對呆眼睛，其實這野娃娃的眼睛才真呆哩！他每看一件甚麼東西，老是死呆呆的，半天半天，不見他眼珠轉一轉。他的眉毛也很粗。臉上是黃焦焦的，乍看去好像沒有洗乾淨的樣兒。一張大嘴，倒掛起兩片嘴角，隨時都像在哭。

那天，有點太陽影子，晒得熱烘烘的。我在轎子裡，連一頂青緞潮金邊的瓜皮小帽，尚且戴不住，而那個野娃娃卻戴了頂青料子做的和尚帽，腦後拖一根髮辮，有大指粗細。身上沒有我穿得好，可是一件黃綠色的厚洋布棉襖，並未打過補釘，只是倒長不短的齊到膝頭，露出半截青布夾褲，再下面，光腳穿了雙缸青布朝元鞋。

三　乾淨

兩個房間都打開了，仍是那樣的乾淨。這點，我就不大懂得，何以關鎖著的房間，我們每年來時，一打開，裡面總是乾乾淨淨的，四壁角落裡沒一點兒灰塵蛛網，地板也和家裡的一樣，洗得黃澄澄的，可以坐，可以打滾？萬字格窗子用白紙糊得光光生生。桌、椅、架子床都抹得發光。我們帶來的東西，只須放好鋪好，就合適其宜了。不過每年來時，爹爹媽媽一進房門，總要向那跟腳走進的老頭子笑道：「難為你了，鄧大爺！又把你們累了幾天了！」

堂屋不大，除了供祖先的神龕外，只擺得下兩張大方桌。我們每年在此地祭祖供飯，以及自己一家人一日兩餐，從來都只一桌。大姐說，有一年，大舅、大舅母、二舅、三姨媽、么姨媽、錢表姐、羅表哥，還有幾個甚麼人，一同來這裡過清明，曾經擺過三桌，很熱鬧。她常同媽媽談起，二姐還記得一些，我一點都記不得了。

堂屋背後，是倒坐廳。對著是一道厚土牆。靠牆一個又寬又高的花臺，栽有一些花草。花臺兩畔，兩株紫荊，很大；還有一株木瓜，他們又喚之為鐵腳海棠，喚之為杜鵑。牆外便是墳墓，是我們全家的墳墓。有一座是石條砌的邊緣，壘的土極為高大，說是我們的老墳，有百多年了。其餘八座，都要小些；但墳前全有石碑石拜臺。角落邊還有一座頂小的，沒有碑，也沒有拜臺，說是老王二爺的墳。老王二爺就是王安的祖父，是我們曾祖父手下一名得力的老家人，曾經跟著我們曾祖父打過藍大順、李短褡褡，所以死後得葬在我們墳園裡。

墳園很大，有二三畝地。中間全是大柏樹，頂大的比文廟，比武侯祠裡的柏樹還大。合抱大�樹也有二十幾株。濃蔭四合，你在下面立著，好像立在一個碧綠大幄之中似的。爹爹常說，這些大樹，聽說在我們買為墳地之前，就很大的了。此外便是祖父手植的銀杏與梅花，都很大了。沿著活水溝的那畔，全是榿木同楝樹，枝葉扶疏，極其好看。溝這畔，是一條又密又厚又綠的鐵蒺藜生垣。據說這比甚麼牆柵還結實。不但賊爬不進來，就連狗也鑽不進來。

狗，鄧大爺家倒養有兩隻又瘦又老的黑狗。但是牠們都很害怕人，我們一來，都躲了；等到吃飯時，才夾著尾巴溜到桌子底下來守骨頭。王安一看見，總是拿窗棍子打出去。

墳園就是我們的福地，在學堂讀書時，頂令人想念的就是這地方。二姐大我三歲，一到，總是我們兩個把臉一洗了，便奔到園裡來。在那又青又嫩的草地上，跳躍、跑、打滾。二姐愛說草是清香的，「你不信，你爬下去聞！」不錯，果真是清香的。跳累了，就仰睡在草地上，從蒼翠的枝葉隙中，去看那彩雲映滿的天；覺得四周的空曠之感，好像從肌膚中直透入臟腑，由不得你不要快活，由不得你不想打滾。衣裳滾皺了，髮辮滾毛了，通不管。素來把我們管得比媽媽還嚴的大姐，走來給我們整理衣裳髮辮時，也不像在家裡那樣氣狠狠的，只是說：「太煩了！」有時，她也在草地上坐下子，她不敢跳，不敢跑，她是小腳，並且是穿的高底鞋。

這一年到來，卻與往年有點不同，因為平空添了一個鄧幺姐，同一個野娃娃——她的兒子。

四　指頭

野娃娃被我看得不好意思，一根指頭塞在嘴裡，轉到他媽的背後，挽著她的圍裙。我偏要去看他，他偏把一張臉死死埋在他媽的圍裙上。他媽只顧跟我們的媽媽說話，一面向堂屋裡走，他也緊緊的跟著。

爹爹的轎子到了，大姐二姐同坐的轎子也到了，王安押著挑子也到了。人是那麼多，又在搬東西，又在開發轎伕挑夫，安頓轎子。鄧大爺、鄧大娘、同他們的媳婦鄧大嫂又趕著在問好，幫忙拿東西，掛蚊帳，理床鋪。王安頂忙了，房間裡一趟，灶房裡一趟。一個零工長年也喊了來，幫著打洗臉水，掃地。鄧玄姐只趕著大家說話。大姐也和媽媽一樣，一下轎就同她十分親熱起來。

野娃娃一眨眼就不見了。

我告訴二姐：「今天這兒有個野娃娃，鄧玄姐的兒子，土頭土腦的多有趣。」

二姐把眼睛幾眨道：「鄧玄姐的兒子？我像記得。……在那裡？我們找他耍去。」

我們到處找。找到灶房，鄧大嫂已坐在灶門前燒火，把一些為城裡人所難得看見的大柴，連枝帶葉的只管往灶肚裡塞。問我們來做甚麼。我們回說找鄧玄姐的兒子。

她說：「怕在溝邊上罷？那娃兒光愛跑那些地方的。」

溝邊也沒有。鄧大爺在那裡殺雞，零工長年在刮洗我們帶來的臘肉。

我們一直找到鄧大爺住的那偏院，他正憨痴痴的站在廂房檐下一架黃澄澄的風簸箕的旁邊。

我們跳到他身邊。二姐笑嘻嘻的說道：「我都不大認得你了。你叫啥名字呢？」

沒有回答。

「你也不大認得我了嗎？」

沒有回答。

「你幾歲？」

還是沒有回答。並且把頭越朝下埋，埋到只看得見一片狹窄的額頭，和一片圓的而當中有個小孔的青料子和尚帽的帽頂。

我說：「該不是啞巴啦？管他的，拖他出去！」

我們一邊一個，捉住他的手腕，使勁拖。他氣力偏大，往裡掙著，我們硬拖他不動。

鄧大娘不知為找甚麼東西，走進來碰見了。我們告訴她：鄧玄姐的兒不肯跟我們一塊去耍。

她遂向他吆喝道:「死不開眼的強東西！這樣沒出息！還不走嗎？……看我跟你幾耳光！」

二姐擋住她道：「不要打他，鄧大娘！他叫啥名字呀？」

「叫金娃子。……大概跟少爺一樣大罷？……還在唸書哩！你們考他一下，看他認得幾個字。……」

到第二天，金娃子才跟我們玩熟了。雖然有點傻，卻不像昨天那樣又怯又呆的了。

我們帶來了幾匣淡香齋的點心。爹爹過了鴉片菸癮後，總要吃點甜東西的。每次要給我們一些，我們每次也要分一些給金娃子，他與我們就更熟了。

就是第二天的下午罷？他領我們到溝裡去捉小螃蟹。他說，溝裡很多，一伸手就捉得到的。我不敢下水，他卻毫不在意的把朝元鞋一脫，就走了下去。溝邊的水還不深，僅打齊他的膝蓋。他一手挽著棉襖，一手去水裡掏摸，並不如其所言：一伸手就捉得到。他又朝前移兩步，還是沒有。他說，溝的那畔石縫裡多。便直向那畔踩去，剛到溝心，水已把他的夾褲腳打溼了。二姐很耽心的叫他轉來。他一聲不響，仍舊朝前走去，才幾步，一個前撲，幾乎整個跌到水裡，棉襖已著打溼不少。二姐叫喚起來，他回頭說道：「絞乾就是啦！」接著走上溝來，把棉襖夾褲通脫了，裡面只穿了一件又小又短的布汗衣，下面是光屁股。

二姐道：「你不冷嗎？」

「怕啥子！」

「著了涼，要害病，要吃藥的。」

「怕啥子！」

二姐終究耽心，飛跑去找他的媽。他媽走來，另自拿了件衣裳，一條布褲，也不說甚麼，只罵了幾句：「橫刀的！短命的！」照屁股就是一頓巴掌。我幫著二姐把他的媽拉開，他穿衣裳時，眼淚還掛在臉上，已向著我們笑了，真憨得有趣。

五　動刀

兩天半裡頭，鄧玄姐很少做甚麼事。只有第二天，我們在墳跟前磕頭禮拜時，她來幫著燒了幾疊錢紙；預備供飯時，她幫著媽媽在灶房裡做了兩樣菜。——我們家的老規矩：平常吃飯的菜，是夥房老楊做；爹爹要特別吃點好的，或是有客來，便該大姐去幫做；凡是祭祖宗的供飯，便該媽媽帶著大姐做，大半是大姐動刀，媽媽下鍋。——媽媽本不肯的，她說：「太太，我還不是喜歡吃好東西的一個人。你們嘗嘗我的手藝看，若還要得，以後家務不好時，也好來幫太太在灶房裡找件事情做做。」

大姐已洗了手，也慫恿媽媽道：「不要等爹爹曉得就得了。讓鄧玄姐把魚和蹄筋做出來試試。我們也好換換口味，你也免得油煙把袖子薰得怪難聞的。」

媽媽還在猶豫道：「供祖人的事情呀！……」

她已把鍋鏟搶了過去，笑道；「太太也太認真了，我身上是乾淨的呀！」

除此兩件事外，她老是陪著媽媽大姐在說話。也虧她的話多，說這樣，說那樣，一天到晚，只聽見她們的聲氣。

她是小腳，比媽媽與大姐的腳雖略大點，可是很瘦很尖，走起來很有勁。媽媽曾經誇獎過她的腳實在纏得好，再不像一般鄉下女人的黃瓜腳。鄧大娘接口述說，她小時就愛好，在七歲上跟她纏腳，從沒有淘過大神；又會做針線，現她腳上的花鞋，就是她自己做的。

她不但腳好，頭也好，漆黑的頭髮，又豐富，又是油光水滑的。梳了個分分頭，腦後挽了個圓纂，不戴絲線網子，沒一根亂發紛披；纂心扎的是粉紅洋頭繩，別了根白銀簪子。別一些鄉下女人都喜歡包一條白布頭巾，一則遮塵土，二則保護太陽筋，鄉下女人頂害怕的是太陽筋痛；而她卻只用一塊印花布手巾頂在頭上，一條帶子從額際勒到纂後，再一根大銀針將手巾後幅斜別在纂上，如此一來，既可以遮塵土，而又出眾的俏麗。大姐問她，這樣打扮是從那裡學來的。她搖著頭笑道：「大小姐，告訴了你，你要笑的。……是去年冬月，同金娃子的這個爹爹，到教堂裡做外國冬至節時，看見一個洋婆子是這樣打扮的。……你說還好看嗎？」

她的衣裳，也有風致，藕褐色的大腳褲子，滾了一道青洋緞寬邊，又鑲了道淡青博古辮子。裌襖是甚麼料子，甚麼顏色，不知道，因為上面罩了件乾淨的蔥白洋布衫，袖口駝肩都是青色寬邊，又繫了一條寶藍布圍裙。裡外衣裳的領口上，都時興的有道淺領，露出長長的一段項脖，雖然不很白，看起來卻是很柔滑的。

她似乎很喜歡笑，從頭一面和媽媽說話時，她是那麼的笑，一直到最後，沒有看見她不是一開口便笑的。大概她那令人一見就會興起「這女人還有趣」的一種念頭的原因，定然是除了有力的小腳，長挑的身材，俏麗的打扮，以及一對彎豆角眼睛外，這笑必也是要素之一。她自己不能說是毫不感覺她有這長處，我們安能不相信她之隨時笑，隨地笑，不是她有意施展她的長處？

她的臉蛋子本來就瘦，瘦到兩個顴骨聳了出來。可是笑的時候，那搽有脂粉的臉頰上，仍有兩個淺淺的酒渦兒。頂奇怪的就是她那金娃子的一雙死魚眼睛，半天半天才能轉一轉，偏她笑起時的彎豆角眼眶中，卻安了兩枚又清亮又呼靈的眼珠。兒子不像媽，一定像老子了。

她的眉毛不好，短短的，雖然扯得細，卻不彎。鼻梁倒是輪輪的，鼻翅也不大。嘴不算好，口略大，上唇有點翹，就不笑時，也看得見她那白而發亮的齒尖，並且兩邊嘴角都有點掛。金娃子的嘴，活像她。不過他媽的嘴，算能盡其說話之能事，他的哩，恐怕用來吃東西的時候居多了。

她的額窄窄的，下額又尖，再加上兩個高顴骨，就成了兩頭尖中間大的一個臉蛋子。後來聽媽媽她們說來，這叫做青果臉蛋。

她不但模樣不討厭，人又活動，性情也好。說起話來，那聲音又清亮又秀氣，尤其在笑的時節，響得真好聽。媽媽喜歡她，大姐喜歡她，就連王安 —— 頂古怪的東西，連狗都合不來的，對於我們，更常是一副老氣橫秋討人厭的樣子。—— 也和她好。我親眼看見在第二天的早飯後，她從溝邊洗了衣裳回來，走到竹林邊時，王安忽從竹林中跑出，湊著她耳朵，不知說些甚麼，她笑了起來，呸了一口，要走；王安涎著臉，伸手抓住她的膀膊，她便站住了，只是看著王安笑，我故意從灶房裡跑出去找金娃子，王安才紅著臉丟開手走了，她哩，只是笑。

只有爹爹一個人，似乎不大高興她。她在跟前時，雖也拿眼睛在看她，卻不大同她說話。那天供了飯，我們吃酒之際，爹爹吃了兩箸魚，連連稱讚魚做得好，又嫩又有味。他舉著酒杯道：「到底鄉下活水魚不同些，單是味道，就好多了！」媽媽不做聲，大姐只瞅著媽媽笑，二姐口快，先著我就喊道：「爹爹，這魚是鄧玄姐做的。」

爹爹張著大眼把媽媽看著，媽媽微微笑道：「是她做的。我要趕著出來穿褂子磕頭，才叫她代一手。我看她還乾淨。」

爹爹放下酒杯，頓了頓，也笑道：「看不出，這女人還有這樣好本事。……凡百都好。……只可惜品行太差！」

爹爹所說的「品行太差」，在當時，我自然不明白指的甚麼而言。也不好問。媽媽大姐自然知道，卻不肯說。直到回家，還是懵懵懂懂的僅曉得是一句不好的批評。一直到後來若干年，集合各方傳聞，才恍然爹爹批評的那句話，乃是有這麼一段平庸而極普遍的故事。

故事雖然明白，而金娃子業已飛黃騰達，並且與我們有姻婭之誼，當日喊的鄧玄姐，這時要尊稱為姻伯母了。爹爹見著她時，也備極恭敬，並且很周旋她。「品行太差」一句話，他老人家大約久已忘懷了。

第二部分
在天回鎮

一　草鞋

由四川省省會成都，出北門到成都府屬的新都縣，一般人都說有四十里，其實只有三十多里。路是彎彎曲曲畫在極平坦的田疇當中，雖然是一條不到五尺寬的泥路，僅在路的右方鋪了兩行石板；雖然大雨之後，泥濘有幾寸深，不穿新草鞋幾乎半步難行，而晴明幾日，泥濘又變為一層浮動的塵土，人一走過，很少有不隨著鞋的後跟而揚起幾尺的；然而到底算是川北大道。它一直向北伸去，直達四川邊縣廣元，再過去是陝西省的寧羌州、漢中府，以前走北京首都的驛道，就是這條路線。並且由廣元分道向西，是川甘大鎮碧口，再過去是甘肅省的階州、文縣，凡西北各省進出貨物，這條路是必由之道。

路是如此平坦，但是不知從甚麼時代起，用四匹馬拉的高車，竟自在四川全境絕了蹤，到現在只遺留下一種二把手推著行走的獨輪小車；而運貨只有騾馬與挑擔，運人只有八人抬的、四人抬的、三人抬的、二人抬的各種轎子。

以前官員士子來往北京與四川的，多半走這條路。尤其是學政總督的上任下任。沿路州縣官吏除供張之外，便須修治道路。以此，大川北路不但與川東路一樣，按站都有很寬綽很大樣的官寓，並且常被農人侵蝕為田的道路：畢竟不似其他大路，只管是通道，而只能剩一塊二尺來寬的石板給人轎駝馬等行走，而這路還居然保持到五尺來寬的路面。

路是如此重要，所以每日每刻，無論晴雨，你都可以看見有成群的駝畜，載著各種貨物，參雜在四人官轎、三人丁拐轎、二人對班轎、以及載運行李的扛擔挑子之間，一連串的來，一連串的去。在這人流當中，間或一匹瘦馬，在項下搖著一串很響的鈴鐺，載著一個背包袱挎雨傘的急裝少年，飛馳而過，你就知道這便是驛站上送文書的了。不過近年因為有了電報，文書馬已逐漸逐漸的少了。

就在成都與新都之間，剛好二十里處，在錦田繡錯的廣野中，位置了一個不算大也不算小的鎮市。你從大路的塵幕中，遠遠的便可望見在一些黑魆魆的大樹蔭下，像岩石一樣，伏著一堆灰黑色的瓦屋；從頭一家起，直到末一家止，全是緊緊接著，沒些兒空隙。在灰黑瓦屋叢中，也像大海裡濤峰似的，高高突出幾處雄壯的建築物，雖然只看得見一些黃琉璃碧琉璃的瓦面，可是你一定猜得準這必是關帝廟火神廟，或是甚麼宮甚麼觀的大殿與戲臺了。

鎮上的街，自然是石板鋪的，自然是著雞公車的獨輪碾出很多的深槽，以顯示交通頻繁的成績，更無論乎駝畜的糞，與行人所棄的甘蔗渣子。鎮的兩頭，不能例外沒有極髒極陋的窮人草房，沒有將土地與石板蓋滿的穢草豬糞，狗屎人便。而臭氣必然撲鼻，而襤褸的孩子們必然在這裡嬉戲，而窮人婦女必然設出一些攤子，售賣水果與便宜的糕餅，自家便安坐在攤後，共鄰居們談天做活。

不過鎮街上也有一些較為可觀的鋪子，與鎮外情形便全然不同了。即如火神廟側那家雲集棧，雖非官寓，而氣派竟不亞於官寓，門口是一片連三開間的飯鋪，進去是一片空壩，全鋪的大石板，兩邊是很大的馬房。再進去，一片廣大的轎廳，可以架上十幾乘大轎。穿過轎廳，東廂六大間客房，西廂六大間客房，上面是五開間的上官房。上官房後面，一個小院壩，一道短牆與更後面的別院隔斷；而短牆的白石灰面上，是彩畫的福祿壽三星圖，雖然與全部房舍同樣的陳舊黯淡，表白出它的年事已高，但是青春餘痕，終未泯滅乾淨。

這鎮市是成都北門外有名的天回鎮。志書上，說它得名的由來，遠在中唐。因為唐玄宗避安祿山之亂，由長安來南京，——成都在唐時號稱南京，以其在長安之南也。——剛到這裡，便「天旋地轉回龍馭」了。

皇帝在昔自以為是天之子，天子由此回鑾，所以得了這個帶點歷史臭味的名字。

二　火神

鎮街上還有一家比較可觀的鋪子，在火神廟之南，也是一個雙開間的鋪面。在前是黑漆漆過的，還一定漆得很好；至今被風日剝蝕，黑漆只剩了點痕跡，但門枋、門檻、鋪板、連裡面一條長櫃檯，還是好好的並未朽壞。招牌是三個大字：興順號，新的時候，那貼金的字，一定很輝煌；如今招牌的字雖不輝煌，但它的聲名，知道的卻多。

興順號是鎮上數一數二，有好幾十年歷史的一家雜貨舖。貨色誠不能與城內一般大雜貨店相比，但在鄉間，總算齊備。尤其是賣的各種白酒，比鎮上任何酒店任何雜貨舖所賣的都好。其實酒都是販來的，都是各地燒房裡烤的，而興順號的酒之所以被人稱揚者，只在摻的水比別家少許多而已。

興順號還有被人稱揚之處，在前是由於掌櫃 —— 在別處稱老闆，成都城內以及近鄉都稱掌櫃 —— 蔡興順之老實。蔡興順小名叫狗兒，曾經讀過兩年書，雜字書滿認得過，寫得起。所以當他父親在時，就在自家鋪子裡管理帳目，並從父親學了一手算盤。二十歲上，曾到新都縣城裡一家商店當過幾年先生。一點惡嗜好沒有，人又極其膽小可靠，只是喜歡喝一杯，不過也有酒德，微醺時只是瞇著眼睛笑，及了量，便酣然一覺，連炸雷都打不醒。老闆與同事們都喜歡他，也因為他太老實一點，對於別人的玩弄，除了受之勿違外，實在不曉得天地間還有報復的一件事。於是，大家遂給他敬上了一個徽號，叫傻子。

他父親要死時，他居然積存了十二兩銀子回來。他父親雖是病得發昏，也知道這兒子是個克紹箕裘的佳兒，不由不放心大膽，一言不發，含笑而逝。老蔡興順既死，狗兒便承繼了這個生理，並承繼了興順名號。做起生意，比他父親還老實，這自然受人稱揚；但不像他父親通達人情，不管你是至親好友，要想向他賒欠一點東西，那卻是從來沒有的事。可是也有例外，這例外只限於他一個表哥歪嘴羅五爺。

興順號在近年來被人稱揚的，自然由於他的老婆了。

方蔡傻子三年，滿孝生意鼎盛之際，他新都的一個舊同事，因為一件甚麼事，路過天回鎮，來看他；也不知他因了甚麼緣由，忽然留這舊同事吃了杯大麴酒，一個鹽蛋，兩塊豆腐乾。這位被優禮的客人，大概為答報他盛情起見，便給他做起媒來。說他有個遠方親戚，姓鄧的，是個務農人家，有個姑娘，已二十二歲了，有人材，有腳爪，說來配他，恰是再好沒有了。

蔡傻子雖然根本未想到娶妻這件事，也不明白娶妻的好處，但既經人當面提說，也不免紅起臉來。自己沒有主意，特意將羅歪嘴找來商量。

羅歪嘴道：「你是有身家的生意人，不比我這個跑灘匠，你應該討個老婆，把姑夫的香菸承繼起來。我早就跟你留心了的，既有人做媒，那便好了；你只管答應下，我一切跟你幫忙好了。」

務農人家的女兒配一個雜貨舖的掌櫃，誰不說是門戶相當，天作之合？何況蔡掌櫃又無父母、伯叔、兄弟、姊妹，人又本分，這婚姻又安得不一說便成，一成便就呢？

但是誰也料不到豬能產象。務農人家的姑娘，竟不像一個村姑，而像一個城裡人。首先把全鎮轟動的，就是陪奩豐富，有半堂紅漆木器；其次是新娘子有一雙伶俐小腳；再次是新娘子人材出眾。

新婚之後，新娘子只要一到櫃檯邊，一般少年必一擁而來，稱著蔡大嫂，要同她攀談。她雖是怯生，卻居然能夠對答幾句，或應酬一杯便茶，一筒水煙；與一般鄉下新娘子只要見了生人，便把頭埋著，一萬個不開口的，比並起來，自然她就蘇氣多了。

鎮上男子們不見得都是聖人之徒。可惜鄧家幺姑嫁給蔡傻子，背地議論為「一朵鮮花插在牛屎上」的，何嘗沒有人？羨慕蔡傻子，羨慕到眼紅，不惜犯法背理，要想把乾坤扭轉來的，又何嘗沒有人？

蔡傻子之所以能夠毫無所損的安然過將下去者，正虧他的表哥羅歪嘴的護法力量。

三　調情

羅歪嘴 —— 其實他的嘴並不歪。因為他每每與女人調情時，卻免不要把嘴歪幾歪，於是便博得了這個綽號。 —— 名字叫羅德生，也是本地人。據說，他父親本是個小糧戶，他也曾讀過書，因為性情不近，讀到十五歲，還未把《四書》讀完；一旦不愛讀了，便溜出去，打流跑灘。從此就加入哥老會，十幾年只回來過幾次。

他父母死了。一個姐姐嫁在老棉州，小小家當，早就弄光。到他回來之時，總是住在他姑夫老蔡興順的鋪子內。老蔡興順唸著內親情誼，待他很好。他對姑夫，也極其懇摯，常向他說：「你老人家待我太厚道，我若有出頭日子，總不會忘記你老人家的。」

老蔡興順回答的是：「我們都是至親，不要說這些生分話。只是你表弟狗兒太老實，你隨時照顧他一下就好了。」

蔡傻子承繼之後，也居然能貼體父志，與他常通有無，差不多竟像是親兄弟一樣。

最近三四年，他當了本碼頭舵把子朱大爺的大管事。以他的經歷，以他的本領，朱大爺聲光越大，而他的地位卻也越高。縱橫四五十里，只要以羅五爺一張名片，盡可吃通，至於本碼頭的天回鎮，更毋庸說了。

羅歪嘴更令一般人佩服的，就是至今還是一個光桿。年紀已是三十五歲，在手上經過的銀錢，總以千數，而到現在，除了放利的幾百兩銀子外，隨身只有紅漆皮衣箱一口，被蓋捲一個，以及少許必用的東西。

他的錢那裡去了？這是報得出帳目來的：弟兄夥的通挪不說了，其次是吃了，再次是嫖了。

嫖，在袍哥界中，以前規矩嚴時，本是不許的，但到後來，也就沒有人疵議了。況乎羅歪嘴嫖得很有分寸，不是賣貨，他絕不下手，他常說：

「老子們出錢買淫，天公道地。」又常自負：婊子、兔子、小旦，嫖過不少，好看的，嬌媚的，到手總有幾十，但玩過就是，頂多四個月，一腳踢開。說不要，就不要，自己從未沉迷過，也從未與人爭過風，吃過醋。

有人勸他不如正正經經討個老婆，比起嫖來，既省錢，又方便。再則，三十五歲的人，也應該有個家才好呀。他的回答，則是：「家有啥子味道？家就是枷！枷一套上頸項，你就休想擺脫。女人本等就是拿來玩的，只要新鮮風趣，出了錢也值得。老是守著一個老婆，已經寡味了，況且討老婆，總是討的好人家女兒，無非是作古正經死板板的人，那有甚麼意思？」

他的見解如此，而與蔡興順的交誼又如彼。所以當蔡大嫂新嫁過來，許多人正要發狂之際，羅歪嘴便挺身而出，先向自己手下三個調皮的弟兄張占魁、田長子、杜老四，鄭重吩咐道：「蔡傻子，誰不曉得是老子的表弟，他的老婆，自是老子的表弟婦。不過長得伸抖一點，這也是各人的福氣。……其實，也不算甚麼，為啥子大家就不安本分起來？……你們去跟我招呼一聲罷！」

羅歪嘴發了話，蔡傻子夫婦才算得了清靜，一直到兩年半之後，金娃子已一歲零四個月，才發生了一件新的事故。

四　餵豬

蔡大嫂是鄧大娘前夫的女兒。她的親生父親，是在一個大戶人家當小管事的。她出世半歲，就喪了父親，一歲半時，就隨母來到鄧家。母親自然是愛的，後父也愛如己出，大家都喊她做幺女，幺姑，雖然在她三歲上，她母親還給她生了一個妹妹，直到四歲才害天花死了。

鄧幺姑既為父母所鍾愛，自然，凡鄉下姑娘所應該做的事：爬柴草，餵豬，紡棉紗，織布，她就有時要做，她母親也會說：「幺姑丟下好了，去做你的細活路！」但是，她畢竟如她母親所言，自幼愛好，粗活路不做，細活路卻是很行的。因此，在十二歲上，她已纏了一雙好小腳。她母親常於她洗腳之後，聽見過她在半夜裡痛得不能睡，抱著一雙腳，咈咈的呻吟著哭，心裡不忍得很，叫她把裹腳布鬆一鬆，「幺姑，我們鄉下人的腳，又不比城裡太太小姐們的，要纏那麼小做啥子？」

她總是一個字的回答：「不！」勸狠了，她便生氣說：「媽也是呀！你管得我的！為啥子鄉下人的腳，就不該纏小？我偏要纏，偏要纏，偏要纏！痛死了是我嘛！」

她又會做針線，這是她十五歲上，跟鄰近韓家院子裡的二奶奶學的。韓二奶奶是成都省裡一個大戶人家的姑娘，嫁到韓家不過四年，已經生了一兒一女，但一直過不慣鄉下生活，終日都是愁眉苦眼的想念成都。雖有妯娌姊妹，總不甚說得來，有時一說到成都，還要被她們帶笑的譏諷說：「成都有啥子好？連鄉壩裡一根草，都是值錢的！燒柴哩，好像燒檀香！我們也走過一些公館，看得見簸箕大個天，沒要把人悶死！成都人啥子都不會，只會做假。」於是，例證就來了。二奶奶一張口如何辯得贏多少口，只好不辯。一直在鄧幺姑跟前，二奶奶才算舒了氣。

鄧幺姑頂喜歡聽二奶奶講成都。講成都的街，講成都的房屋，講成都的廟宇花園，講成都的小飲食，講成都一年四季都有新嘗的小菜：「這也怪了！我是頂喜歡吃新鮮小菜的。當初聽說嫁到鄉壩裡來，我多高興，以為一年到頭，都有好小菜吃了。那裡曉得鄉壩裡才是鬼地方！小菜倒都有，吃蘿蔔就盡吃蘿蔔，吃白菜就盡吃白菜！總之：一樣菜出來，就吃個死！並且菜都出得遲，打個比方，像這一晌，在成都已吃新鮮茄子了，你看，這裡的茄子才在開花！……」

尤其令鄧幺姑神往的，就是講到成都一般大戶人家的生活，以及婦女們爭奇鬥豔的打扮。二奶奶每每講到動情處，不由把眼睛揉著道：「我這一輩子是算了的，在鄉壩裡拖死完事！還想再過從前日子，只好望來生去了！幺姑，你有這樣一個好胎子，又精靈，說不定將來嫁跟城裡人家，你才曉得在成都過日子的味道！」

並且逢年過節，又有逢年過節的成都。二奶奶因為思鄉病的原因，愈把成都美化起來。於是，兩年之間，成都的幻影，在鄧幺姑的腦中，竟與所學的針線功夫一樣，一天一天的進步，一天一天的擴大，一天一天的真確。從二奶奶口中，零零碎碎將整個成都接受過來，雖未見過成都一面，但一說起來，似乎比常去成都的大哥哥還熟悉些。她知道成都有東南西北四道城門，城牆有好高，有好厚；城門洞中間，來往的人如何擁擠。她知道由北門至南門有九里三分之長，西門這面別有一個滿城，裡面住的全是滿吧兒，與我們漢人很不對的。她知道北門方面有個很大的廟宇，叫文殊院；吃飯的和尚日常是三四百人，煮飯的鍋，大得可以煮一隻牛，鍋巴有兩個銅錢厚。她知道有很多的大會館，每個會館裡：單是戲臺，就有六七處，都是金碧輝煌的；江南館頂闊綽了，一年要唱五六百本整本大戲，一天總是兩三個戲臺的唱。她知道許多熱鬧大街的名字：東大街，總府街，湖廣館；湖廣館是頂好買菜的地方，凡是新出的菜蔬野味，這裡全有；並且有一個卓家大醬園，是做過宰相的卓秉恬家開的，豆腐乳要算第一。她知道點心做得頂好的是淡香齋，桃圓粉香肥皂做得頂好的是桂林軒，賣肉包子的是都益處，過了中午就買不著了，賣水餃子的是亢餃子，此外還有便宜坊，三錢銀子可以配一個消夜攢盒，一兩二錢銀子可以吃一隻燒填鴨，就中頂著名的，是青石橋的溫鴨子。她知道制臺、將軍、藩臺、臬臺，出來多大威風，全街沒一點人聲，只要聽見導鑼一響，鋪子裡鋪子外，凡坐著的人，都該站起來，頭上包有白帕子，戴有草帽子的，都該立刻揭下；成都華陽稱為兩首縣，出來就不同了，拱竿四轎拱得有房檐高，八九個轎伕抬起飛跑，有句俗話說：「要吃飯，抬兩縣，要睡覺，抬司道。」她知道大戶人家是多麼講究，房子是如何的高大，家具是如何的齊整，差不多家家都有一個花園。她更知道當太太的、奶奶的、少奶奶的、小姐的、姑娘的、姨太太的，是多麼舒服安適，日常睡得晏晏的起來，梳頭打扮，空閒哩，做做針線，打打牌，到各會館女看臺去看看戲，吃得好，穿得好，又有老婆子丫頭等服伺；灶房裡有夥房有廚子，打掃跑街的有跟班有打雜，自己從沒有動手做過飯掃過地；一句話說完，大戶人家，不但太太小姐們，不做這些粗事，就是上等丫頭，又何嘗摸過鍋鏟，提過掃把？那個的手，不是又白又嫩，長長的指甲，不是鳳仙花染紅的？

鄧幺姑之認識成都，以及成都婦女生活，是這樣的，固無怪其對於成都，簡直認為是她將來歸宿的地方。

有時，因為陰雨或是甚麼事，不能到韓家大院去，便在堂屋織布機旁邊，或在灶房燒火板凳上，同她母親講成都，她母親雖是生在成都，嫁在成都，但她所講的，幾乎與韓二奶奶所講的是兩樣。成都並不像天堂似的好，也不像萬花筒那樣五色繽紛，沒錢人家苦得比在鄉壩裡還厲害：「鄉壩裡說苦，並不算得。只要你勤快，到處都可找得著吃，找得著燒。任憑你穿得再襤褸，再壞，到人家家裡，總不會受人家的嘴臉。還有哩，鄉壩裡的人，也不像成都人那樣動輒笑人，鄙薄人，一句話說得不好，人家就看不起你。我是在成都過傷了心的。記得你前頭爹爹，以前還不是做小生意的，我還不是當過掌櫃娘來？強強勉勉過了一年多不操心的日子，生你頭半年，你前頭爹爹運氣不好，一場大病，把啥子本錢都害光了。想著那時，我懷身大肚的走不動，你前頭爹爹扶著病，一步一拖的去找親戚，找朋友，想借幾個錢來吃飯醫病。你看，這就是成都人的好處，誰睬他？後來，連啥子都當盡賣光，只光光的剩一張床。你前頭爹爹好容易找到趙公館去當個小管事，一個月有八錢銀子，那時已生了你了。……」

五　流血

舊事創痕，最好是不要去剝它，要是剝著，依然會流血的。所以鄧大娘談到舊時，雖然事隔十餘年，猶然記得很清楚：是如何生下么姑之時，連甚麼都沒有吃的，得虧隔壁張姆姆盛了一大碗新鮮飯來，才把腔子填了填。是如何丈夫舊病復發死了，給趙老爺趙太太磕了多少頭，告了多少哀，才得棺殮安埋。是如何告貸無門，處處受別人的嘴臉，房主催著搬家，連磕頭都不答應，弄到在人販子處找僱主，都說帶著一個小娃娃不方便，有勸她把娃娃賣了的，有勸她丟了的，她捨不得，後來，實在沒法，才聽憑張姆姆說媒，改嫁給鄧家。算來，從改嫁以後，才未焦心穿吃了。

鄧大娘每每長篇大論的總要講到兩眼紅紅的，不住的擤鼻涕。有時還要等到鄧大爺勸得不耐煩，生了氣，兩口子吵一架，才完事。

但是，鄧么姑總疑心她母親說的話，不見得比韓二奶奶說的更為可信。間或問到韓二奶奶：「成都省的窮人，怕也很苦的罷？」而回答的卻是：「連討口子都是快活的！你想，七個錢兩個鍋魁，一個錢一個大片滷牛肉，一天那裡討不上二十個錢，就可以吃葷了！四城門賣的十二象，五個錢吃兩大碗，鄉壩裡能夠嗎？」

少年人大抵都相信好的，而不相信不好的，所以鄧么姑對於成都的想像，始終被韓二奶奶支配著在。總想將來得到成都去住，並在大戶人家去住，嘗嘗韓二奶奶所描畫的滋味，也算不枉生一世。

要不是韓二奶奶在鄧么姑的十八歲上死了，她或許有到成都去住的機會。因為韓二奶奶有一次請她做一隻挑花裹肚，說是送給她娘家三兄弟的。據她說來，她三兄弟已下過場，雖沒有考上秀才，但是書卻讀通了。人也文秀雅緻，模樣比她長得好，十指纖纖，比女子的手還嫩。今年二十一歲，大家正在給他說親哩。不知韓二奶奶是否有意，說到她三兄弟的婚事時，忽拿眼睛上上下下把鄧幺姑仔細審視了一番。她也莫名其妙的，忽覺心頭微微有點跳，臉上便發起燒來。

隔了兩個月，韓二奶奶已經病倒了，不過還撐得起來，只是咳。鄧幺姑去看她時，她一把抓住她的手，低低說道：「幺姑，我們再不能同堆做活路，……擺龍門陣了！……我本想把你說跟我三兄弟的，……他們已看過你的活路，……就只嫌門戶不對。……聽說陸親翁要討一個姨娘，……他雖是五十幾歲的人，……兩個兒子都捐了官，……家務卻好，……又是住開的。……我已帶口信去了，……但我恐怕等不得回信，……幺姑，你自家的事，……你自家拿主意罷！……」

她很著急，很想問個明白，但是房裡那麼多人，怎好出口？打算下一次再來問，老無機會，也老不好意思，而韓二奶奶也不待說清楚就奄然而逝。於是，一塊沉重的石頭便擱在鄧幺姑的心上。

韓二奶奶之死，本是太尋常一件事，不過鄧幺姑卻甚為傷心，逢七必去哭一次，足足哭了七次。大家只曉得韓二奶奶平日待鄧幺姑好，必是她感激情深；又誰曉得鄧幺姑之哭，乃大半是自哭身世。因她深知，假使她能平步登天的一下置身到成都的大戶人家，這必須借重韓二奶奶的大力，如今哩，萬事全空了！

其實，她應該怨恨韓二奶奶才對的。如其不遇見韓二奶奶，她心上何至於有成都這個幻影，又何至於知道成都大戶人家的婦女生活之可欣羨，又何至於使她有生活的比較，更何至於使她漸漸看不起當前的環境，而心心念念想跳到較好的環境中去，既無機會實現，而又不甘恬淡，便漸漸生出了種種不安來？

自從韓二奶奶死後，她的確變成了一個樣子。平常做慣的事，忽然不喜歡做了。半個月才洗一回腳，丈許長的裹腳布丟了一地，能夠兩三天的讓她塞在那裡，也不去洗，一件汗衣，有本事半個月不換。並且懶得不得開交，幾乎連針掉在地上，也不想去拈起來。早晨可以睡到太陽晒著屁股還不想起床，起來了，也是大半天的不梳頭，不洗臉；夜裡又不肯早點睡，不是在月光地上，就是守著瓦燈盞，呆呆的不知想些甚麼。脾氣也變得很壞，比如你看見她端著一碗乾飯，吃得哽哽咽咽的，你勸她泡點米湯，她有本事立刻把碗重重的向桌上一擱，轉身就走，或是鼓著眼說道：「你管我的！」平日對大哥很好，給大哥做襪子補襪底，不等媽媽開口；如今大哥的襪子破到底子不能洗了，還照舊的扔在竹籃裡。並且對大哥說話，也總是秋風黑臉的，兩個月內，只有一次，她大哥從成都給她買了一條印花洋葛巾來，她算喜歡了兩頓飯工夫。

她這種變態，引起第一個不安的，是鄧大爺。有一天，她不在跟前，他送一面卷葉子煙，一面向鄧大娘說道：「媽媽，你可覺得幺姑近來很有點不對不？……我看這女娃子怕是有了心了？」

鄧大娘好像吃了驚似的，瞪著他道：「你說她懂了人事，在鬧嫁嗎？」

「怕不是嗎？……算來再隔三個月就滿十九歲了。……不是已成了人嗎？」

「未必罷？我們十八九歲時，還甚麼都不懂哩。……說老實話，我二十一歲嫁跟你前頭那個的時候，一直上了床，還是渾的，不懂得。」

「那能比呢；光緒年間生的人？……」

兩個人彼此瞪著，然後把他們女兒近月來的行動，細細一談論，越覺得女兒確是有了心。鄧大娘首先就傷心起來，抹著眼淚道：「我真沒有想到，幺姑一轉眼就是別人家的人了，這十幾年的苦心，我真枉費了！看來，女兒到底不及男娃子。你看，老大只管是你前頭生的，到底能夠送我們的終，到底是我們的兒子！……」

六　講禮

鄧幺姑的親事既被父母留心之後，來做媒的自然不少。莊稼人戶以及一般小糧戶，能為鄧大爺欣喜的，又未必是鄧大娘合意的；鄧大娘看得上的，鄧大爺又不以為然。

鄧大爺自以為是一家之主，嫁女大事，他認為不對的，便不可商量。鄧大娘則以為女兒是我的，你雖是後老子，頂多只能讓你作半個主，要把女兒嫁給甚麼人，其權到底在我的手上。兩口子為女兒的事，吵過多少回，然而所爭執的，無非是你作主我作主的問題，至於所說的人家，是不是女兒喜歡的，所配的人須不須女兒看一看，問問她中不中意？照規矩，這只有在嫁娶二婚嫂時，才可以這樣辦，黃花閨女，自古以來，便只有靜聽父母作主的了。設如你就干犯世俗約章，親自去問女兒：某家某人你要見不見一面？還合不合意？你打不打算嫁給他？或者是某家怎樣？某人怎樣？那我可以告訴你，你就問到舌焦唇爛，未必能得到肯定的答覆。或者竟給你一哭了事，弄得你簡直摸不著火門。

鄉間誠然不比城市拘泥，務農人家誠然不比仕宦人家講禮，但是在說親之際，要姑娘本身出來有所主張，這似乎也是開天闢地以來所沒有的。所以，鄧幺姑聽見父母在給她代打主意，自己只管暗暗著急，要曉得所待嫁與的，到底是什麼人；然而也只好暗暗著急，爹爹媽媽不來向自己說，自己也不好去明白的問。只是風聞得媒人所提說的，大抵都在鄉間，而並非成都，這是令她既著急而又喪氣的事。

直到她十九歲的春天，韓二奶奶的新墳上已長了青草。一晚，快要黃昏了，一陣陣烏鴉亂叫著直向許多叢樹間飛去。田裡的青蛙到處在喧鬧，田間已不見一個人，她正站在攏門口，看鄰近一般小孩子牽著水牛出溝裡困水之際，忽見向韓家大院的小路上，走來兩個女人；一個是老實而寡言的韓大奶奶，一個卻認不得，穿得還整齊乾淨。兩個人筆端走來，韓大奶奶把自己指了指，悄悄在那女人耳邊，喊喳了幾句，那女人便毫不拘執的，來到跟前，淡淡打了個招呼，從頭至腳，下死眼的把自家看了一遍；又把一雙手要去，握在掌裡，捏了又看，看了又摸，並且牽著她走了兩步，這才同她說了幾句話，問了她年齡，又問她平日做些甚麼。態度口吻，很是親切。韓大奶奶只靜靜的站在旁邊。

末後，那女人才向韓大奶奶說道：「在我看，倒是沒有談駁；想來我們老太爺也一定喜歡。我們就進去同她爹媽講罷，早點了，早點好！今天這幾十里的路程，真把我趕夠了！」

從這女人的言談裝束，以及那滿不在乎的態度上看來，不必等她自表，已知她是從成都來的。從成都趕來的一個女人，把自己如此的看，如此的問；再加以說出那一番話；即令鄧幺姑不是精靈人，也未嘗猜想不到是為的甚麼事。因此當那女人與韓大奶奶進去之後，她便覺得心跳得很，身上也微微有點打抖。女人本就有喜歡探求祕密的天性，何況更是本身的事情，於是她就趕快從祠堂大院這畔繞過去，繞到灶房，已經聽見堂屋裡說話的聲音。

是鄧大爺有點生氣的聲音：「高大娘，承你的情來說這番話！不過，我們雖是耕田作地的莊稼佬，卻也是清白人家，也還有碗飯吃，還弄不到把女兒賣給人家作小老婆哩！……」

跟著是鄧大娘的聲音：「歲數差得也太遠啦！莫說做小老婆，賣斷根，連父母都見不著面，就是明媒正娶，要討我們幺姑去做後太太，我也嫌他老了。不說別的，單叫他跟我們幺姑站在一塊，就夠難看了！」

那女人像又勸了幾句，聽不很清楚，只急得她絞著一雙手，心想：「該可答應了罷！」

然而事實相反，媽媽更大聲的喊了起來：「好道！兩個兒子都做了官，老姨太太還有啥勢力？只管說有錢，家當卻在少爺少娘手上，老頭子在哩，自然穿得好，吃得好，呼奴使婢，老頭子死了呢？……」

爹爹又接過嘴去：「媽媽，同她說這些做啥，我們不是賣女兒的人！我們也不希罕別人家做官發財，這是各人的命！我們女兒也配搭不上，我們也不敢高攀！我們鄉下人的姑娘，還是對給鄉下人的好，只要不餓死！」

又是媽媽的聲音：「這話倒對！城裡人家討小的事，我也看得多，有幾個是有好下場的？倒不如鄉壩裡，一鞍一馬，過得多舒服！……」

鄧幺姑不等聽完，已經浸在冰裡一樣，抱著頭，也不管高低，一直跑到溝邊，傷傷心心的哭了好一會。但是，她父母一直不曉得有這樣一回事。

後來，似乎也說過城裡人家，也未說成。直至她二十二歲上，父母於她的親事，差不多都說得在厭煩的時候，忽然一個遠房親戚，在端陽節後，來說起天回鎮的蔡興順：二十七歲一個強壯小夥子，道地鄉下人，老老實實，沒一點毛病，沒一點脾氣，雙開間的大雜貨舖，生意歷年興隆，有好幾百銀子的本錢，自己的房子，上無父母，下無兄弟姊妹，旁無諸姑伯叔，親戚也少。條件是太合式了，不但鄧大爺鄧大娘認為滿意，就是幺姑從壁子後面聽見，也覺得是個好去處，比嫁到成都，給一個老頭子當小老婆，去過受氣日子，這裡確乎好些。多過幾年，又多了點見識，以前只是想到成都，如今也能作退一步想：以自己身分，未見得能嫁到成都大戶人家，與其耽擱下去，倒不如規規矩矩在鄉鎮上作一個掌櫃娘的好！因此她又著急起來。

但是，鄧大爺夫婦還不敢就相信媒人的嘴。與媒人約了個時候，在六月間一個趕場日子，兩口子一同起個早，跑到天回鎮來。

雖然大家口裡都不提說，而大家心裡卻是雪亮。鄧大爺只注意在看鋪子，看鋪子裡的貨色；這樣也要問個價錢，那樣也要問個價錢，好像要來頂打蔡興順的鋪底似的。並故意到街上，從旁邊人口中去探聽蔡興順的底實。鄧大娘所著眼的，第一是人。人果然不錯，高高大大的身材，皮色雖黃，比起作苦的人，就白淨多了。天氣熱，大家不拘禮，藍土布汗衣襟一敞開，好一個結實的胸脯子！只是臉子太不中看，又像胖，又像浮腫。一對水泡眼，簡直看不見幾絲眼白。鼻梁是塌得幾乎沒有，連鼻準都是扁的。口哩，倒是一個海口，不過沒有鬍鬚，並且連鬚根都看不見。臉子如此不中看，還帶有幾分憨相，不過倒是個老實人，老實到連說話都有點不甚清楚。並且臉皮很嫩，稍為聽見有點分兩的話，立刻就可看見他一張臉脹得通紅，擺出十分不好意思和膽怯的樣子來。但是這卻完全合了鄧大娘的脾氣。她的想法：么姑有那個樣子，又精靈，又能幹，又有點怪脾氣的，像這樣件件齊全的女人，嫁的男人若果太好，那必要被剋；何況家事也還去得，又是獨自一個；設若男子再精靈，再好，那不免過於十全，恐怕么姑的命未見得能夠壓得住。倒是有點缺憾的好，並且男子只要本分、老實、脾氣好，醜點算甚麼，有福氣的男兒漢，十有九個都是醜的。

何況吃飯之際，羅歪嘴聽見了，趕來作陪。憑他的一張嘴，蔡傻子竟變成了人世間稀有的寶貝；而羅歪嘴的聲名勢力，更把蔡傻子抬高了幾倍。第一個是鄧大爺，他一聽見羅歪嘴能夠走官府，進衙門，給人家包打贏官司，包收濫帳，這真無異於說評書的口中的大英雄了。他是蔡興順的血親老表，並來替他打圓場，這還敢不答應嗎？鄧大娘自然更喜歡了。

兩夫婦在歸途中，彼此把見到的說出，而俱詫異，何以這一次，兩個人的意思竟能一樣，和上年之不答應高大嫂與韓大奶奶時完全相同？他們尋究之結果，沒辦法，只好歸之於前生的命定，今世的緣法。

自然不再與兒女商量，賡即按照鄉間規矩，一步一步的辦去。到九月二十邊，鄧幺姑便這樣自然而然變做了蔡大嫂。

七　坐坐

大家常說，能者多勞。我們於羅歪嘴之時而回到天回鎮，住不幾天，或是一個人，或是帶著張占魁、田長子、杜老四一干人，又走了，你問他的行蹤，總沒有確實地方，不在成都省城，便遠至重慶府，這件事上，真足以證實了。常住在一處，而平生難得走上百里，如蔡興順等人，看起他來，真好比神仙似的。蔡興順有時也不免生點感慨，向蔡大嫂議論起羅大老表來，總是這一句話：「唉！坐地看行人！」

在蔡興順未娶妻之前，羅歪嘴回到天回鎮時，只要不帶婊子兔子，以及別的事件，總是落腳在興順號上。自蔡大嫂來歸之後，雲集棧的後院，便成了他的老家。只有十分空閒時，到興順號坐坐。

興順號是全鎮數一數二的大鋪子，並且經營了五十年。所以它的房舍，相當的來得氣派！臨街是雙開間大鋪面，鋪門之外，有四尺寬的檐階；鋪子內，貨架占了半邊，連樓板都懸滿了蠟燭火炮；一張寫字櫃檯，有三尺高，二尺寬，後面貨架下與櫃檯上，全擺的大大小小盛著全鎮最負盛名的各種白酒，名義上標著棉竹大曲、資陽陳色、白沙燒酒。櫃檯內有一張高腳長方木凳，與鋪面外一張矮腳立背木椅，都是興順號傳家之寶，同時也是掌櫃的寶座；不過現在櫃檯內的寶座，已讓給了掌櫃娘，只有掌櫃娘退朝倦勤以及夜間寫帳時，才由掌櫃代坐。

鋪子之內櫃檯外，尚空有半間，則擺了兩張極結實極樸素的柏木八仙桌，兩張桌的上方，各安了兩把又大又高又不好坐的筆竿椅子，其餘三方，則是寬大而重的板凳，這是預備趕場時賣酒的座頭，閒場也偶爾有幾個熟酒客來坐坐。兩方泥壁，是舉行婚姻大典時刷過粉漿，都還白淨；靠內的壁上，仍懸著五十年前開張鴻發之時，鄰里契友等鄭而重之的敬送的賀聯，硃砂箋雖已黯淡，而前人的情誼卻隆重得就似昨日一樣。就在這壁的上端懸了一個神龕，供著神主，其下靠櫃檯一方，開了一道雙扇小門，平常掛著印白花的藍布門簾，進去，另是一大間，通常稱之為內貨間，堆了些東西和家具，上前面樓上去的臨時樓梯，就放在這間。因為前後都是泥壁，而又僅有三道門，除了通鋪面的一道，其餘一道通後面空壩，一道在右邊壁上，進去，即是掌櫃與掌櫃娘的臥房；僅這三道門，卻無窗子，通光地方，全靠頂上三行亮瓦，而亮瓦已有好幾年未擦洗，實在通光也有限。臥房的窗子倒有兩大堵，前面一堵臨著櫃房，四方格子的窗櫺，糊著白紙，不知甚麼時候，窗櫺上嵌了一塊人人稀奇的玻磚，有豆腐乾大一塊；一有這傢伙，那真方便啦，只要走到床背後，把黏的飛紙一揭開，就將外面情形看得清清楚楚，而在外面的人卻不能察覺；後面一堵，臨著空壩，可以向外撐開。其左，又一道單扇小門。全部建築，以這一間為最好，差不多算得是主要部分；上面也是樓板，不過不住人，下面是地板；又通氣，又通光，而且後面空壩中還有兩株花紅樹，長過了屋簷，綠蔭蔭的景色，一直逼進屋來。

空壩之左，挨著內貨間，是灶房，灶房橫頭，本有一個豬圈的，因為蔡大嫂嫌豬臭，自她到來，便已改來堆柴草。而原來堆柴草之處，便種了些草花，和一個豆角金瓜架子。日長無事，在太陽晒不著時，她頂喜歡端把矮竹椅坐在這裡做活路。略為不好的，就是右鄰石姆姆養了好些雞，竹籬笆又在破了，沒人時，最容易被拳大的幾隻小雞侵入，將草花下的浮土爬得亂糟糟的，而兼撒下一堆一堆的雞糞。靠外面也是密竹籬笆，開了一道門，出去，便是場後小路；三四丈遠處，一道流水小溝，沿溝十幾株榿木，蔡大嫂和鄰居姆姆們洗衣裳的地方，就在這裡。

羅歪嘴每次來坐談時，總在鋪面的方桌上方高椅上一蹲，口頭叼著一根三尺來長猴兒頭竹子煙竿。蔡興順總在他那矮腳寶座上陪著咂煙，蔡大嫂坐在櫃檯內面隨便談著話。大都是不到半袋葉子煙，就有人來找羅歪嘴，他就不走，而方桌一週，總是有許多人同他談著這樣，講著那樣；內行話同特殊名詞很多，蔡大嫂起初聽不懂，事後問蔡興順，也不明白，後來聽熟了，也懂得了幾分。起初很驚奇羅歪嘴等人說話舉動，都分外粗魯，乃至粗魯到駭人，分明是一句好話，而必用罵的聲口，凶喊出來；但是在若干次後，竟自可以分辨得出粗魯之中，居然也有很細膩的言談，不唯不覺駭人，轉而感覺比那斯斯文文的更來得熱，更來得有勁。她很想加入談論的，只可惜沒有自己插嘴的空隙，而自己也談不來，也沒有可談的。再看自己的丈夫，於大家高談闊論時，總是半閉著眼睛，仰坐在那裡，憨不憨，痴不痴的，而眾人也不瞅他。倒是羅歪嘴對於他始終是一個樣子，吃葉子煙時，總要遞一支給他，於不要緊的話時，總要找他搭幾句白。每每她在無人時候，問他為何不同大家交談，他總是搖著頭道：「都與我不相干的，說啥子呢？」

只有一兩次，因為羅歪嘴到來，正逢趕場日子，外面座頭上擠滿了人，不好坐，便獨自一人溜到後面空壩上來，咂著煙，想什麼事。蔡興順一則要照顧買主，因為鋪子上只用了一個十四歲的小徒弟，叫土盤子的，不算得力，不能分身；二則也因羅歪嘴實在不能算客，用不著去管他。倒是蔡大嫂覺得讓他獨自一人在空壩上，未免不成體統，遂抱著還是一個布卷子的金娃子，離開櫃房，另拖了一把竹椅，放在花紅樹下來坐陪他。

有時，同他談談年成，談談天氣，羅歪嘴也是毫不經意的隨便說說；有時沒有話說，便逗下孩子，從孩子身上找點談資。只有一次，不知因何忽然說到近月來一件人人都在提說的案子：是一個城裡糧戶，只因五斗穀子的小事，不服氣，將他一個佃客，送到縣裡。官也不問，一丟卡房，便是幾個月。這佃客有個親戚，是碼頭上的弟兄，曾來拜託羅歪嘴向衙門裡說情，並請出朱大爺一封關切信交去，師爺們本已準保提放的了，卻為那糧戶曉得了，立遞一呈，連羅歪嘴也告在內，說他「錢可通神，力能回天」。縣大老爺很是生氣，簽差將這糧戶鎖去，本想結實捶他一個不遜的，卻不料他忽然大喊，自稱他是教民。這一下把全二堂的人，從縣大老爺直到助威的差人，通通駭著了，連忙請他站起來，而他卻跪在地下不依道：「非請司鐸大人來，我是不起來的；我不信，一個小小的袍哥，竟能串通衙門，來欺壓我們教民！你還敢把我鎖來，打我！這非請司鐸大人立奏一本，參去你的知縣前程不可！」其後，經羅歪嘴等人仔細打聽清楚，這人並未奉教。但是知縣官已駭昏了，佃客自不敢放，這糧戶咆哮公堂的罪也不敢理落，他向朋友說：「他既有膽量拿教民來轟我，安知他明天不當真去奉教？若今天辦了他，明天司鐸當真走來，我這官還做嗎？」官這樣軟下去不要緊，羅歪嘴等人的臉面，真是掃了個精光。眾人說起來，同情他們的，都為之大抱不平，說現在世道，忒變得不成話！怨恨他們的，則哈哈笑道：「也有今日！袍哥到底有背時的時候！」

談到這件事上，蔡大嫂很覺生氣勃勃的問羅歪嘴道：「教民也是我們這些人呀，為啥子一吃了洋教，就連官府也害怕他們！洋教有好凶嗎？」

羅歪嘴還是平常樣子，淡淡的說道：「洋教並不凶，就只洋人凶，所以官府害怕他，不敢得罪他。」

「洋人為啥子這樣凶法？」

「因為他們槍炮厲害，我們打不過他。」

「他們有多少人？」

「那卻不知道。……想來也不多，你看，光是成都省不過十來個人罷？」

她便站了起來，提高了聲音：「那你們就太不行了！你們常常誇口：全省碼頭有好多好多，你們哥弟夥有好多好多。天不怕，地不怕！為啥子連十來個洋人就無計奈何！就說他們炮火凶，到底才十來個人，我們就拚一百人，也可以殺盡他呀！」

羅歪嘴看她說得臉都紅了，一雙大眼，光閃閃的，簡直像著名的小旦安安唱劫營時的樣子。心中不覺很為詫異：「這女人倒看不出來，還有這樣的氣概！並且這樣愛問，真不大象鄉壩裡的婆娘們！」

八　鬼子

但是蔡大嫂必要問個明白，「洋人既是才十幾二十個人，為啥子不齊心把他們除了？教堂既是那麼要不得，為啥子不把它毀了？」羅歪嘴那有閒心同一個婆娘來細細談說這道理，說了諒她也不懂，他忽然想到昨日接到的口袋裡那篇主張打教堂文章，說得很透澈，管她聽得懂聽不懂，從頭到尾念一遍給她聽，免得她再來囉嗦。想到這樣，他一壁用手到口袋裡去摸兩張紙頭，一壁對蔡大嫂說：

「昨天一個朋友給我看了一篇文章正是說打教堂的，你耐著性子我唸給你聽罷：」

「為甚麼該打教堂？道理甚多，概括說來，教堂者，洋鬼子傳邪教之所也！洋鬼子者，中國以外之蠻夷番人也！尤怪的，是他懂我們的話，我們不懂他的話。穿戴也奇，行為也奇，又不作揖磕頭，又不嚴分男女，每每不近人情，近乎鬼祟，故名之為洋鬼子，賤之也！而尤令人百思不得其解者，我們中國自有我們的教，讀書人有儒教，和尚有佛教，道士有道教，治病的有醫，打鬼的有巫，看陰陽論五行的有風水先生，全了，關於人生禍福趨避，都全了；還要你番邦的甚麼天主教耶穌教幹嘛！我們中國，奉教者出錢，謂之布施，偏那洋教，反出錢招人去奉，中國人沒有這樣傻！他們又那來的這麼多的錢？並且凡傳教與賣聖書的，大都不要臉，受得氣，你不睬他，他偏要鑽頭覓縫來親近你，你就罵他，他仍笑而受之，你害了病，不待你請，他可以來給你診治不要錢，還連帶施藥，中國人也沒有這樣傻！我們中國也有捐資設局，施醫施藥的善人，但有所圖焉。人則送之匾額，以矜其善；菩薩則保佑他官上加官，財上加財，身生貴子，子生貴孫，世世代代，坐八人轎，隔桌打人，而洋鬼子卻不圖這些。你問他為何行善？他只說應該；再問他為何應該？也只能說耶穌吩咐要愛人。耶穌是甚麼？說是上帝之子。上帝，天也。那麼，耶穌是天子了。天子者，皇帝也，耶穌難道是皇帝嗎？古人說過，天無二日，民無二王，普天之下，那有兩個皇帝之理？是真胡說八道，而太不近人情了！況且，看病也與中國醫生不同，不立脈案，不開藥方，唯見其刀刀叉叉，尚有稀奇古怪之傢伙，看之不清，認之不得，藥也奇怪，不是五顏六色之水，即是方圓不等的片也丸也，雖然有效，然而究其何藥所制：甘草嗎？大黃嗎？牛黃嗎？馬寶嗎？則一問搖頭而三不知。從這種種看來，洋鬼子真不能與人並論！但他不辭勞苦，挨罵受氣，自己出錢，遠道來此，究何所圖？思之思之，哦！知道了！傳教醫病，不過是個虛名！其實必是來盜寶的！中國一定有些甚麼寶貝，我們自己不知道，番邦曉得了，才派出這般識寶的，到處來探訪。又怕中國人知道了不依，因才施些假仁假義，既可以掩耳目，又可以買人心。此言並非誣枉他們，實在是有憑據的。大家豈沒有聽見過嗎？揚州地方，有一根大禹王鎮水的神鐵，放在一古廟中，本沒有人認得，有一年，被一個洋鬼子偷去了，那年，揚州便遭大水，幾乎連地都陷了。又某處有一顆鎮地火的神珠，嵌在一尊石佛額上的，也是被洋鬼子偷了，並且是連佛頭齊頸砍去的，那地方果就噴出地火，燒死多少人畜。還有，只要留心，你們就看得見有些洋鬼子，一到城外，總要拿一具奇怪鏡子，這裡照一照，那裡照一照，那就是在探尋寶物了。你們又看得見，他們常拿一枝小木杖，在一本簿子上畫，那就在畫記號了。所以中國近年來不是天旱，就是水澇，年成總不似以前的好，其大原因，就在洋鬼子之為厲。所以欲救中國，欲衛聖教，洋鬼子便非摒諸國外不可，而教堂是其巢穴，此教堂之宜打者一也。

其次，他那醫病的藥，據奉教的，以及身受過他醫好的病人說，大都是用小兒身上的東西配合而成。有人親眼看見他那做藥房間裡，擺滿了人耳朵、人眼睛、人心、人肝、人的五臟六腑，全用玻璃缸裝著，藥水浸著，要用時，取出來，以那奇怪火爐熬煉成膏。還有整個的胎兒，有幾個月的，有足了月的，全是活活的從孕婦腹中剖出，此何異乎白蓮教之所為呢？所以自洋鬼子來，而孕婦有被害的了，小兒有常常遺失的了！單就小兒而言，豈非有人親眼看見，但凡被人拋棄在街上在廁所的私生子，無論死的活的，只要他一曉得，未有不立刻收去的；還有些窮人家養不活的孩子，或有殘廢為父母所不要的孩子，他也甘願收去，甚至出錢買去。小兒有何益處？他們不惜花錢勞神，而欲得之，其故何也？只見其收進去，而不見其送出來，牆高屋邃，外人不得而見，其不用之配藥，將安置之？例如癸巳端陽節日，大家都於東校場中，撒李子為樂之際，忽有人從四聖祠街教堂外奔來，號於眾人：洋鬼子方肆殺小兒！其人親聞小兒著刃，呼號饒命。此言一播，眾皆髮指，立罷擲李之戲，而集於教堂門洞，萬口同聲，哀其將小兒釋出，而洋鬼子不聽也，並將大門關得死緊。有義士焉，捨身越牆而入，啟門納眾，而洋鬼子則已跑了，小兒亦被藏了。但藥水所浸的耳朵、眼睛、五臟六腑，大小胎兒，以及做藥傢伙，卻尚來不及收拾；怪火爐上，方正發著綠焰之火，一銀鐺中所烹製者，赫然人耳一對。故觀者為義憤所激，遂有毀其全屋之舉，此信而有徵之事，非讕言也。聖人說過，不以養人者害人，洋鬼子偏殺人以治人，縱是靈藥，亦傷天害理之至。何況中國人就洋鬼子求治者極少，他那有盈箱滿篋的藥，豈非運回番邦，以醫其邦人？「蠻夷不可同中國」，況以中國之人，配為藥物，以治蠻夷之病，其罪浮於白蓮教，豈止萬萬！而教堂正其為惡之所，此教堂之宜打者二也。

夫教民，本天子之良民也。只因為飢寒所迫，遂為洋鬼子小恩小惠，引誘以去。好的存心君國，暫時自汙，機運一至，便能自拔來歸，還可藉以窺見夷情。而多數則自甘暴棄，連祖先都不要了，倚仗洋勢，橫行市廛，至於近年，教民二字，竟成了護身符了，官吏不能治，王法不能加，作奸犯科，無所不為。這些都叫做莠民，應該置之嚴刑而不赦者，而教堂正其憑依之所，此教堂之宜打者三也。有此三者主張打毀教堂，掃清洋人的勢力，當然是有利而無害的了。

九　豆角

蔡大嫂雖然聽完了，而眉宇之間，仍然有些不瞭然的樣子。一面解開胸襟，去喂金娃子的奶，一面仰頭把羅歪嘴瞅著說：「我真不懂，為啥子我們這樣害怕洋鬼子？說起來，他們人數既不多，不過巧一點，但我們也有火槍呀！……」

羅歪嘴無意之間，一眼落在她解開外衣襟而露出的汗衣上，粉紅布的，雖是已洗褪了一些色，但仍嬌豔的襯著那一隻渾圓飽滿的奶子，和半邊雪白粉細的胸脯。他忙把眼光移到幾根生意蔥蘢，正在牽蔓的豆角藤上去。

「……大老表，你是久跑江湖，見多識廣的人，總比我們那個行得多！……我們那個，一天到晚，除了算盤帳薄外，只曉得吃飯睡覺。說起來，真氣人！你要想問問他的話，十句裡頭，包管你十句他都不懂。我們大哥，還不是在鋪子上當先生的，為啥子他又懂呢？……」

羅歪嘴仍站在那裡，不經意的伸手去將豆角葉子摘了一片，在指頭上揉著。

「……不說男子漢，就連婆娘的見識，他都沒有。韓家二奶奶不是女的嗎？你看，人家那樣不曉得？你同她擺起龍門陣來，真真頭頭是道，樣來，樣去，講得多好！三天三夜，你都不想離開她一步！……」

一片豆角葉子被羅歪嘴揉爛了，又摘第二片。心頭仍舊在想著：「這婆娘！……這婆娘！……」

「……人家韓二奶奶並未讀過書，認得字的呀。我們那個，假巴意思，還認了一肚皮的字，卻啥子都不懂！……」

羅歪嘴不由回過頭來看了她一眼。微微的太陽影子，正射在她的臉上。今天是趕場日子，所以她搽了水粉，塗了胭脂，雖把本來的顏色掩住了，卻也烘出一種人工的豔彩來。這些都還尋常，只要是少婦，只要不是在太陽地裡作事的少婦，略加打扮，都有這種豔彩的，他很懂得。而最令他詫異的，只有那一對平日就覺不同的眼睛，白處極白，黑處極黑，活潑玲瓏，簡直有一種說不出的神氣。此刻正光芒乍乍的把自己盯著，好像要把自己的甚麼都打算射穿似的。

他心裡仍舊尋思著：「這婆娘！……這是個不安本分的怪婆娘！……」口裡卻接著說道：「傻子是老實人，我覺得老實人好些。」

蔡大嫂一步不讓的道：「老實人好些？是好些！會受氣，會吃悶飯，會睡悶覺！我嫁給他兩年多，你去問他，跟我擺過十句話的龍門陣沒有？他並不是不想擺，並不是討厭我不愛擺，實在是沒有擺的。就比方說洋鬼子嘛，我總愛曉得我們為啥子害怕他，你，大老表，還說出了些道理，我聽了，心裡到底舒服點；你去問他，我總不止問過他一二十回，他那一回不是這樣一句：我曉得嗎？……啊！說到這裡，大老表，我還要問問你。要說我們百姓當真怕洋鬼子，卻也未必罷！你看，百姓敢打教堂，敢燒他的房子，敢搶他的東西，敢發洋財，個一說到洋鬼子，總覺得不敢惹他似的，這到底是啥道理呀！」

羅歪嘴算是間接受了一次教訓，這次不便再輕看了她，遂盡其所知道的，說出了一篇原由：

「不錯，百姓們本不怕洋人的，卻是被官府壓著，不能不怕。就拿四聖祠的教案說罷，教堂打了，洋人跑了，算是完了事的，百姓們何曾犯了洋人一根毛？但是官不依了，從制臺起，都駭得不得了，硬說百姓犯了滔天大罪，把幾個並沒出息，駭得半死的男女洋人，恭恭敬敬迎到衙門裡，供養得活祖宗一樣；一面在藩庫裡，提出了幾十萬兩雪花銀子來賠他們，還派起親兵，督著泥木匠人，給他們把教堂修起，修得比以前還高、還大、還結實；一面又雷厲風行的嚴飭一府兩縣要辦人，千數的府差縣差，真像辦皇案似的，一點沒有讓手，捉了多少人，破了多少家，但凡在教堂裡撿了一根洋釘的，都脫不了手。到頭，砍了七八個腦袋，在站籠裡站死的又是一二十，監裡卡房裡還關死了好些，至今還有未放的。因這原故，不打教堂，還要好些，打了後，反使洋人的氣焰加高了。他們雖然沒有擺出吃人的樣子，從此，大家就不敢再惹他們了。豈但不敢惹，甚至不敢亂巴結；怕他們會錯了意，以為你在欺侮他；他只須對直跑進衙門去，隨便說一句，官就駭慌了，可以立時立刻叫差人把你鎖去，不問青紅皂白，倒地就是幾千小板子，把你兩腿打爛，然後一面枷，枷上，丟到牢裡去受活罪；不管洋人追究不追究，老是把你關起；有錢的還可買路子，把路子買通，滾出去，但是你的家傾了，就沒有拖死，也算活活的剝了一層皮！官是這樣害怕洋人。這樣的長他們的威風，壓著百姓不許生事，故所以凡在地方上當公事的，更加比官害怕！碼頭上哥弟夥，說老實話，誰怕惹洋人嗎？不過，就因為被官管著，一個人出了事，一千人被拖累，誰又不存一點顧忌呢？說到官又為甚麼害怕洋人到這步田地？那自然也和百姓一樣，被朝廷壓著，不能不怕；如其不怕，那麼，拿紗帽來；做官的，又誰不想升官，而甘願丟官呢？至於朝廷，又為甚麼怕洋人呢？那是曾經著洋人打得弱弱大敗過。聽說咸豐皇帝還著洋人攆到熱河，火燒圓明園時，幾乎燒死。皇帝老官駭破了膽，所以洋人人數雖不多，聽說不過幾萬人，自然個個都惡得像天神一樣了！」

蔡大嫂聽入了神，金娃子已睡著了，猶然讓那一隻褐色乳頭，露在外面，忘記了去掩衣襟。

末後，她感嘆了一聲道：「大老表，你真會說！走江湖的人，是不同。可也是你，才弄得這麼清楚，張占魁他們，未必能罷！」

這不過是很尋常的恭維話，但在羅歪嘴聽來，卻很入耳，佩服她會說話，「真不像鄉壩裡的婆娘！」

只算這一次，羅歪嘴在興順號，獨自一個與蔡大嫂談得最久，而印象最好，引起他留心的時候最多。

羅歪嘴又因為一件甚麼事，離開了天回鎮。過了好幾個月，到秋末時節，一天下午，是閒場日子，蔡大嫂正雙手挽著金娃子，在鋪子外面平整的檐階上，教他走路；土盤子蹲在對面三四尺遠處，手上拿件玩意，逗著金娃子走過去拿。

兩乘長行小轎，一前一後的從場頭走進來。土盤子跳起來喊道：「羅五爺回來了！」

蔡大嫂忙攬著金娃子，立起身，回頭看去。前頭一乘轎內，果是羅德生，兩手靠在扶手板上，拿了副大墨晶眼鏡。滿臉是笑的望著她打招呼道：「表弟婦好哇！……」

她也很欣喜的高聲喊道：「大老表好呀！這一回走了好幾個月啦！……洗了臉請過來耍啊！……」

「要來的！……要來的！……」轎子已走過了。

後頭一乘轎的轎簾，是放下來的。但打跟前走過時，從轎窗中，卻隱隱約約看見裡面坐了個年輕女人。跟著轎子有兩根挑子，挑了三口箱子，兩只大網籃。

她微微一呆，向土盤子努了個嘴道：「雲集棧去看看，兩乘轎是不是一路的？那女人是做啥的？姓啥子？長得還好看不？」

直到一頓飯後，土盤子回來了，說那女人是羅五爺帶回來的，聽他們趕著喊劉三，長得好，就只矮一點，腳也大。

她不禁向蔡興順笑道：「羅大老表到底是吃屎狗，斷不了這條路！這回又帶一個回來，看又耍得多久。挨邊四十歲的人，真犯不著還這樣的瞎鬧！」

他咂著葉子煙，坐在矮腳寶座上，只是搖著頭，「啊」了一聲；算是他很同意於她所說的。

劉三是劉三金的簡稱，是內江劉布客的女。著人誘拐出來之後，自己不好意思回去，便老老實實流落在江湖上，跑碼頭。樣子果如土盤子所言，長得好。白白淨淨一張圓臉，很濃的一頭黑髮，鼻子塌一點，額頭削一點，頸項短一點，與一般當婊子的典型，沒有不同之處。口還小，眼睛也還活動。自己說是才十八歲，但從肌理與骨格上看來，至少有二十一二歲，再從周旋肆應，言談態度上看來，怕不已有二十四五歲了？也會唱幾句「上妝臺」「玉美人」，只是嗓子不很圓潤。鴉片煙卻燒得好，也吃兩口，說是吃耍的，並沒有癮。在石橋與羅歪嘴遇著，耍了五天，很投合口味，遂與周大爺商量，打算帶她到天回鎮來。這事情太小了，周大爺落得搭手，把龜婆叫來打了招呼。由羅歪嘴先給了三十兩銀子，叫劉三金把東西收拾收拾，因就帶了回來。

雲集棧的後院，因是碼頭上一個常開的賭博場合，由右廂便門進出的人，已很熱鬧了。如今再添了一個婊子，—— 一個比以前來過的婊子更為風騷，更為好看些的婊子。—— 更吸引了一些人來。就不賭博，也留戀著不肯走，調情打笑的聲音，把隔牆上官房住的過客，每每吵來睡不著。

後院房子是一排五大間，中間一間，是個廣廳，恰好做擺寶推牌九的地方。其餘四間，通是客房。羅歪嘴住著北頭一間耳房，也是上面樓板，下面地板，前後格子窗，與其他的房間一樣；所不同的，就是主人特別討好於羅管事，在去年，曾用粉裱紙糊過，把與各房間壁上一樣應有的「身在外面心在家」的通俗詩，全給遮掩了。而地板上銅錢厚的汙泥，家具上粗紙厚的灰塵，則不能因為使羅管事感覺不便，而例外的剷除乾淨，打抹清潔。僅僅是角落裡與家具腳下的老蜘蛛網，打掃了一下，沒有別房間裡那麼多。

房裡靠壁各安了一張床，白麻布印藍花的蚊帳，是棧房裡的東西。前窗下一張黑漆方桌，自羅歪嘴一回來，桌上的東西便擺滿了。有藍花磁茶食缸，有紅花大磁盤，隨時盛著芙蓉糕、鍋巴糖等類的點心，有硯臺，有筆，有白紙，有梅紅名片，有白銅水煙袋，有白銅嗽口盂，有虬魚骨嘴的葉子煙竿，有茶碗，有茶缸。桌的兩方，各放有一張高椅。後窗下，原只有兩條放箱子的寬凳，這次，除箱子外，還安了一張條桌，擺的是劉三金的梳頭鏡匣，旁邊一隻簡單洗臉架，放了只白銅洗臉盆，也是她的。此外就只幾條端來端去沒有固定位置的板凳了。兩張床鋪上，都放有一套鴉片煙家具，比較還講究，是羅歪嘴的家當之一。兩盞煙燈，差不多從晌午過後就點燃了，也從這時候起，每張鋪上，總有一個外來的人躺在那裡。

劉三金雖是羅歪嘴臨時包來的婊子，但他並不像別一般嫖客的態度：「這婊子是我包了的，就算是我一個人的東西，別人只准眼紅，不准染指；若是亂來了，那就是有意要跟老子下不去，這非拚一個你死我活不可！」他從沒有這樣著想過。他的常言：「婊子原本大家玩的，只要玩得高興便好。若是嫖婊子，便把婊子當做了自家的老婆，隨時都在用心使氣，那不是自討苦吃？」

他的朋友哥弟夥，全曉得他這性格的，背後每每譏笑他太無丈夫氣，或笑他是「久嫖成龜」。但一方面又衷心佩服他，像他這種毫不動真情的本事，誰學得到？這種不把女人當人的見解，又誰有？因此，也落得與他光明正大的同樂起來。

劉三金起初那裡肯信他從石橋起身時說的「你要曉得，我與別的嫖客不同，雖是包了你，你仍可以做零碎生意的，只是夜裡不准離開我，除非我喊你去陪人睡。」憑她的經驗來批評，要不是他故意說玩的，必是別有用意，準備自己落了他的圈套，好賴包銀罷咧。

到了天回鎮幾天，他這裡辦法，果然有些異樣。賭博朋友不說了，一來就朝耳房裡鑽，打個招呼，向煙盒邊一躺，便甚麼話都說得出，甚麼怪相做得出。就不是賭博朋友，只要是認得的，也可對直跑來，當著羅哥的面，與她調情打笑做眉眼。

有一個頂急色的土紳糧，叫陸茂林的，—— 也是興順號常去的酒客，借名吃酒，專門周旋蔡大嫂；卻從未得蔡大嫂正眼看一下。—— 有三十幾歲，黃黃的一張油皮臉，一對常是瞇著的近視眼；鼻頭偏平，下額寬大，很有點像牛形。穿得不好，但肚兜中常常抓得出一些銀珠子和散碎銀子，肩頭上一條土藍布用白絲線鎖狗牙紋的褡褳，也常是裝得飽鼓鼓的。他不喜歡壓寶推牌九，不得已只陪人打打紙牌，而頂高興燒鴉片煙，又燒得不好，每每燒一個牛糞堆，總要糟蹋許多煙。又沒有癮，把煙槍湊在嘴上，也不算抽，只能說在吹。

他頭一次鑽進耳房，覿面把劉三金一看，便向羅歪嘴吵道：「好呀，羅哥，太對不住人了！弄了恁好一朵鮮花回來。卻不通知我一聲！豈有此理，豈有此理！」

一轉身就把正在吃水煙的劉三金拉去，摟在懷裡，硬要吃個香香。

羅歪嘴躺在煙盤旁邊笑罵道：「你個龜雜種，半年不見，還是這個脾氣，真叫做老馬不死舊性在！你要這樣紅不說白不說的瞎鬧，老子硬要收拾你了！」

陸茂林丟開劉三金，哈哈一笑，向煙盤那邊董一聲倒將下去道：「莫吵，莫吵！我還不是有分寸的，像你那位令親蔡大嫂，我連笑話都不敢說一句。像這些濫貨，曉得你哥子是讓得人的，瞎鬧下子，熱鬧些！」

劉三金先就不依了，跑過去，在他大腿上就是一拳，打得他叫喚起來。

「濫貨？你媽媽才是濫貨！……」

羅歪嘴伸過腳去，將她快要打下的第二拳架住道：「濫貨不濫貨，不在他的口裡，只你自己明白就是了。」

她遂乘勢扶著他的腳肝，一歪身就倒在他懷裡，撒著嬌道:「干達達，你也這樣挖苦你的正經女兒嗎？」

兩個男子都笑了起來。

劉三金滿以為陸茂林肚兜裡的銀子是可以搬家的，並且也要切實試一試羅歪嘴的慷慨。她尋思要是有人吃起醋來，這生意才有做頭哩。不過，她也很謹慎，直到八天之後，午晌，羅歪嘴在興順號坐了一會，回到棧房，賭博的人尚沒有來，別的人也都吃飯去了；一個後院很是清靜，只有那株大梧桐樹上的乾葉子，著午風吹得噉噉的響。

他走上檐階喊道：「三兒！三兒！」

只見劉三金蓬頭散髮，衣衫不整的靸著鞋，從耳房裡奔出來，一下撲到他懷裡，只是頓腳。

他大為詫異，拿手把她的頭扶起來，當真是眼淚汪汪的，喉嚨似乎還在哽咽。他遂問道：「做啥子，弄成了這般模樣？」

她這才咽咽哽哽的道：「啊！……干達達，你要跟我作主呀！……我著他欺負了！……干達達！……」

「好生說罷，著那個欺負了？咋個欺負的？」

「就是天天猴在這裡那個陸茂林呀！……今天趁你走了，……他硬要，……人家原是不肯的！……他硬把人家按在床邊上！」

羅歪嘴哈哈笑了起來，把她挽進耳房，向床鋪上一攮，幾乎把她攮了一交。一面說道：「罷喲！這算啥子！問他要錢就完了！老陸是慳吝鬼，只管有錢，卻只管想占便宜。以後硬要問他拿現錢，不先給錢，不幹！那你就不會著他空欺負了！」

劉三金坐在床邊上，茫然看著他道：「你硬是受得！……」

「我早跟你說過，要零賣就正明光大的零賣，不要跟老子做這些過場！」

這真出乎劉三金的意外，跑了多年碼頭，像這樣沒醋勁的人，委實是初見，既然如此，又何必客氣，只要有生意就做。但陸茂林來，十回當中，便有八回是不能遂意的。一則錢來得不爽快，再則太狠了點。

第三部分
交流

一　雞鳴

這一天，又是天回鎮趕場的日子。

初冬的日子，已不很長，鄉下人起身得又早，所以在東方天上有點魚肚白的顏色時，鎮上鋪家已有起來開鋪板，收拾家具的了。

開場日子，鎮上開門最早的，首數雲集、一品、安泰幾家客棧，這因為來往客商大都是雞鳴即起，不等大天光就要趕路的。隨客棧而早興的，是鴉片煙館，是賣湯圓與醪糟的擔子。在趕場日子，同時早興的，還有賣豬肉的鋪子。

川西壩 —— 東西一百五十餘里，南北七百餘里的成都平原的通俗稱呼。—— 出產的黑毛肥豬，起碼在四川全省，可算是頭一等好豬。豬種好，全身黑毛，毛根頗稀，矮腳，短嘴，皮薄，架子大，頂壯的可以長到三百斤上下；食料好，除了廚房內殘剩的米湯菜蔬稱為臊水外，大部分的食料是酒糟、米糠，小部分的食料則是連許多瘠苦地方的人尚不容易到口的碎白米稀飯；餵養得乾淨，大凡養豬的，除了鄉場上一般窮苦人家，沒辦法只好放敞豬而外，其餘人家，都特修有豬圈，大都是大石板鋪的地，粗木樁做的柵，豬的糞穢是隨著傾斜石板面流到圈外廁所裡去了的，餵豬食的石槽，是窄窄的，只能容許牠們僅僅把嘴巴放進去。最大原則就是只准牠吃了睡，睡了吃，絕對不許牠勞動，如像郫縣新繁縣等處，石板不好找，便用木板造成結實的矮樓，樓下即是糞坑，樓板時常被洗濯得很光滑，天氣一熱，生怕發生豬瘟，還時時要用冷水去潑牠。總之，要使牠極其舒適，毫不費心勞神的只管長肉，所以成都北道的豬，在川西壩中又要算頭等中的頭等。牠的肉，比任何地方的豬肉都要來得嫩些，香些，脆些，假如你將它白煮到剛好，片成薄片，少蘸一點白醬油，放入口中細嚼，你就察得出它帶有一種胡桃仁的滋味，因此，你才懂得成都的白片肉何以是獨步。

因為如此，所以天回鎮雖不算大場，然而在閒場時，每天尚須宰二三隻豬，一到趕場日子，豬肉生意自然更其大了。

就是活豬市上的買賣，也不菲呀！活豬市在場頭一片空地上，那裡有很多大圈，養著很多的肥豬。多是閒場時候，從四鄉運來，交易成功，便用二把手獨輪高車，將豬仰縛在車上，一推一挽的向省城運去，做下飯下酒的材料。豬毛，以前不大中用，現在卻不然，洋人在收買；不但豬毛，就連豬腸，瘟豬皮，他都要；成都東門外的半頭船，竟滿載滿載的運到重慶去成莊。所以許多鄉下人都奇怪：「我們丟了不中用的東西，洋鬼子也肯出錢買，真怪了！以後，恐怕連我們的泥巴，也會成錢啦！」

米市在火神廟內，也與活豬市一樣，是本鎮主要買賣之一。天色平明，你就看得見滿擔滿擔的米，從糙的到精的，由兩頭場口源源而來，將火神廟戲臺下同空壩內塞滿，留著窄窄的路徑，讓買米的與米經紀的來往。

家禽市，雜糧市，都在關帝廟中，生意也不小。雞頂多，鴨次之，鵝則間或有幾隻，家兔也與鵝一樣，有用籃子裝著的，大多數都是用稻草索子將家禽的翅膀腳爪紮住，一列一列的擺在地上。小麥、大麥、玉麥、豌豆、黃豆、胡豆，以及各種豆的籮筐，則擺得同八陣圖一樣。

大市之中，尚有家畜市，在場外樹林中。有水牛，有黃牛，有綿羊，有山羊，間或也有馬，有叫驢，有高頭騾子，有看家的狗。

大市之外，還有沿街而設的雜貨攤，稱為小市的。在前，鄉間之買雜貨，全賴挑擔的貨郎，搖著一柄長把撥浪鼓，沿鎮街沿農莊的走去。後來，不知是那個懶貨郎，趁趕場日子，到鎮街上，設個攤子，將他的貨色攤將出來，居然用力少而收穫多，於是就成了風尚，竟自設起小市來。

小市上主要貨品，是家機土布。這全是一般農家婦女在做了粗活之後，藉以填補空虛光陰，自己紡出紗來，自己織成，錢雖賣得不多，畢竟是她們在空閒拾來的私房，並且有時還賴以填補家缴之不足的一種產物，但近來已有外國來的竹布，洋布，那真好，又寬又細又勻淨，白的飛白，藍的靛藍，還有印花的，再洗也不脫色，厚的同呢片一樣，薄的同綢子一樣，只是價錢貴得多，買的人少，還賣不贏家機土布。其次，就是男子戴的瓜皮帽，女子戴的蘇緞帽條，此際已有燕氈大帽與京氈窩了，涼帽過了時，在攤上點綴的，唯有紅纓冬帽，瑞秋帽。還有男子們穿的各種鞋子，有雲頭，有條鑲，有單梁，有雙梁，有元寶，也有細料子做的，也有布做的，牛皮鞋底還未作興到鄉下來，大都是布底氈底，塗了鉛粉的。靴子只有半靴快靴，而無厚底朝靴。關於女人腳上的，只有少數的紙花樣，零剪鞋面，高蹬木底。鞋之外，還有專是男子們穿著的漂布琢襪，各色的單夾套褲，褲腳帶，以及搭髮辮用的絲條，絲辮。

小市攤上，也有專與婦女有關的東西。如較粗的洗臉土葛巾，時興的細洋葛巾；成都桂林軒的香肥皂，白胰子，桃圓粉，朱紅頭繩，胭脂片，以及各種各色的棉線，絲線，花線，金線，皮金紙；廖廣東的和爛招牌的剪刀，修腳刀、尺子、針、頂針。也有極惹人愛的洋線、洋針，兩者之中，洋針頂通行，雖然比土針貴，但是針鼻扁而有槽，好穿線，不過沒有頂大的，比如納鞋底，綻被蓋，這卻沒有它的位置；洋線雖然勻淨光滑，只是太硬性一點，用的人還不多。此外就是銅的、銀的、包金的、貼翠的，簪啊、釵啊，以及別樣的首飾，以及假玉的耳環，手釧。再次還有各色各樣的花辮，繡貨，如挽袖裙幅之類；也有蘇貨，廣貨，料子花，假珍珠。凡這些東西，無不帶著一種誘惑面目，放出種種光彩，把一些中年的少年的婦女，不管她們有錢沒錢，總要將她們勾在攤子前，站好些時。而一般風流自賞的少年男子，也不免目光閃閃的，想為各自的愛人花一點錢。

本來已經夠寬的石板街面，經這兩旁的小市攤子，以及賣菜，賣零碎，賣飲食的攤子擔子一侵蝕，頓時又窄了一半，而千數的趕場男女，則如群山中的野壑之水樣，千百道由四面八方的田塍上，野徑上，大路上，灌注到這條長約里許，寬不及丈的長江似的鎮街上來。你們盡可想像到齊場時，是如何的擠！

趕場是貨物的流動，錢的流動，人的流動，同時也是聲音的流動。聲音，完全是人的，雖然家禽家畜，也會發聲，但在趕場時，你們卻一點聽不見，所能到耳的，全是人聲！有吆喝著叫賣的，有吆喝著講價的，有吆喝著喊路的，有吆喝著談天論事，以及說笑的。至於因了極不緊要的事，而吵罵起來，那自然，彼此都要把聲音互爭著提高到不能再高的高度，而在旁拉勸的，也不能不想把自家的聲音超出於二者之上。於是，只有人聲，只有人聲，到處都是！似乎是一片聲的水銀，無一處不流到。而在正午頂高潮時，你差不多分辨不出孰是叫賣，孰是吵罵，你的耳朵只感到轟轟隆隆的一片。要是你沒有習慣而驟然置身到這聲潮中，包你的耳膜一定會震聾半晌的。

於此，足以證明我們的四川人，尤其是川西壩中的人，尤其是川西壩中的鄉下人，他們在聲音中，是絕對沒有祕密的。他們習慣了要大聲的說，他們的耳膜，一定比別的人厚。所以他們不能夠說出不為第三個人聽見的悄悄話，所以，你到市上去，看他們要講祕密話時，並不在口頭，而在大袖籠著中的指頭上講。也有在口頭上講的，但對於數目字與名詞，卻另有一種代替的術語，你不是這一行中的人，是全聽不懂的。

二　站著

聲音流動的高潮，達到頂點，便慢慢降低下來。假使你能找一個高處站著，你就看得見作了正當交易的人們，便在這時候，紛紛的從場中四散出去，猶之太陽光芒一樣。留在場上未走的，除了很少數實在因為事情未了者外，大部分都是帶有消遣和慰安作用的。於是，茶坊、酒店、煙館、飯店、小食攤上的生意，便加倍興旺起來。

天回鎮也居然有三四家紅鍋飯店，廚子大多是郫縣人，頗能炒幾樣菜，但都不及雲集棧門前的飯館有名。

雲集飯館蒸炒齊備，就中頂出色的是豬肉片生燜豆腐。不過照顧雲集飯館的，除了過路客商外，多半是一般比較有身分有錢的糧戶們，並且要帶有幾分揮霍性的才行，不然，怎敢動輒就幾錢銀子的來吃喝！

其餘小酒店，都坐滿了的人。

興順號自然也是熱鬧的。它有不怕擱置的現成菜：灰包皮蛋，清水鹽蛋，豆腐乾，油炸花生糕。而鋪子外面，又有一個每場必來的燒臘擔子和一個抄手擔子，算來三方面都方便。

蔡傻子照例在吃了早飯未齊場以前，就與土盤子動手，將桌、椅、凳打抹出來，筷子、酒杯、大小盤子等，也準備齊楚。蔡大嫂也照例打扮了一下，搽點水粉，拍點胭脂，—— 這在鄉下，頂受人談駁的，尤其是女人們。所以在兩年前前數月，全鎮的女人，誰不背後議論她太妖嬈了，並說興順號的生意，就得虧這面活招牌。後來，看慣了，議論她的只管還是有，但跟著她打扮的，居然也有好些。—— 梳一個扎紅綠腰線的牡丹頭，精精緻致纏一條窄窄的漂白洋布的包頭巾，頭上的白銀簪子，手腕上的白銀手釧。玉色竹布衫上，套一件掏翠色牙子的青洋緞背心。也是在未齊場前，就抱著金娃子坐在櫃房的寶座上，一面做著本行生意，一面看熱鬧。

到正午過後不久，已過了好幾個吃酒的客。大都是花五個小錢，吃一塊花生糕，下一杯燒酒，挾著草帽子就走的朋友。向為賣燒臘的王老七看不起的，有時照顧他幾個小錢的滷豬耳朵，他也要說兩句俏皮話，似乎頗有不屑之意，對於陸茂林陸九爺也如此。

但今天下午，他萬想不到素來截四個小錢的豬頭肉，還要撿精擇瘦。還要親自過稱的陸茂林，公然不同了，剛一上檐階，就向王老七喊道：「今天要大大的照顧你一下，王老七！」

王老七正在應酬別一個買主，便回頭笑道：「我曉得九爺今天在磨盤上睡醒了，要多吃兩個錢的豬頭肉罷！」

「放你的屁！你諒實老子蝕不起嗎？把你擔子上的東西，各給老子切二十個錢的，若是耍了老子的手腳，你婊子養的等著好了！」

蔡大嫂也在櫃檯裡笑道：「咋個的，九爺，今天怕是得了會罷？」

陸茂林見內面一張方桌是空的，便將沉重的錢褡褳向桌上訇的一擲，回頭向著蔡大嫂笑道：「你猜不著！我今天請客啦！就請的你們的羅大老表，同張占魁幾個人，還有一個客。……」

「女客？是那個？可是熟人？」

「半熟半熟的！……」

她眉頭一揚，笑道：「我曉得了，一定是那個！……為啥子請到我這裡來？」她臉色沉下了。

「莫怪我！是你們大老表提說的。她只說雲集棧的東西吃厭了，要掉個地方；你們大老表就估住我作東道，招呼到你這裡，說你們的酒認真，王老七的滷菜好。……」

人叢中一個哈哈打起，果然劉三金跟著羅歪嘴等幾個男子一路打著笑著，跨上階檐，走了進來。街上的行人，全都回過頭來看她。她卻佯瞅不睬的，一進鋪子，就定睛同蔡大嫂交相的看視，羅歪嘴拍著她肩頭道：「我跟你們對識一下，這是興順號掌櫃娘蔡大嫂！……這是東路上賽過多少碼頭的劉老三！」

蔡大嫂一聲不響，只微微一笑。劉三金舉手把他肩頭一拍，瞟著蔡大嫂笑道：「得虧你湊和，莫把我羞死了！」

陸茂林瞇著眼睛道：「你要是羞得死，在鬼門關等我，我一定屙泡尿自己淹死了趕來！」

連蔡大嫂都大笑起來，劉三金把屁股一扭，抓住他大膀便揪道：「你個狗嘴裡不長像牙的！我揪脫你的肉！」

眾人落座之後，滷菜擺了十樣。土盤子把大麴酒斟上。劉三金湊在陸茂林耳邊喊喳了幾句。他便提說邀蔡大嫂也來吃一杯。羅歪嘴看了蔡大嫂一眼，搖著頭道：「莫亂說，她正忙哩！那裡肯來！」

三　不對

羅歪嘴端著酒杯，忽然向張占魁嘆道：「我們碼頭，也是幾十年的一個堂口，近來的場合，咋個有點不對啦！……」於是，他們遂說起《海底》上的內行話來。陸茂林因為習久了，也略略懂得一點，知道羅歪嘴他們所說，大意是：天回鎮的賭場，因為片官不行，吃不住，近來頗有點冷淡之象，打算另自找個片官來，語氣之間，也有歸罪劉三金過於胡鬧之處。羅歪嘴不開口，大概因為發生了一點今昔之感，不由想起了余樹南余大爺的聲光，因道：「這也是運氣！比如省城文武會，在余大爺沒有死時，是何等威風！正府街元通寺的場合，你們該曉得，從正月破五過後第二天打開，一直要鬧熱到年三十夜出過天方。單是片官，有好幾十個。余大爺照規矩每天有五個銀子的進項，不要說別的，聯封幾十個碼頭，誰不得他的好處？如今哩也衰了！……」

於是話頭就搭到余樹南的題材上：十五歲就敢在省城大街，提刀給人報仇，把左手大拇指砍斷。十八歲就當了文武會的舵把子，同堂大爺有鬍鬚全白了的，當其在三翎子王大伯病榻之前，聽王大伯託付後事時，那一個不心甘情願的跪在地上，當天賭咒，聽從余哥的指揮！余大爺當了五十四年的舵把子，聲光及於全省，但是說起來哩，文未當過差人，武未當過壯勇，平生找的錢豈少也哉，可是都繃了蘇氣，上下五堂的哥弟，那一個沒有沾過他的好處！拿古人比起來，簡直就是梁山泊的宋江。只可惜在承平時候，成都地方又不比梁山泊，所以沒有出頭做一番事，只拿他救王立堂王大爺一件事來說，就直夠人佩服到死。

經劉三金一問這事的原委，羅歪嘴便慷慨激昂的像說評書般講了起來。

他說的是王立堂是灌縣一個武舉人，又是仁字號一個大爺。本是有點家當的，因為愛賭，輸了一個精光，於是就偶爾做點打家劫舍的生意。有一次，搶一家姓馬的，或者失手罷，一刀把事主殺死了。被事主兒子頂頭告在縣裡，王大爺只好跑灘，奔到資陽縣躲住，已是幾年了。只因為馬家兒子報仇心切，花錢打聽出來。於是，親身帶人到來，向巡防營說通，一下就把王立堂捉獲了，送到縣裡，要遞解回籍歸案辦罪。

他繼續說的是早有人報信給余大爺了，以為像他兩人的交情，以及余大爺的素性，必然立時立刻，調遣隊伍，到半路上把囚籠劫了的，或者到資陽縣去設法的。卻不料余大爺竟像沒有此事一樣，每天依然一早就到華陽縣門口常坐的茶館中喫茶，偶爾也到場合上走走。口頭毫不提說，意態也很蕭然，大家都著急得不了，又不好去向他說，也知道他絕不是不管事的，有一天早晨，他仍到茶館裡喫茶，忽然向街上一個過路的小夥子喊道：「李老九！」那小夥子見是余大爺，趕忙走來招呼：「余大爺，茶錢！」余大爺叫他坐下，問他當卡差的事還好不？「你余大爺知道的，好哩，一天有三幾串錢，也還過得！」余大爺說：「老弟，據我看來，站衙門當公事的，十有八九，總要損陰德。像你老弟這個品貌，當一輩子卡差，也不免可惜了。要是你老弟願意向上，倒是來跟著我，還有個出頭日子。」余大爺豈是輕容易喊人老弟的？並且余大爺有意提拔你，就算你運氣來了。李老九當時就磕下頭去，願意跟隨余大爺，立刻就接受了余大爺五個銀子，去把衣服鞋帽全換了，居然變了一個樣兒！

劉三金不耐煩的站了起來道：「囉囉唆唆，盡說空話，一點不好聽！我要走動一下去了！」她走到櫃檯前，先將金娃子逗了幾下，便與蔡大嫂談了起來。不過幾句，蔡大嫂居然脫略了好些，竟自起身喊蔡興順去代她坐一坐櫃檯，抱著金娃子，側身出來，同劉三金往內貨間而去。

陸茂林把筷子在盤子邊上一敲道：「三兒真厲害，公然把蔡掌櫃娘摶上了！這一半天，蔡掌櫃娘老不甚高興的。我真不懂得，婆娘家為啥子見了當婊子的這樣看不起！」

張占魁道：「不是看不起，恐怕是吃醋！……」

兩個女人的笑聲，一直從臥室紙窗隙間漏出，好像正講著一件甚麼可笑的故事一樣。

田長子道：「婆娘家的脾氣，我們都不懂，管她們的！羅哥，還是講我們的話罷。」

張占魁道：「我曉得，李大爺就是這一件事被栽培出來了！

田長子攔住他道：「莫要打岔！這龍門陣，我總沒有聽全過，羅哥，你說嘛！」

土盤子把他師父的葉子煙竿遞來，羅歪嘴接著，咂燃。街上的人漸漸少得多了，遠遠傳來了一些划拳聲音。

他仰在椅背上，把一隻腳登著桌邊，慢慢說道：「李老九跟著余大爺幾天，雖然在場合上走動，卻並沒有跟他對識，也沒有說過栽培他的話。有一天夜晚，余大爺忽然吩咐他：『明天一早，跟我喊一乘轎子，多喊兩個摔手。你跟我到東門外去吃碗茶。』第二天，不及吃早飯，余大爺就帶著李老九到東門外，挨近大田坎的碼頭上。

余大爺藏在一家很深的飯鋪裡頭，喊李老九出去探看，有簡州遞解來的囚籠，便將解差跟我請來，說正府街余大爺有話說。時候算得剛斗筍，解差也才到，聽說是余大爺招呼，跟著就跑了進來。余大爺要言不繁，只說：『王立堂王大爺雖是栽了，以我們的義氣，不能不搭手。但於你二位無干，華陽縣的回批，包你們到手。不過，有甚麼旁的事情請你們包涵一點！』說時，便從大褡褳中，取出白銀兩錠，放在他們面前，說這是代酒的。兩個人只好說，只要有回批就好，銀子不敢領受。余大爺說：『你們嫌少罷？』他又伸手進褡褳去了。兩個解差忙說：『那麼，就道謝了！』余大爺便起身說：「酒飯都已招呼了的，我先走一步。』他又帶著李老九飛跑回正府街，叫轎子一直抬進元通寺頂後面圍牆旁邊一道小門側，他下了轎，叫轎伕在外面等著：今天還要跑好幾十里的長路哩！然後看著李老九說：『李老九，王立堂王大爺的事，我要你老弟去擋一手！』你們看，這就是李大爺福至心靈的地方，也見得余大爺眼力不錯。他當時就跪在地上說：『我還有個老娘，就托累你余大爺了！』余大爺說：『你只管去，若有人損了你一根毫毛，我余樹南拿腰骭跟你抵住！』當下只說了幾句，兩個人便從側門來到華陽縣刑房。衙門內外，早經余大爺在頭夜布置好了。彭大爺等當事的大爺們都在那裡照料。一會，囚籠到了，眾人一個簸箕圈圍上去。王立堂的腳鐐手銬，早已鬆了，立刻便交給李老九。王立堂幾高的漢仗，幾壯的身材，身當其境，也駭得面無人色；萬想不到臨到華陽縣衙門，才來掉包！卻被余大爺一把提上檐階說：『老弟，跟我來！』登時，轎子抬出，到龍潭寺剃了頭髮，就上東山去了。這裡，等到管卡大爺出來點名時：『王立堂！』眾人一擁，就將李老九擁了出去，應一聲『有！』彭大爺跟著就到卡房裡招呼說：『王立堂王大爺是余大爺招呼了的，這裡送來制錢一捆，各位弟兄，不要客氣！』大家自然一齊答應：「余大爺招呼了，有啥說的？王哥自有我們照應！』彭大爺才把供狀教了李老九。當晚，余大爺就發了兩封信到灌縣：一封是給謝舉人謝大爺的，一封給廖師爺的。郫縣衙門，是專人去的。及至囚犯解到灌縣，知縣坐堂一審：『王立堂！』李老九跪在地上喊說：提：『大老爺明鑒，小的冤枉！小的叫王洪順，是成都正府街賣布的，前次到資陽縣販布，不曉得為啥子著巡防營拿了去的！求大老爺行文華陽縣查明，就曉得小的實在是冤枉！』犯人不招，立刻小扳子三千，夾棍一夾，還是一樣的口供。傳原告，改期對質。原告上堂，忽然大驚說：『這個人不是王立堂，小的在資陽縣捉的那個，才是王立堂！』縣官自然大怒說：『豈有此理！明明是你誣枉善良，難道本縣舞了弊了！』差一點，原告打成了被告。末後，由謝大爺出頭，將馬家兒子勸住，不再追究。馬家兒子也知道余大爺謝大爺等搭了手，這仇就永無報時，要打官司，只有自己吃虧，自然沒有話說。謝大爺遂將李老九保出，大家湊和他義氣，便由謝大爺當恩拜兄，將他栽培了。各公口上湊了六千多串錢送他，幾萬竿火炮，直送了他幾十里！……」

田長子聽得不勝欣羨道：「李老九運氣真好！我們就沒這運氣！」

羅歪嘴把煙鍋巴磕掉，笑道：「不是李老九運氣好，實在是余大爺了不得，要不是他到處通氣，布置周到，你想想，馬家不放手，李老九承得住嗎？」

張占魁道：「這幾年，真沒有這種人了！我們朱大爺本來行的，就是近幾年來，著他那家務事，弄得一點氣沒有！……」

羅歪嘴看了他一眼，便轉向陸茂林道：「酒菜都夠了，我們吃兩碗抄手麵罷。……三兒咋個的還不出來？讓我找她去！」

四　娃兒

自從她們兩人認識以後，似乎很說得攏。劉三金一沒有事，就要到興順號來，她頂愛抱金娃子了。常常說這娃兒憨得有趣，一天到晚，不聲不響的。她又說：「我若是生一個娃兒也好啦！」

蔡大嫂看著她笑道：「你為啥不生呢？」

她抿著嘴一笑，湊著她耳邊嘰喳了幾句，蔡大嫂眉頭一揚道：「當真嗎？」

她道：「我為啥要誑你？我就是吃虧這一點，記得從破身以後，月經總是亂的。我現在真不想再幹下去了，人也吃大虧！」

「那你看個合心的人，嫁了就完了！」

「啊呀！我的好嫂子，你倒說得容易！我哩，倒是自由自在的，三十兩銀子的賣身文約，我早已贖回來了，又沒有拉帳，比起別的人，自然強得多。就只說到嫁人，沒力量的，不說了，娶不起我們。有力量的，還要通皮，還要有點勢力，那才能把我們保護得住，安穩過下去。但是這種人有良心的又太少，我們又不敢相信。」

蔡大嫂有意無意的道：「我們羅大老表難道沒良心嗎？我看他也喜歡你呀！」

劉三金把嘴一撇道：「得虧你這樣說，我的好嫂子！他若果喜歡我，我倒真想嫁跟他，人又開闊，又沒有怪脾氣，可惜，就是他好只管和我好，並不喜歡我。」

「好就是喜歡啦！不喜歡還能和你好嗎？」

「嫂子，你是規規矩矩的人，你那裡曉得？一個男的，真正喜歡了一個女人，他就要吃醋的，就要想方設計的要把這女人守住，不許別的人挨近的。羅哥那裡是這樣人？做了這許多年的生意，從沒遇見他那樣不吃醋的人！你想想他喜不喜歡我？」

「你試過他嗎？」

「自然嘍！並且，嫂子，你還不知道，我是看出了他的心意：他對我們這些人，只認為是拿來玩耍的，說不上喜歡不喜歡。我看他就是要娶親，也要找那些正經人家的婦女，還要長得好看的。……」

「你就長得不錯呀！」

「嫂子，你又挖苦我了！……打扮起來，他們覺得我還不醜。不是當面湊和的話，要你嫂子，才真算長得好！不說天回鎮賽通了場……」

蔡大嫂很愜意的笑道：「都老了！還說得上這些！」

「你不過二十一歲罷？」

「那裡？已滿了二十五歲了！」

「真看不出！……」她掉頭向四面看了看，湊過身來，在蔡大嫂耳邊說道，「說句不怕你嫂子嘔氣的話，像你這樣一個人材，又精靈，又能幹，嫁跟蔡掌櫃一個人，真太委屈了！說句良心話，成都省裡多少太太奶奶，那裡趕得上你一根腳指拇？……」

蔡大嫂好像觸動甚麼似的，把頭側了過去道：「那是別人的命，我們是福薄命淺的人，不妄想這些。」

劉三金彷彿有點生氣的樣子，咬著牙，把金娃子摟去，在他胖臉上結實一親道：「嫂子，你是安分守己的人，我偏不肯信命就把我們限制得住。你若是生在城裡，就當不到太太奶奶，姨太太總好當的，也比只守著這樣的一個掌櫃強得多呀！」

兩個人好半晌都未開口，蔡大嫂忽然臉上微微一紅，向劉三金輕輕說道：「不要說太太奶奶的話，我覺得，就像你這樣的人，也比我強！」

劉三金望著她哈哈大笑道：「好嫂子，我不知你心裡是個想的？要是你沒飯吃，沒衣穿，還說得去。你哩，除了蔡掌櫃不算合心的外，你還有恁好一個胖娃娃。像我們麼，你看，二十幾歲了，至今還無著落，要想嫁一個人，好難！我們比你強的在那裡呢？」

蔡大嫂道：「你們總走了些地方，見了些世面，雖說是人不合意，總算快活過來，總也得過別一些人的愛！……」

劉三金把眼睛幾眨，狡獪的看著她一笑道：「啊！你想的是這些麼！倒也不錯，大家常說：一鞍一馬，是頂好的，依我們做過生意的看來，那也沒有啥子好處。人還不是跟東西一樣，單是一件，用久了，總不免要討厭的，再好，也沒多大趣味。所以多少男的只管討個好老婆，不到一年半載，不討小老婆，便要出來嫖。我們有些姊妹，未必好看，卻偏能迷得住人，就因為口味不同了。我們女人，還不是一樣，不怕丈夫再好，再體面，一年到頭，只抱著這一個睡，也太沒味了！……嫂子，你還不曉得？就拿城裡許多大戶人家來說，有好多太太、奶奶、小姐、姑娘們，是當真貞節的麼？說老實話，有多少還趕不上我們！我們只管說是逢人配，到底要跟我們睡覺的，也要我們有幾分願意才行；有些貞節太太小姐們，豈但不擇人，管他是人是鬼，只要是男的，有那東西，只要拉得到身邊，貼錢都幹，她們也是換口味呀！……男人女人實在都想常常換個口味，這倒是真的。嫂子，你不要嘔氣，我為你著想，蔡掌櫃真老實得可以，你倒盡可以老實不客氣的跟他掙幾頂綠帽子，怕啥子呢？……」蔡大嫂笑著站起來道：「呸！你真是三句話不離本行，說著說著，就說起怪話來了！……」

劉三金也笑著站起來道：「是了，是了！事情是只准做，不准說的！……」

五　賭博

有一天，張占魁在午晌吃了飯後，來向羅歪嘴說，兩路口有一個土糧戶，叫顧天成的，是顧天根顧貢爺的三兄弟。不知因為甚麼原故，忽然想捐一個小官做做，已經把錢準備好了，到省交兌，因為他那經手此事的親戚，忽然得了差事走了，他的事便擱了下來。有人約他到廳子上賭博，居然贏了好幾百兩銀子。他因為老婆多病，既贏了錢，便想在省城討個小老婆。現在已叫人把他約了來，看這筆生意，做嗎不做？

天回鎮的場合，本來是硬掙的，因為片官不行，吃不住臺，近幾個月來大見冷落。所以當主人的，也不免心慌起來，本可以不必鴆豬剝狗皮的，但是也不能不破戒，假使有豬來，就姑且鴆一遭兒。這是羅歪嘴感慨之餘，偶爾向張占魁說過。

論主人，本來是朱大爺。因為他歲數既大，又因一件了不清的家務事，弄得心灰意懶。只好全部交給羅管事去主持，而自己只拿一部分本分錢。

羅歪嘴到底是正派人，以別種手段弄錢，乃至坐地分肥，凡大家以為可的，他也做得心安理得。獨於在場合上做手腳，但凡顧面子的，總要非議以為不然，這是他歷來聽慣了的；平日自持，都很謹飭，而此際不得不破戒，說不上良心問題，只是覺得習慣上有點不自然；所以張占魁來問及時，很令他遲疑了好一會。

「你到底摸清楚了不曾？是那一路的人？不會有後患罷？」

張占魁哈哈一笑道：「你哥子太多心了！大家的事，我又為啥子不想做乾淨呢？我想，你哥子既不願背聲色，那麼，就不必出頭，讓我同大家商量著去做，好不好？」

羅歪嘴把煙槍一丟，坐將起來，兩眼睜得大大的道：「你老弟說的啥子話？現在還沒有鬧到叫你出來乘火的時候！……」

張占魁自己知道說的話失了格，只好赧赧然的不再說。卻是得虧這麼一激，事情決定了，羅歪嘴便提兵調將起來。

壓紅黑寶的事，說硬就硬，說軟就軟，無論你的門路再精，要你輸你總得輸的。何況顧天成並不精於此道，而他所好的，乃在女色。因此，他一被引到雲集棧後院一個房間之時，剛把裝銀子的鞘馬一放在床上，劉三金早就特別打扮起來，低著頭從門口走過。他自然是懂的，只一眼瞟過去，就看清楚這是甚麼人，遂問張占魁道：「這裡還有玩家嗎？」

張占魁笑著點了點頭，遂隔窗子喊道：「老三！這裡來！有個朋友要看你！」

只聽見應了一聲，依然同幾個男子在那裡說話，而不見人進來。

顧天成站起來，抱著水煙袋，走到窗子邊一看。她正在院壩裡，一隻方凳上放的白銅盆內洗手，旁邊站了兩個高長子，一個近視眼的男子，不知喊喊喳喳，在說些甚麼。只見她仰起頭哈哈一笑，兩隻眼睛，瞇成了一線；舉起一雙水淋淋的白手，捧著向那近視眼的臉上一灑，回頭便向耳房裡奔去。剛轉身時，順便向這邊窗子上一望，一抹而過，彷彿是故意送來的一個眼風，那近視眼也跟著奔了去。

他好像失了神的一般，延著頸項，只向耳房那邊呆看。直到張占魁邀他到耳房裡去坐，他方訕訕的道：「可以嗎？」

那近視眼看見他們進來，才丟開手，向一張床鋪的煙盤邊一躺。

她哩，正拿著一張細毛葛巾在揩手，笑泥了。

張占魁很莊重的向她道：「老三，我給你對識一下。這是兩路口的顧三貢爺，郫縣的大糧戶，又是個捨得花錢的大爺。好好生生的巴結下子，要是巴結上了，顧三貢爺現正想討小老婆哩！」

劉三金只看著顧天成笑，把毛葛巾一拂，剛拂在他臉上，才開口招呼道：「哎喲！失了手！莫要見怪啦！……燒煙的不？這邊躺，我來好生燒個泡子賠禮，使得嗎？」

顧天成雖是個糧戶，雖是常常在省裡混，雖是有做官的親戚，雖進出過衙門，雖自己也有做官的心腸，雖自己也常想鬧點官派，無如徹頭徹腳，周身土氣，成都人所挖苦的苕氣。年紀雖只三十五歲，因為皮膚糙黑，與他家的長年阿三一樣，看去竟好像四十以外的人；眉目五官，都還端正，只是沒一點清秀氣。尤其表現他土苕的，就是那一身雖是細料子而顏色極不調和的衣服：醬色平縐的薄棉袍，繫了條雪青湖縐腰帶，套了件茶青舊摹本的領架，這已令人一望而知其為鄉下人了；加以一雙米色摹本套褲，青絨老家公鞋，又都是灰塵撲撲的，而棉袍上的油漬，領架背上一大塊被髮辮拖汙的垢痕，又知道是個不好潔的土糧戶；更無論其頭髮剃得絕高，又不打圍辮，又不留劉海，而髮辮更是又黃又膩的一條大毛蟲。手，簡直是長年的手，指頭粗而短，幾分長的指甲，全是黑垢漬滿了。

劉三金躺在他對面燒煙時，這樣把他的外表端詳了一番，又不深不淺的同他談了一會，問了他一些話，遂完全把他這個人看清楚了：土氣，務外，好高，膽小，並且沒見識，不知趣；而可取的，就是愛嫖，捨得花錢；比如才稍稍得了她一點甜頭，在羅歪嘴等老手看來，不過是應有的過場，而他竟有點顛倒起來。劉三金遂又看出他嫖得也不高超，並且頂容易著迷。

那夜，一場賭博下來，是顧天成做莊，贏了五十幾兩。在三更以後要安宿時，—— 鄉場上的場合，不比城內廳子上，是無明無夜的，頂晏在三更時分，就收了場。—— 劉三金特為到他床上來道喜，兩個人狂了一會，不但得了他兩個大錠，並且還許了他，要是真心愛她，明天再商量，她可以跟他走的。

第二天，又賭，又做莊。輸了，不多，不過三百多兩，還沒有傷老本。到夜裡，給了劉三金一隻銀手釧。她不要，說是：「你今天輸了，我個還好意思要你的東西！」這是不見外的表示，使他覺得劉三金的心腸太好。當夜要求她來陪個通宵，她又不肯，說：「將來日子長哩！我現在還是別個的人。」因又同他談起家常與身世來，好親密！

三天之後，顧天成輸了個精光，不算甚麼，是手氣不好。向片官書押畫字借了五百兩，依然輸了。甚至如何輸的，他也不知道，心中所盤旋的，只在劉三金跟他回去之後，如何的過日子。

有錢上場，沒錢下場，這是規矩，顧天成是懂規矩的，便單獨來找劉三金。劉三金滿臉苦相的告訴他：她在內江時，欠了一筆大債，因為還不起，才逼出來跑碼頭。昨天，那債主打聽著趕到此地，若是還不出，只好打官司。好大的債呢？不多，連本帶利六百多兩。

「！六百多兩，你為啥前幾天不說？」

「我說你是蠢人，真真蠢得出不贏氣！我前幾天就料得到債主會來嗎？那我不是諸葛亮未來先知了？」

顧天成蹙起眉頭想道：「那又個辦呢？看著你去打官司嗎？」

「你就再也弄不到六百多兩了麼？」

「說得好不容易！那一筆以二十畝田押借來的銀子，你不是看見輸光了，不夠，還借了片官二百兩？這又得拚著幾畝田不算，才押借得出！如今算來，不過剩三十來畝地方了，那夠呢？」

劉三金咬著嘴皮一笑道：「作興就夠，你替我把帳還了，你一家人又吃啥子呢？你還想我跟著你去，跟你去餓飯嗎？」

顧天成竟像著了催眠術一樣，睜著眼，哆著嘴，說不出話來。

劉三金又正顏正色的道：「算了罷！我看你也替我想不出啥子法來，要吊頸只好找大樹子。算了罷！你走你的陽關道，我過我的獨木橋，……」

顧天成抓住她的手道：「那你是不想跟我了！……你前天不是明明白白的答應過我，……不管咋樣也願意跟我，……今天就翻悔了！……那不行！……那不行！……」

她把手摔開，也大聲說道：「你這人才橫哩！我答應跟你，寫過啥子約據嗎！像你這蠢東西，你就立時立刻拿出六百兩銀子，我也不會同你一樣的蠢，跟著你去受活罪啦！……」

場合上的人，便也吆喝起來：「是啥東西？撒豪撒到老子們眼皮底下來了！」

顧天成原有幾分渾的，牛性一發，也不顧一切，衝著場合吵了起來。因為口頭不乾淨，說場合不硬錚，耍了手腳，燙了他的毛子；一面又夾七夾八的把劉三金拉扯在裡頭罵。

羅歪嘴站了出來，一直逼到他跟前問道：「你雜種可是要拆老子的臺？」刷的一掌，恰就打在臉上。

他當然要還手，當然挨了一頓臺打，當然又被人做好做歹的拉勸出來。領架扯成了兩片，棉袍扯了個稀爛，逃到場口，已是入夜好久了。

六　狗狗

顧天成到家的時候，小半邊殘月，還掛在天邊，拿城裡時候來說，是打過三更了。

冷清清的月色照著一處處的農莊，好像一幅潑墨山水，把四下裡的樹木，全變成了一堆堆的山丘。還沒有凍僵的秋蟲，響成一片。

鄉下人實在有摸夜路的本事，即如顧天成，在氣得發昏之後，尚能在小路上走十幾里，並於景色相似中，辨認出那一處是自己的農莊，而從極窄的田塍上穿過去。

攏門上擂得蓬蓬蓬的。立刻應聲而起的，就是他那隻心愛的猛犬花豹子，其次是那隻才生了一窩小狗的黑寶，兩隻犬一直狂吠著撲到門邊。

又是一陣蓬蓬蓬，還加上腳踢。

大約是聽明白了是甚麼人在打門，兩隻狗一同住了吠聲，只在門縫間做出了一種嘶聲，好像說：「你回來啦！……你回來啦！」

倒是四周距離不遠的一些農莊裡的狗，被花豹子吠聲引起，吶喊助威，因為過於要好，主動的雖已闃然無聲了，而一般幫腔助勢的，偏不肯罷休，還在黑魆魆的夜影中，鬆一陣緊一陣的叫喚。

門扉差不多要捶破了，加之以亂罵亂喊，而後才聽見十五歲的阿龍的聲音在廂房角上牛欄側答應道：「就來，就來！」

算是十幾里路清涼夜氣把他的忿火清減了一大半，所以才能忍住，直等到燈光映去，阿龍靸著破鞋，一步一蹋的聲音，來到門邊。他還隔門問了句：「當真是三貢爺嗎？」

顧天成的氣又生了起來，破口罵道：「老子入你的蠻娘！你龜兒東西，連狗都不如，聲氣都聽不出了嗎？」

並且一進門，就是兩耳光，比起接受於羅歪嘴的還結實；不但幾乎把阿龍手上的瓦燈壺打碎在地上，連那正想撲到身上來表示好意的花豹子與黑寶，都駭得挾起尾巴，溜之大吉。

他把瓦燈壺奪在手上，哆著嘴，氣沖沖搶進堂屋；一推房門，還在關著，只聽見病人的咳聲。

「咦！當真都睡死了！老子喊了恁久的攏門，還沒有把魂喊回來嗎？安心叫老子在堂屋裡過夜麼？老子入死你們的先人！」

病人在床上咳了一陣後，才聽見她抱怨道：「招娃子，硬喊不起來嗎？……你老子在生氣了！……開了門再睡咧。……我起得來時，還這樣淘神喊你！……」

顧天成在氣頭上，本不難一拳把房門捶破，奔進去打一個稀爛的，但經他那害癆病的老婆這樣一抱怨，心情業已一軟。及聽見他那十一歲半的女兒懵懵懂懂摸著下床，砰訇一聲，招弟哭了起來：「媽呀！我的腿骭呀！」他是頂喜歡他女兒的，這一來，便甚麼怒氣全沒有了。

聲氣放得十分的和平，又帶點著急樣子，隔門說道：「絆跌了嗎？招招，撐起來，把門打開，我好給你揉！」

還是在哭。

病人也著急的說：「不要盡哭了！……懵懵懂懂的絆跌一交，也不要緊呀！……快開門，讓你老子好進來。……早曉得這時候要回來，不關房門了，……省多少事！……」又是一陣厲害的嗆咳。

房門到底打開了。顧天成把瓦燈壺掛在窗櫺上道：「為啥子今夜不點燈呢？」

他老婆道：「點了的，是耗子把燈草拖走了，……我也懶得喊人。」

招弟穿了件小汗衣站在當地，兩隻小手揉著眼睛。他把她抱起來，拍著腿道：「腿骭跌痛了嗎？……可是這裡？」

招弟撅著嘴道：「跌得飛疼的！……你跟我帶的雲片糕呢？我

要！……」

他老婆也道：「你從省裡回來的嗎？……半夜三更的趕路，……有啥子要緊事嗎？……衣裳扯得稀爛，是不是又打了捶來？」

他依然撫拍著招弟道：「乖女，夜深了，睡罷！爹爹今天著了棒客搶，連雲片糕都著搶走了，明天再買。」

七　稀爛

招弟重新睡了，顧天成把領架棉袍脫去，把老婆的鏡子拿到燈壺前照著一看，右眼角上一傷，打青了，其餘還好，沒有傷。

他老婆又問:「為啥子把衣服也扯得稀爛？難道當真碰著了棒客！……捐官的銀子，可交跟袁表叔了？……幺伯那裡欠的五十兩，可收到了沒有？……」

他一想到前事，真覺得不該得很；不該聽袁表叔的鼓吹，把田地抵了去捐官，以致弄到後來的種種。但慫恿他聽袁表叔話的，正是他的幺伯。因此，他的回答才是:「你還問呢？我就是吃死了這兩個人的虧了！沒有他們，我的幾十畝地方，就憑我脾氣出脫，也不會像這幾天這樣快呀！末後，還著一個濫婊子欺負了，挨了這一頓！……」他於是抓過水煙袋，一面狠狠的吃著，一面把從省城賭博直到挨打為止，所有的經過，毫無隱飾的，通通告訴了她。

他的老婆，只管是個不甚懂道理的老實的鄉下女人，但是除了極其刻苦自己，害了病，連藥都捨不得吃的而外，還有一樁好處，就是「無違夫子」四個字。這並不是甚麼人教過她，她又不曾唸過甚麼聖經賢傳，可以說是她從先天中帶了來的。她本能的認為當人老婆的，只有幾件事是本等：一是做家務中凡男子所不做的事，二是給男子生兒育女，三是服服貼貼聽男子的指揮打罵，四是努力刻苦自己，穿吃起居萬萬不能同男子一樣；還有，就是男子的事，不管是好是歹，絕不容許插嘴，他要如何，不但應該依從他，還應該幫助他。

所以她自從嫁給顧天成，她的世界，只限於農莊圍垣之內，她的思想，只在如何的盡職，省儉。她丈夫的性情，她不知道，她丈夫的行為，也不知道。她只知道一件事，就是出嫁了十三年，只給丈夫生了一個女兒，不但對不住丈夫，連顧家的祖宗，也對不住。她只知道不生兒子，是自己的罪過，卻根本不知道她丈夫在娶她之後四年，已染了不能生育的淋濁大症，這不但她不知道，就是她的丈夫以及許多人又何嘗知道呢？因此，她丈夫彰明較著的在外面嫖，她自以為不能過問，就她丈夫常常提說要討小老婆，她也認為是頂應該的，並且還希望早點生個兒子，她死了，也才有披麻戴孝的，也才有拉縴的，不然就是孤魂野鬼；自從生病以來，更是如此的想。這次顧天成進省，順帶討小老婆一件事，便是她向丈夫說的。

她是如此的一個合規的鄉婦，所以她丈夫的事，也絕對的不隱瞞她，不論是好是歹，凡在外面做過了，必要細細的告訴她；或是受了氣，還不免要拿她來發洩發洩，她總是聽著，受著，並且心安理得，毫不覺得不對。近來，因為她害了癆病，他也稍稍有點顧慮，所以在今夜打門時，才心軟了，未曾像往回一樣，一直打罵進來，而且在盡情述說之後，也毫未罵她。她感激之餘，於她丈夫之不成行，胡嫖亂賭，被人提了蘿蔔秧，把大半個家當這樣出脫的一件事，並未感著有該責備之處，而她也居然生氣，生氣的是劉三金這婊子，為何搗精作怪，丈夫既這樣喜歡她，她為甚麼不就跟了來？

顧天成把心胸吐露之後，覺得清爽了一點，便商量他的復仇打算來：「拚著把地方賣掉，仍舊去找著袁表叔，大大的捐個官，鑽個門路同成都縣的縣官拜個把子，請他發一張簽票，把羅歪嘴張占魁等人一鏈子鎖去，先把屁股打爛，然後放在站籠裡頭站死！……親眼看見他們站死才消得心頭這股惡氣！……」

他老婆道：「那婊子呢？」

「劉三金麼？……」

這真不好處置啦！依他老婆意思，還是弄來做小老婆，「只要能生兒子，管她那些！」

把他過去、現在、將來、一切事實和妄想結清之後，才想起問他老婆：「為啥子，吃了張醫生的藥，反轉爬不起來？……起來不得，有好多天了？」

又咳了一陣，她才答說：「今天白天，還起來得，下午才軋實的！……胸口咳得飛痛！……要想起來，就咳！……張老師的藥太貴了，我只吃了一副，……我不想吃藥，真個可惜錢了。」

「藥雞吃過了幾隻？他們都說很有效驗哩。」

他老婆好像觸了電似的，一手打在被蓋上，嘆了口氣道：「再不要說雞了！……今天就是為雞，受了一場惡氣，……才軋實起來的。……唉！人善被人欺，……馬善被人騎！……」

顧天成也吃了一驚道：「咋個的，你今天也……」

「還是跑上門來欺負人哩！……就是鐘幺嫂啊！……」

鐘幺嫂，那個年近三十的油黑女人，都還風騷，從去年以來，就同顧天成做起眉眼來了。一聽見說她，他便注了意，忙問是一回什麼事。他老婆又咳，說起來又不免有點動感情，說了好一會，事情才明白了。原來他老婆得了藥雞方子，草藥已弄好了，只是捨不得殺雞。直到今天早晨，招弟到林盤裡去玩耍，回來說林盤裡有一隻死雞。阿龍撿回來，才是著黃鼠狼咬死，只是砸了血去，還吃得。招弟說是鐘家的雞。論理，管牠是那家的，既是黃鼠狼銜在林盤裡，就算外來財。她就叫阿龍洗出來，把藥放在雞肚裡，剛蒸好。只怪招弟嘴快，她到鐘家去耍，說起這雞，鐘幺哥還沒說甚麼話，鐘幺嫂不答應了，氣哼哼的奔來，硬說是她好吃嘴，支使阿龍去偷的。阿三趕場回來，同她硬撐了兩句，「你看，她才潑哩！趕著阿三打嘴巴子，阿三害怕她，躲了。她把藥雞端回去了不算，還把我的一隻生蛋母雞，也搶去了，還說等你回來，要問你一個豈有此理。把我氣得啥樣，立刻就心痛氣緊得爬不起來。我不氣她別的，為啥子把我的母雞搶去了？……」

顧天成默然半晌，才說：「鐘幺嫂本來都還好的，就因為投了曾家的佃，曾家是奉教的，沒有人敢惹，所以鐘家也就橫起來了。」

他老婆道：「奉教不奉教我都不管，……我只要我的母雞。」

「這容易，我明天一定去要回來，給你蒸藥雞吃。」

「啊呀！請你不要拉命債了！……病要好，它自己會好的。……」

雞已啼叫了，他老婆還有精神，他卻支不住了，將燈壺吹熄，就擠在他老婆的腳下睡了。

八　死雞

據鐘幺嫂說來，雞是黃鼠狼咬死的，不過並未拖在他的林盤裡，而拖在她的籬落邊。一隻死雞，吃了，本不要緊，她男子也是這樣說；但她想來，顧三娘子平日多刻，一點不為人，在她林盤裡撈點落葉，也要著她咒罵半天。在這裡住了兩年，受了她多少小氣。老實說，如今有臂膊子，硬不怕了！所以本不要緊的一隻死雞，要是別的人，吃了就算了，那裡還消吵鬧；因為是她，又因為顧三貢爺沒有在家，安心氣她，所以才去吵了一架，她如今也不敢歪了，看見打了阿三，便忙說：「賠你的雞就完了！」鐘幺嫂得意的一笑道：「那我硬不說啥，把那母雞捉了就走。其實哩，只是氣她，我們再橫也橫不到這樣。三貢爺，母雞在這裡，還是不還她的，你要吃，我願意貼柴貼水，殺了煮跟你吃。」

顧天成曉得她的用意，只是不免有點掛念他的老婆，便含著笑道：「鐘幺嫂，又何必這樣同她認真呢？還了她罷！看在我的面上！」

鐘幺嫂把他審視了一下，忙湊過身子，把手伸來，要摸他的臉。他本能的一躲，將臉側了開去。

她生氣道：「你躲啥子？我看你臉上咋個是青的？是不是因為雞，著她打了，才叫我看你的臉？」

他道：「你這才亂說哩！她敢打我？沒有王法了！這是昨天同人打捶打傷的！」

「是咋個的一回事？」

「你讓我把雞拿回去後，再慢慢跟你說，說起來話真長哩！」

她兩眼睜得圓圓的道：「你為啥子這樣衛護她？她叫你來要雞，你硬就要拿雞回去，我偏不跟你，看你把我咋個！」

「你看她病得倒了床，不拿雞回去，一定會氣死的。」

「氣死就氣死，與我屁相干！雞是她賠我的，想不過，又叫男人來要回去，太不要臉了！」

她男子也在旁邊勸道：「不看僧面看佛面，就作興送三貢爺的。」

「那更不行！人家好好的問他咋個同人打捶，他半句不說，只是要雞，這樣看不起人家，人家還有啥心腸顧他！」

顧天成不敢再違她的意，只好把幾天的經過，一一向她說了。她不禁大怒，撐起眉頭，叫了起來道：「這真可惡呀！……把衣裳解開，讓我看你身上有沒有暗傷。……你難道就饒了他們嗎，還有那個濫婊子？」

顧天成搖搖頭道：「饒他們？那倒不行？我已打了主意，拚著傾家，這口氣是要出的！」遂把他昨夜所想的說了一番。

鐘老幺咂著短葉子煙道：「那不如就在衙門裡去告他們好了。」

他老婆順口就給他碰回去道：「你曉得啥子？像他們那些人，衙門裡，有你的話說嗎？」

她又向顧天成道：「你的主意，也不算好，為出一口氣，把家傾了，值得嗎？」

顧天成道：「不這樣，卻咋個鴆得倒他們呢？」

招弟恰找了來，撲在她爹爹懷裡道：「你說今天去跟我買雲片糕哩！」

顧天成忙把她抱在膝頭上坐著，摸著她那亂蓬蓬的頭髮道：「那是昨夜誑你的，二天進城，一定跟你買來。……媽媽沒起來，今天連毛根兒都沒人梳了。」

鐘幺嫂忽然殷勤起來道：「招弟來，我跟你梳。」她果然進房去把梳子取出來。

梳頭時，她道：「招弟快十二歲了，再半年，就可留頭了！只是這麼大，還沒包腳，咋使得！你的媽真是小眼孔，沒見識，心疼女，也不是這樣心疼呀！」

顧天成道：「請你幫個忙，好不好？」

她笑道：「我又不是你的小老婆，野老婆，連你女兒的腳，也要勞起我來！」說完，又是一個哈哈。

鐘老么倒不覺得怎樣，卻把顧天成怯住了。

幸而話頭一轉，又說到報仇上，鐘么嫂忽然如有所觸的說道：「三貢爺，我想起了，你不如去找我們主人家曾師母，只要她向洋人說一句，寫封信到衙門去，包管你出了氣不算，你那二百兩銀子的借帳，也可以不還哩！」

顧天成猛的跳將起來，兩手一拍道：「這主意真妙！那怕他們再凶再惡，只要有洋人出頭，硬可以要他們的狗命的。」

鐘么嫂得意的說道：「我這主意該好？」

顧天成不由衝著她就是一個長揖。跟著又把在他袁表叔家學來的請安，逼著她膝頭，挺著腰，伸著右臂，兩腿分開，請了個大安，馬著臉，逼著聲氣，打起調子道：「么太太費心了！卑職給么太太請安！並給么太太道勞！卑職舍下還有一隻公雞，回頭就叫跟的給么太太送上，求么太太賞收！」於是又一個安。

鐘家夫婦連招弟都狂笑起來。鐘么嫂笑得一隻手捧著肚子，一隻手連連打著他的肩頭道：「你……你……你……那裡學些怪……樣子！……成啥名堂！……」

顧天成自己也笑了起來道：「你不曉得嗎？這是官派。做官的人都這樣，我費了多大的力，才學會的，虧你說是怪樣子哩！」

好半會，鐘么嫂才忍住了笑道：「這樣鬧官派，看了，真叫人肉麻，虧你學！……你目前還在想做官嗎？」

「那個不想做官呢？不過運氣不好，湊合了別人。要是袁表叔不走，這時節還不是老爺了！省城裡打個公館，轎子出，轎子入！

鍾幺嫂捧了個佛道：「阿彌陀佛！幸虧你輸了，若你當真做了官，我們還能這樣親親熱熱的擺龍門陣嗎？看來，你還是不要去找曾師母，我倒感激那般人！」

顧天成忙道：「快莫這樣說！我就當真做了官，敢把我們的幺嫂子忘記嗎？若是把那般人饒了，天也不容！幺嫂子，你沒看見我昨天挨甍打的樣子，想著還令人傷心哩！你只問招弟，我那身衣裳，是咋樣的爛法！」

鍾老幺又裹起一竿葉子煙來咂著道：「三貢爺，你認得我們曾師母嗎？」

顧天成愕然道：「我？……並不認得！」

「那你咋樣去找她呢？」

「對呀！」他瞅著鍾幺嫂出神。鍾幺嫂只是笑。

鍾老幺噴了幾口濃煙道：「找她去！」用嘴向他老婆一努。

鍾幺嫂如何就肯答應？自然又須得顧三爺切切的哀求，並許下極重的酬報，結果，自然是答應了。但如何去向曾師母說呢？這又該商量了，並且顧天成誠然萬分相信洋人的勢力，足以替他報復出氣，但對於曾師母的為人，與其力量，卻還不大清楚。平日沒有切身關係，誰去留心別人，如今既要仰仗她的大力，那就自然而然要先曉得她的身世了。

九　自信

鐘家之所以能投佃到曾家的田地，就因鐘幺嫂一個親姐姐在曾家當老婆子，有八年之久，很得曾師母的信任的原故，而曾師母的歷史，她最清楚，並且有些事她還參與過來。曾師母相信她是能守祕密的，她自己也如此相信，不過關於曾師母的一切，她只告訴了兩個人，一個是她的丈夫，一個就是她的妹妹鐘幺嫂。這兩個人也同樣得她的信任，以為是能守祕密的，而這兩個人的自信，也與她一樣。她丈夫已否把這祕密信託過別人，不得而知，而鐘幺嫂則是先已信託過了她的老實而能守祕密的丈夫，現在經顧天成一問，她又相信了他，當著她丈夫說道：「三貢爺，因為是你，一則你是好人，不多言不多語的，二則我沒有把你當作外人。我把他們家的事告訴你，你千記不要洩漏呀，說不得的！我向我門前人也是這樣囑咐的……」

「……曾先生今年下鄉來收租子，你是看見過的。那麼矮，那麼瘦，又那麼窮酸的樣子，不是一身伸抖衣裳，就不像猴兒，也像他媽一個叫化，你該猜不出他會有田地，有房子，有兒女呀！只算是妻命好，若不靠他老婆曾師母，他能這樣嗎？怕眼前還在掙一兩銀子一個月，未必趕得上我們這些莊稼漢哩！」

「說起曾師母，恰恰與他相反，你沒有看見過。我跟她拜過年，拜過節，送過東西，是看熟了的。幾高，幾大，不很胖，白白淨淨的，硬跟洋婆子一樣。圓圓一張大臉，高聳聳一條大鼻子，不很好看。卻是喜歡打扮，長長的披毛，梳得拱拱的，外面全沒有那樣梳法。又愛搽紅嘴皮，畫眉毛，要不是看見她打扮，硬不信一個女人家的頭面，會那麼異模異樣的收拾。穿得也古怪，說不出是咋個穿的，披一片，掛一塊。一雙大腳，難看死了，硬像戲上挖苦的：三寸金蓮橫起比！走起路來，挺胸凸肚的，比男人家還雄壯，那裡像一般太太小姐們斯文。就只是全身都是香馥馥的，老遠你就聞著了，比麝香還好聞。姐姐說她有一間房子也收拾得異樣，連曾先生都不准進去，我沒有看見，說不來，其實哩，就我看見的那間房子已擺得很闊了，姐姐說像那樣好的穿衣鏡，琉璃燈，全成都省便找不出第二家來。

「人倒好，很和氣的，一點不像別的有錢人，不拘對著啥子人，總是笑嘻嘻的，有說有講。姐姐說，再難得看見她發過氣，挖挖苦苦的破口罵過人。

「不過，說到她的來歷，就不大好聽了。不許你向別人洩漏的就是這一點，三貢爺，你該不會高興了亂說罷？

「聽說她是一個孤女，姓郭，父親不曉得是做啥的，早就死了，家裡又窮，到十四歲上，實在沒奈何，她媽要把她賣跟人家做小。不曉得咋個一下，著一個姓史的洋婆子知道了，跟了她媽二十兩銀子，把她收養在教堂裡。把她的腳放了，頭髮留起來，教她認字讀書，說她很聰明，又教她說洋話，有五年工夫，她的洋話，說得同洋人一樣，打扮得也差不多，男洋人女洋人都喜歡她。久而久之，不曉得咋個的，竟和史先生有了扯扯，著史師母曉得了，大鬧一場，不許她住在家裡，史先生沒法，才商量著把她帶到重慶，送給另外一個沒有洋婆子的洋人。

「聽說那洋人並不是教堂裡的人，像是啥子洋官，歲數已大，頭髮都白了。她就老老實實當起洋太太來。聽說那洋人也很喜歡她，特為她買了多少稀奇古怪的好東西，她現在使用的，全是那時候買的。足有三年工夫，那洋人不知因為甚麼，說是要回國不再來了，本要帶她走的，是她不肯，她害怕飄洋過海；那洋人沒奈何，哭了幾場，只好給了她很多銀子。

「她回省時，已經二十五歲了，我姐姐就在這時候去幫她的。

「前頭那個史洋人依舊同她好起來。可是那洋婆子又很歪，史先生不敢公然同她在一起，只好給她做個媒，嫁給曾先生。

「曾先生是個教友，那時窮得心慌，在教堂裡不知做了件啥子小事，一個月才一兩銀子的工錢，快要四十歲了，還討不起老婆。一下討了個又年輕又有錢的女人，還有啥子說的，立刻就算從糠篼裡頭跳到米篼裡頭了。不過也有點不好受的地方，史先生要常常來，來了，總是同曾師母在那間不許別人進去的房間裡，半天半天的不出來。曾先生也好，從不出一口大氣，巴結起他的老婆來，比兒子還孝順。

「到現在，已是八年了，一個兒子七歲，一個女兒五歲，卻都像曾先生，這也怪啦！

「史先生在教會裡很多人怕他，衙門裡也鑽得熟。聽說從制臺衙門起，他都能夠闖進闖出的。不過要找他說事，卻不容易，只有找曾師母，要是曾師母答應了，比靈官符還靈。不過曾師母也不好找，找她的人太多了，十有九個是見不著的。」

鐘幺嫂說完之後，又笑道：「三貢爺，這下你該曉得，我只管答應了你去找曾師母，事情還是不容易的呀。我想來，對直去找她，一定不行，雖說我是她的佃客，我咋個好說為你的事呢？你跟我非親非故，只是鄰居，為鄰居的事去找她勞神，她肯嗎？我看，只好先去找我的姐姐，請姐姐去說。不過找人的事情，也不好空口說白話的呀，多少也得送個水禮，你說對不對？」

顧天成自然應允了，請她明天就去，她也答應了，到末了，又向著顧天成笑道：「三貢爺，你要弄明白，我只是為的你呀！」

十　氣死

但是鐘幺嫂在第二天並未進城去，因為顧三奶奶死了，她不能不在顧家幫忙的原故。

顧三奶奶之死，別的人只曉得是害癆病，捨不得錢吃藥死的。就中只有幾個人明白，她本可以不必死得這樣快，或者慢慢將養，竟不會死的，假使鐘幺嫂不為一隻死雞去與她一鬧，假使鐘幺嫂把搶去的雞還了她。她之死，完全是一口氣氣死的！

顧天成只管說不懂甚麼，但對於老婆總未嫌到願意她死。既然氣死，他又安能若無事然？

在吃午飯時，在老婆呻喚了一陣，便絕了氣。顧天成跳起腳的哭；招弟看見他哭，也哭；阿龍還是小孩，也哭。

一片哭聲從院子透過林盤，從林盤透到四面散處的鄰居。於是在阿三麻麻木木正燒倒頭紙時，大娘大嫂嬸嬸姆姆們先就湧了來，而第一個來的便是鐘幺嫂。

她一進房門，就把顧天成從床邊上拉起來道：「哎喲！人死了，連罩子都不掀開，她的三魂七魄，連個出去呢？不要哭了，趕快上去，把罩子下了！」

她在誆住招弟以前，也放聲大哭了一場。並望著一般男女鄰居說：「真是呀，顧三奶奶，那裡像短命的！平日多好，見著我們，總是和和氣氣的，一句話不多說！……心又慈，前月一個叫化子走來，我才說一聲可憐，天也冷了，身上還是披的那件破單衫。你們看，顧三奶奶當時，就把三貢爺一件爛夾衫取出跟了他。……像這樣的人，真不該死！女娃子才這麼一點大，再過兩三年，等招弟半成人了，再死，不好嗎？……可是，顧三奶奶也太手緊了，病得那麼凶，總捨不得錢吃藥。我看她一回，總要勸一回，我說：『三奶奶，你又不是吃不起藥的，為啥子拿著命來拚？不說這些平常藥，幾十百把錢一副，就是幾兩銀子一副的，你也該吃呀。三貢爺也不是只認得錢的人，他也望你的病好呀，我親耳聽見他抱怨你捨不得吃藥，你為啥子這樣省呢？況且又沒有兒子，還怕把家當跟兒子吃光了，他不孝順你？』……你只管勸她，她總是笑著說她病好了些。說起真可憐，前天我聽見她有個藥雞方子，曉得又捨不得殺雞的，我才殺了隻雞跟她送來。你們看，這人也太怪了，生死不收我的雞，還生死要拿她一隻下蛋母雞還我！……像這樣的好鄰居，那裡曉得就會死哩！不說三貢爺傷心，就我們說也心痛啊！」

顧天成簡直不曉得人死之後，該怎樣辦法，只是這裡站站，那裡站站，隨時把女兒牽著，生怕她會隨著她媽媽走了似的。

一個有年紀的男鄰居，才問他棺材怎樣辦，衣衾怎樣辦，「也得在場上請個陰陽來開路，看日子，算七煞的呀！」他遂把這一切全託付了這位老鄰居。而鐘幺嫂卻處處都要參入支配，好像她也是顧家的一分子。只有一件事，是那老鄰居認為她做對了的，便是打發阿三趕三十里到顧三奶奶的娘家去報信。

鄰居們來幫忙，絕沒有餓著肚皮做事的，這又得虧了鐘幺嫂，一天四頓，全是她一個人同著兩三位女鄰居在灶房裡做。也算省儉，幾天當中，只把顧三奶奶捨不得吃而保存著的數壇鹹菜泡蛋，吃了個乾淨。此外僅在入大殮，供頭飯時，叫廚子來做了好幾席，殺了一口豬，若干雞。

顧三奶奶的娘家，只來了一個嫂嫂。進門來就數數落落，哭了一場。哭她妹子太可憐，為顧家苦了十幾年，害病時沒有請上三個醫生，沒有吃過補藥，死來值不得；又哭她妹子太省儉了，省儉到連娘家都不來往，「你平日怕娘家人來沾你一點光，你現在死了！能把家當帶走麼！」又哭她妹夫沒良心，怎不早點來通知，也好讓娘家來一個人送她妹子的終；又哭她妹子沒有兒，為甚麼不早打主意，在親戚中抱個兒，也有捧靈牌子的呀！

一番哭，已把顧天成哭得心裡很不自在；鐘幺嫂並把他喊在灶房裡，向他說：「這樣的娘家人，才不懂事呀！那裡是號喪，簡直在罵人！罵你哩，已經不對了，那家願意好好的死人呢？別人家裡死了人，那個又不傷心咧？再罵到死人，更不對！人已死了，就有天大的仇，也該解了，還這樣挖挖苦苦的罵，別的人聽了，多難聽！你看，我難道與你三奶奶沒有過口角嗎？要說仇氣，那可深呀！前天聽見她一死，我駭得啥麼樣的，趕來，傷傷心心的哭了她後，還向著眾人專說她的好處。……」加以大殮之後，她嫂嫂就要搶東西回去，說她妹子既死了，她就不忍心再住在這裡，看見招弟。就想到妹夫以後討個後老婆的情形，「有後娘就有後老子，以後招弟的日子才難過哩！若是舅舅家裡事好，我倒把她領去了，如今，只好把姑姑的東西拿些回去做憶念，招弟大了，願意來看舅舅舅母，又再來往好了！」名曰做憶念，卻恨不得把顧家所有的東西，整個搬了家去。

這下，把顧天成惹冒了火，老實不客氣的就同他老婆的嫂嫂大鬧起來。鬧到若非眾人擋住，她幾乎被妹夫痛搊一頓。她也不弱，只管打罵吵鬧，而終於將箱櫃打開，凡見可拿的細軟首飾，終於盡量的向懷裡與包袱裡塞，這又得虧了鐘幺嫂，硬不客氣，並且不怕嫌疑，口口聲聲說是為招弟將來著想，而與她賭搶賭吵，才算留存了一部分，使旁觀的人又笑她太愛管閒事，又佩服她勇敢，而顧天成則五體投地的感激她。

官紳人家，喪事大禮，第一是成服。鄉間卻不甚講究，顧天成也不知道。只隨鄉間習俗，從頭七起，便招請了半堂法源壇半儒半道的老年少年來做法事，從天色微明，鑼鼓木魚就敲打起來，除一日三餐連一頓消夜外，休息時候真不多，一直要鬧到半夜三更。天天如此，把一般愛熱鬧的鄰居們都吵厭了。幸得做法事的朋友深通人情，於日間念了經後，在消夜之前，必要清唱一二出高腔戲，或絲弦戲。

鄉下人是難得聽戲的，一年之中，只有春天唱社戲時，有十來天的耳目之娛。所以就是清唱，大家也聽得有勁。顧天成也會唱幾句，在某一夜，喝了兩杯酒，一聽見鑼鼓敲打得熱鬧，竟自使他忘記了這在他家裡是一回甚麼事，興致勃勃，不待他人慫恿，公然高唱了一出打龍袍。

法事做完，不但顧家，就是鄰居們與鐘幺嫂，也都感覺到一種深的疲倦。顧天成一直熟睡了三天，才打起精神，奔進省城到大牆後街幺伯家來商量下葬他老婆的事。

十一　豆瓣

他的幺伯，叫顧輝堂，是他親屬中頂親的一房，也是他親屬中頂有錢的一房。據說，新繁郫縣都有很多的田，而兩個縣城中都有大房子。在二年之前，才搬到成都住居。其原因，是老二娶了錢縣丞的大小姐，錢家雖非大官，而在顧糧戶一家人眼裡看來，卻是不小。要將就二奶奶的脾氣，老夫婦才決定在大牆後街買了一個不算大的中等門道住下。

老大夫婦不知為甚麼不肯來，仍留住在郫縣。顧輝堂也放心，知道老大是個守成的人，足以管理鄉間事務，便把兩縣中的田地，全交給了他，只一年回去幾次，清查清查。

老二讀書不成，因為運氣好，與錢縣丞做了女婿，便也是一家的嬌子。老子不管他，媽媽溺愛他，自然穿得好，吃得好，而又無所事事，一天到晚，只是跟著二奶奶在家裡吃了飯，就到錢家去陪伴丈人丈母。他的外表，相當的清秀，性情更是溫柔謹慎，不但丈人丈母喜歡他，就連一個舅子兩個小姨妹都喜歡他。

顧輝堂有四十九歲，與他的老婆同歲。兩夫婦都喜歡吃一口鴉片煙，據他們自己說癮並不大，或者也是真話。因為他們還能起早，還能照管家裡事情，顧老太婆還能做醃菜，做胡豆瓣，顧老太爺還能出去看戲，喫茶。

顧天成來到的一天，他幺伯剛回來吃了午飯，在過午癮，叫他在床跟前坐了。起初談了些別的事，及至聽見他老婆死了，幺嬸先就坐了起來道：「陸女死了嗎？」跟著就嘆息一番，追問造成底是甚麼病，吃的甚麼藥，同著幺伯一鼓一吹的，一時又怪他不好好給陸女醫治，一時又可憐招弟幼年喪母，可憐他中年喪妻，一時又安慰他：「陸女為人雖好，到底身體太不結實，經不住病。並且十幾年都未跟你生一個兒子，照老規矩說來，不能算是有功的人。既然做了幾天法事，也算對得住她了！……我看，你也得看開點，男兒漢不比三綹梳頭的婆娘們，老婆死了，只要衣衾棺椁對得住，也就罷了。這些時，還是正正經經說個好人家的女兒，一則你那家務也才有人照管，招弟的頭腳也才有人收拾；二則好好生幾個兒子，不但你們三房的香菸有人承繼，就陸女的神主也才有人承主。……」

顧天成自沒有甚麼話說，便談到他老婆下葬的話。幺伯主張：既非老喪，而又沒有兒子，不宜停柩太久，總在幾個月內，隨便找個陰陽，看個日子，只要與他命相不沖，稍為熱鬧一下，抬去埋了就是。這一點，兩方都同意。下葬的地方，顧天成打算葬在大六房的祖墳上，說那裡地方尚寬，又與他所住農莊不過八里多路。他幺伯幺嬸卻都不以為然，唯一的理由，就是大六房祖墳的風水，關係五個小房。大二四各小房都敗了，不用說，而五房正在興旺，那一年不添丁？那一年不買田？去年老大媳婦雖沒有生育，而老二媳婦的肚皮現在卻大了；去年為接老二媳婦，用多了錢，雖沒買田，但大牆後街現住的這個門道，同外面六間鋪面，也是六百多兩的產業。三房雖還好，但四十幾年沒有添過丁，如今只剩招弟一個女花，產業哩，好久了，沒有聽見他拿過賣約，想是祖墳風水，已不在他這一房。如今以一個沒兒子的女喪，要去祖墳上破土，設若動了風水，這如何使得？為這件事，他們伯侄三人，直說了一下午。後來折衷辦法，由幺伯請位高明陰陽去看看，若果一切無害，可以在墳埂之外，挪點地方跟他，不然，就葬在他農莊外面地上好了。再說到承主的話，顧天成的意思，女兒自然不成，但等後來生了兒子再辦，未免太無把握，很想把大兄弟的兒子過繼一個去承主。這話在他幺伯幺嬸耳裡聽來，一點不反胃，不過幺伯仍作起難來。

他道：「對倒是對的，但你沒想到，你大兄弟只生了兩個女四個兒。長子照規矩是不出繼的，二的個已繼了四房，三的個繼了大房，四的個是去年承繼跟二房的。要是今年生一個，那就沒話說了，偏偏今年又沒生的。難道把二的個再過繼跟你嗎？一子頂三房，也是有的。……」

顧老太婆心裡一動，搶著道：「你才渾哩！定要老大的兒子，才能過繼嗎？二媳婦算來有七個月了，那不好拿二媳婦的兒子去過繼嗎？」

顧輝堂離開煙盤，把竹火籠上煨的春茶，先斟了一杯給他侄兒，又給了他老婆一杯，自己喝著笑道：「老太婆想得真寬！你就拿穩了二媳婦肚皮裡的是個兒子嗎？……如其是個女兒呢？」

老太婆也笑道：「你又渾了！你不記得馬太婆摸了二媳婦肚皮說的話嗎？就是前月跟她算的命，也說她頭一胎就是一個貴子。說後來她同老二還要享那娃兒的福哩！」

事情終於渺茫一點，要叫老太婆出張字據，硬可保證她二媳婦在兩個月後生的是個貴子，她未必肯畫字押。然而顧天成的意思，沒兒子不好立主，不立主不好下葬，而一個女喪盡停在家裡，也不成話，還不必說出他也想趕快續娶的隱衷。既然大六房裡過繼不出人，他只好到別房裡找去。在幺伯幺嬸聽來，這如何使得，便留他吃了晚飯再商量。

到吃飯時，錢家打發了一個跟班來說：「我們老爺太太跟親家老爺太太請安！姑少爺同大小姐今夜不能回來，請親家老爺太太不要等，明天下午才能回來。」

這是很尋常的事，只是顧天成看見那跟班的官派，與他的官腔，心中卻不勝感羨。尋思要是能夠與錢家往來往來，也可開開眼界。袁表叔雖然捐的是個知縣，到底還是糧戶出身，錢家哩，卻是個世家，而錢親翁又在官場多年，自然是蘇氣到底的了。這思想始將他向別房找承繼的念頭打斷了，而與幺伯細商起來。

第四部分
興順號的故事

一　情趣

天回鎮雲集棧的場合，自把顧天成轟走，沒有一絲變動，在眾人心裡，也不存留一絲痕跡。唯有劉三金一個人，比起眾人來，算是更事不多，心想顧天成既不是一個甚麼大糧戶，著眾人弄了手腳，輸了那麼多，又著轟走，難免不想報復；他們是通皮的，自然不怕；只有自己頂弱了。並且算起來，顧天成之吃虧，全是張占魁提調著自己做的，若果顧天成清醒一點，難免不追究到「就是那婊子害了人！」那麼，能夠賴著羅歪嘴他們過一輩子麼？勢所不能，不如早些抽身。

一夜，在床上，她服伺了羅歪嘴之後，說著她離開內江，已經好幾年，現在蒙干達達的照顧，使她積攢了一些錢，現已冬月中旬了，她問羅歪嘴，許不許她回內江去過一個年？羅歪嘴迷迷糊糊的要緊睡覺，只是哼了幾聲。

到第二天上午，她又在煙盤子上說起，羅歪嘴調笑她道：「你走是可以的，只我咋個捨得你呢？」

「哎呀！干達達，好甜的嘴呀！像我們這樣的人，你有啥捨不得的！」

羅歪嘴定眼看著她，並伸手過去，把她兩頰一摸道:「就因你長得好，又有情趣！」

這或者是他的老實話，因他還有這樣一番言語:「以前，我手上經過的女人，的確有比你好的，但是沒有你這樣精靈；也有比你風騷幾倍的，卻不及你有情趣。……我嫖了幾十年，沒有一點流連，說丟手，就丟手，那裡還向她們殷勤過？……我想，這必是我只管嘗著了女人的身體，卻未嘗著女人的心！……說不定，從前年輕氣盛，把女人只是看做床上的玩貨，玩了就丟開。如今，上了點年紀，除卻女人的身體，似乎還要點別的東西，……你就明白，我雖是每晚都要同你睡，你算算看，同你做那個，有幾夜認真過？甚至十天八天的不想。但是沒有你在身邊，又睡不好，又不高興。……我也說不出這是啥道理。不過我並不留你，因我自小賭過咒不安家的。……」

劉三金也微微動了一個念頭，便引逗他道：「你不曉得嗎？人到有了年紀，是要一個知心識意的女人，來溫存他的。你既有了這個心，為啥子不安個家呢？年輕不懂事時，賭個把咒算得啥子！……若你當真捨不得我，我就不走了，跟你一輩子，好不好？」

羅歪嘴哈哈一笑道：「只要你有這句話，我就多謝你了！老實告訴你，我當真要安家，必須討一個正經女人才對，正經女人又不合我的口味。你們倒好，但我又害怕著綠帽子壓死！」

她把手指在他額上一戳，似笑不笑的瞅著他道：「你這個嘴呀！……你該曉得婊子過門為正？婊子從了良，那裡還能亂來？她不怕挨刀嗎？……我還是要跟著你，也不要你討我，只要你不缺我的穿，不少我的吃！……」

他坐了起來，正正經經的說道：「三兒，現在不同你開玩笑了。你慢慢收拾好，別人有欠你的，趕快收。至遲月底，我打發張占魁送你回石橋。你還年輕風流，正是走運氣過好日子的時候。跟著我沒有好處，我到底是個沒腳蟹，我不能一年到頭守著你，也不能把你像香荷包樣拖在身邊，不但誤了你，連我也害了。你有點喜歡我，我也有點喜歡你，這是真的。我們就好好的把這點『喜歡』留在心頭，將來也有個好見面的日子。我前天才叫人買了一件衣料同周身的闌干回來，你拿去做棉襖穿，算是我送你的一點情誼，待你走時，再跟你一錠銀子做盤川。」

劉三金遂哭了起來道：「干達達，你真是好人呀！……我咋個捨得你！……我要想法子報答你的！……」

二　炒菜

報答？劉三金並不是只在口頭說說，她硬著手進行起來。

她這幾天，覺得很忙，忙著做鞋面，忙著做帽條子。在雲集棧的時候很少，在興順號同蔡大嫂一塊商量的時候多。有時到下午回來，兩頰吃得紅馥馥的，兩眼帶著微醺，知是又同蔡大嫂共飲了來。

有時邀約羅歪嘴一同去，估著他到紅鍋飯館去炒菜，不過總沒有暢暢快快的吃一臺，不是張占魁等找了來，就是旁的事情將他找了去。

直到冬月二十一夜裡，眾人都散了，房間裡只有他們兩個人。

入冬以來，這一夜算是有點寒意，窗子外吹著北風，乾的樹葉，吹得嘩喇嘩喇的響。上官房裡住了幾個由省回家的老陝，高聲談笑，笑聲一陣陣的被風吹過牆來。

羅歪嘴穿了件羊皮袍，倒在煙盤邊，拿著本新刻的八仙圖在念。劉三金雙腳盤坐在床邊上，一個邛州竹烘籠放在懷中，手上抱著白銅水煙袋。因為怕冷，拿了一角繡花手巾將煙袋套子包著。

她吃煙時，連連拿眼睛去看羅歪嘴，他依然定睛看著書，低低的打著調子在念，心裡好像平靜得了不得，為平常夜裡所無有的。

她吃到第五袋煙，實在忍不住了，喚著羅歪嘴道:「喂！說一句話罷！盡看些啥子？」

羅歪嘴把書一放，看著她笑道：「說嘛！有啥子話？我聽著在！」

「我想著，我也要走了，你哩，又是離不開女人的人，我走後，你找那個呢？」

羅歪嘴瞪著兩眼，簡直答應不出。她把眉頭蹙起，微微嘆了一聲道：「一個人總也要打打自己的主意呀！我遇合的人，也不算少，活到三十歲快四十歲像你這樣瀟灑的，真不多見！你待我也太好了，我曉得，倒也不是專對我一個人才這樣；別的人我不管他，只就我一個人說，我是感激你的。任憑你咋個，我總要替你打個主意，你若是稍為聽我幾句，我走了也才放心！」

他不禁笑了笑，也坐了起來道：「有話哩，請說！何必這樣的繞彎子？」

「那麼，我還是要問你：我走後，你到底打算找那個？」

「這個，如何能說？你難道不曉得天回鎮上除了你還有第二個不成？」

「你說沒有第二個，是說沒有第二個做生意的嗎？還是說沒有第二個比我好的？」

「自然兩樣都是。」

她搖了搖頭道：「不見得罷？做生意的，我就曉得，明做的沒有，暗做的就不少，用不著我說，你是曉得的；不過我也留心看來，那都不是你的對子。若說天回鎮上沒有第二個比我好的女人，這你又說冤枉話了，眼面前明明放著一個，你未必是瞎子？」

羅歪嘴只是眨了幾下眼睛，不開口。

「你一定是明白的，不過你不肯說。我跟你戳穿罷，這個人不但在天回鎮比我好，就隨便放在那裡，都要算是蓋面菜。這人就是你的親戚蔡大嫂，是心裡頂愛你的一個人！……」

羅歪嘴好像甚麼機器東西，被人把發條開動了，猛的一下，跳下床來，幾乎把腳下的銅爐都踢翻了。

劉三金忙伸手去挽住他，笑道：「慌些啥子？人就喜歡得迷了竅，也不要這樣狂呀！」

他順手抓住她手膀道：「你胡說些啥子？……」

「我沒有胡說，我說的是老實話！」

「你說啥子人心裡頂愛我？」

「蔡大嫂！你的親戚！」

「唉！你不怕挨嘴巴子嗎？」

她把嘴一撇，臉一揚道：「那個敢？」

「蔡大嫂就敢！她還要問你為啥子胡說八道？」

她笑了起來道：「說你裝瘋哩，看又不像；說你當真沒心哩，你看起人來又那麼下死眼的。所以蔡嫂子說你是個皮蛋，皮子亮，心裡渾的！且不忙說人家，只問你愛不愛她？想不想她？老老實實的說，不許撒一個字的謊！」

他定睛看著她道：「你為啥子問起這些來？」

她把眼睛一溜道：「你還在裝瘋嗎？我在跟你拉皮條！拉蔡大嫂子的皮條！告訴你，她那面的話，已說好了；她並不圖你啥子，她只愛你這個人！她向我說得很清楚，自從嫁跟蔡傻子起，她就愛起你了，只怪你麻麻胡胡的；又像曉得，又像不曉得。……」

羅歪嘴伸手把她的嘴一擰道：「你硬編得像！你卻不曉得，蔡大嫂是規規矩矩的女人，又是我的親戚，你跟她有好熟，她能這樣向你說？」

她把頭一側，將他的手擺脫，瞅了他一眼道：「我是盡了心，信不信由你！你又不是婆娘，你那曉得婆娘們的想頭？有些女人，你看她外面只管正經，其實想偷男人的心比我們還切，何況蔡家的並不那麼正經！你說親戚，我又可以說，親戚中間就不乾淨。你看戲上唱的，有好多不是表妹偷表哥，嫂嫂偷小叔子呢？我也用不著多說。總之，蔡家的是一個好看的女人，又有情趣，又不野，心裡又是有你的。你不安家，又要一個合口味的女人來親近你，我看來，蔡家的頂好了。我是盡了心，我把她的隱情，已告訴給了你，並且已把她說動了，把你的好處，也告訴跟了她。你信不信，動不動手，全由你；本來，牛不吃水，也不能強按頭的。只是蔡家的被我勾引動了，一塊肥肉，終不會是蔡傻子一個人盡吃得了的！」

據說，羅歪嘴雖沒有明白表示，但是那一個整晚，都在劉三金身邊翻過去復過來，幾乎沒有睡好。

三　疲勞

天色剛明，他就起來了。劉三金猶然酣睡未醒，一個吊揚州纂亂蓬蓬的揉在枕頭上，印花洋緞面子的被蓋，齊頸偎著。雖然有一些殘脂剩粉，但經白晝的陽光一顯照，一張青黃色臉，終究說出了她那不堪的身世，而微微浮起的眼膛，更說出了她的疲勞來。

房間窗戶關得很緊，一夜的煙子人氣，以及菜油燈上的火氣，很是沉重，他遂開門出來，順手捲了一袋葉子煙咂燃。

天上有些雲彩，知道是個晴天。屋瓦上微微有點青霜。北風停止了，不覺得很冷，只是手指微微有點僵。一陣陣寒鴉從樹頂上飛過。

上官房的陝西客人，也要起身了，都是一般當鋪裡的師字號高字號的先生們，受僱期滿，照例回家過年的。他們有個規矩，由號上起身時，一乘對班轎子，盡你所能攜帶的，完全塞在轎裡，拴在轎外，而不許加在規定斤頭的挑子和槓擔上。大約一乘轎子，連人總在一百六七十斤上下，而在這條路線上抬陝西客的轎伕們，也都曉得規矩的，任憑轎子再重，在號上起肩時，絕不說重。總是強忍著，一肩抬出北門，大概已在午晌過了。然後五里一歇肩，十里一歇腳，走二十里到天回鎮落店，差不多要黃昏了，這才向坐轎客人提說轎子太重了，抬不動。坐轎客人因這二十里的經驗，也就相信這是實話，方能答應將轎內東西拿出，另雇一根挑子。所以到次早起身時，爭輕論重，還要鬧一會的。

羅歪嘴忽然覺得肚裡有點餓，才想起昨夜只喝了兩杯燒酒，並未吃飯。他遂走到前院，陝西客人正在起身，幺師正在收檢被蓋。他本想叫幺師去買一碗湯圓來吃的，一轉念頭，不如自己去，倒吃得熱落些。

他一出棧房門，不知不覺便走到興順號。蔡傻子已把鋪板下了，堆在內貨間裡，拿著掃帚，躬著身子在掃地。他走去坐在鋪面外那只矮腳寶座上，把猴兒頭煙竿向地下一磕，磕了一些灰白色煙灰在地上。

蔡傻子這才看見了他，伸起腰來道：「大老表早啦！」

「你們才早哩，就把鋪面打開了！」

「趕場日子，我們總是天見亮就起來了。」

「趕場？……哦！今天老實的是二十二啦！你看我把日子都忘記了。……你們不是已吃過早飯了？」

「就要吃了，你吃過了嗎？」

「我那裡有這樣早的！我本打算來買湯圓吃的，昨夜沒吃飯，早起有點餓。……」

金娃子忽在後面哭叫起來。蔡大嫂尖而清脆的聲音，也隨之叫道：「土盤子你背了時呀！把他絆這一交！……乖兒，快沒哭！我就打他！……」

蔡興順一聲不響，恍若無事的樣子，仍舊掃他的地。

羅歪嘴不由的站起來。提著煙竿，掀開門簾，穿過那間不很亮的內貨間，走到灶房門口，大聲問道：「金娃子絆著了嗎？」

蔡大嫂正高高挽著衣袖，繫著圍裙，站在灶前，一手提著鍋鏟，一手拿著一隻小筲箕盛的白菜；鍋裡的菜油，已煎得熱氣騰騰，看樣子是熟透了。

「嘩喇！」菜下了鍋，菜上的水點，著滾油煎得滿鍋吶喊。蔡大嫂的鍋鏟，很玲瓏的將菜翻炒著，一面灑鹽，一面笑嘻嘻的掉過頭來向羅歪嘴說話，語音卻被菜的吶喊掩住了。

金娃子撲在燒火板凳上，已住了哭了，幾點眼淚還掛在臉上。土盤子把小案板上盛滿了飯的一個瓦鉢，雙手捧向外面去了。

菜上的水被滾油趕跑之後，才聽見她末後的一句：「……就在這裡吃早飯，好不好？」

「好的！……只是我還沒洗臉哩！」

「你等一下，等我炒了菜，跟你舀熱水來。」

「何必等你動手？我自己來舀，不對嗎？」

他走進他們的臥室，看見床鋪已打疊得整整齊齊，家具都已抹得放光，地板也掃得乾乾淨淨的；就是櫃桌上的那只錫燈盞，也放得頗為適宜，她的那只御用的紅漆木洗臉盆，正放在架子床側一張圓凳上。

他將臉盆取了出來時，心頭忽然發生了一點感慨：「居家的婦女與玩家比起來，真不同！我的那間房子，要是稍為打疊一下也好啦！」

在灶前瓦吊壺裡取了熱水，順便放在一條板凳上，抓起盆裡原有的洋葛巾就洗。蔡大嫂趕去把一個瓦盒取來，放在他跟前道：「這裡有香肥皂，綠豆粉。」又問他用鹽洗牙齒嗎，還是用生石膏粉？

他道：「我昨天才用柴灰洗了的，漱一漱，就是了。」

灶房裡還在弄菜，他把臉洗了，口漱了，來到鋪面方桌前時，始見兩樣小菜之外，還炒了一碗嫩蛋。

羅歪嘴搓著手笑道：「還要費事，咋使得呢？」

蔡興順已端著飯碗在吃了，蔡大嫂盛了一碗飯遞給羅歪嘴道：「大老表難逢難遇來吃頓飯，本待炒樣臊子的，又怕你等不得。我曉得你的公忙，稍為耽擱一下，這頓飯你又會吃不成了。只有炒蛋快些，還來得及，就隻豬油放少了點，又沒有蔥花，不香，將就吃罷！」

這番話本是她平常說慣了的謙遜話，任何人聽來，都不覺奇；不知為什麼，羅歪嘴此刻聽來，彷彿話裡還有什麼文章，覺得不炒臊子而炒蛋，正是她明白表示體貼他的意思，他很興奮的答道：「好極了！像炒得這樣嫩的蛋，我在別處，真沒有吃過！」

於是做菜一事，便成了吃飯中間，他與她的談資。她說得很有勁，他每每停著筷子看著她說。

她那鵝卵形的臉蛋兒，比起兩年前新嫁來時，瘦了好些。兩個顴骨，漸漸突了起來。以前笑起來時，兩隻深深的酒渦，現在也很淺了。皮膚雖還那樣細膩，而額角上，到底被歲月給鏤上了幾條細細的紋路。今天雖是打扮了，搽了點脂粉，頭髮梳得溜光，橫抹著一條漂白布的窄窄的包頭帕子，顯得黑的越黑，白的越白，紅的越紅，比起平常日子，自然更俏皮一點；但是微瘦的鼻梁與眼膛之下的雀斑，終於掩不住，覺得也比兩年前多了些；不過一點不覺得不好看，有了它，好似一池澄清的春水上面，點綴了一些花片萍葉，彷彿必如此才感覺出景色的佳麗來。眼眶也比前大了些，而那兩枚烏黑眼珠，卻特別有光，特別玲瓏。與以前頂不同的，就是以前未當媽媽和剛當了媽媽不久時，同你說起話來，只管大方，只管不像一般的鄉間婦女，然而總不免帶點怯生生的模樣！如今，則顧瞻起來，很是大膽，敢於定睛看著你，一眼不眨，並且笑得也有力，眼珠流動時，自然而有情趣。

土盤子將金娃子抱了出來，一見他的媽，金娃子便撲過來要她抱，她不肯，說「等我吃完飯抱你！」孩子不聽話，哇的便哭了起來。

蔡大嫂生了氣，翻手就在他屁股上拍打了兩下。

羅歪嘴忙擋住道：「娃兒家，見了媽媽是要鬧的。……土盤子抱開！莫把你師娘的手打閃了！」

蔡大嫂撲嗤一聲，把飯都噴了出來，拿筷子把他一指道：「大老表，你今天真愛說笑！我這一雙手，打鐵都去得了，還說得那麼嬌嫩？」低頭吃飯時，又笑著瞥了他一眼。

這時，趕場的人已逐漸來了。

四　鯽魚

在趕場的第二天，場上人家正在安排吃午飯的時候，羅歪嘴興匆匆的親自提了三尾四寸來長鮮活的鯽魚，走到興順號來。

一個女的正在那裡買香蠟紙馬，說是去還願的，蔡傻子口裡叼著葉子煙，在櫃檯內取東西。鋪子裡兩張方桌，都是空的，閒場時的酒客，大抵在黃昏時節才來。

羅歪嘴將魚提得高高的，隔著櫃檯向蔡興順臉上一揚道：「嗨！傻子，請你吃魚！」

蔡興順咧著嘴傻笑了兩聲。那買東西的女人稱讚道：「嘖嘖嘖！好大的鮮魚！羅五爺，在溝裡釣的嗎？」

羅歪嘴把她睨了一眼道：「水溝裡有這大的魚嗎？……」把門簾一撩，向灶房走去，還一面在說：「花了四個錢一兩買來的哩！……」

蔡大嫂從燒火板凳上站起來道：「啥東西，四個錢一兩？……哦！鯽魚！難怪這樣貴法！……你買來請那個吃的？」

羅歪嘴把魚提得高高的，那魚是被一根細麻索將背鰭拴著，把麻索一頓，它自然而然就頭搖尾擺，腮動口張起來。

蔡大嫂也嘖嘖讚道：「好鮮！」又道：「看樣子還一定是河魚哩！……你是買來孝敬你的劉老三的嗎？」

他把眼睛一擠，嘴角一歪道：「她配！……我是特為我們金娃子的小媽媽買來的！……賞收不賞收？」

她眼珠一閃，一種衷心的笑，便掛上嘴邊，她勉強忍住，做得毫不經意的樣子，伸手去接道：「這才經當不起呀！只好做了起來請劉三姐來吃，我沒有這福氣！」

拴魚的麻索已到了她的指頭上，而羅歪嘴似乎還怕她提得不穩，緊緊一把連她的手一併握著。

　　她的眼睛只把魚端詳著，臉上帶點微笑，沒有搽胭脂的眼角漸漸紅了起來。他放低聲氣，幾乎是說悄悄話一樣，直把頭湊了過來道：「你沒有福氣，那個才有福氣？只怪我以前眼睛瞎了，沒有把人看清楚！從今以後，我有啥子，全拿來孝敬你一個人，若說半句誑話，……」

　　土盤子背著他師弟進來了。

　　她把魚提了過去，看著他笑道：「土盤子去淘米！我來破魚！只是咋個做呢？你說。」

　　羅歪嘴笑道：「我是只會吃的。你喜歡咋個做，就咋個做。我再去割一斤肉來，弄鹽煎肉，今天天氣太好，我們好生吃一頓！」

　　「又不過年，又不過節，又沒有人做生，有了魚，也就夠了！」

　　「管他的，只要高興，多使幾百錢算啥！」

　　今天天氣果然好。好久不見的太陽，在昨天已出了半天，今天更是從清早以來，就亮晶晶的掛在天上。天是碧藍的，也時而有幾朵薄薄的白雲，但不等飛近太陽，就被微風吹散了。太陽如此晒了大半天，所以空氣很是溫和，前兩天的輕寒，早已蕩漾得乾乾淨淨。人在太陽光裡，很有點春天的感覺。

　　羅歪嘴本不會做甚麼的，卻偏要虱在灶房裡，摸這樣，摸那樣，惹得蔡大嫂不住的笑。她的丈夫知道今天有好飲食吃，也很高興，不時丟開舖面，鑽到灶房來幫著燒火，剝蒜。

　　又由蔡大嫂配了兩樣菜，鹽煎肉也煎好了，魚已下了鍋，叫土盤子擺筷子了，羅歪嘴才提說不要搬到鋪面上去吃，就在灶房外院壩當中吃。恁好的天氣，自然很合宜的。誰照料鋪面呢，就叫土盤子背著金娃子挾些菜在飯碗上，端著出去吃。

　　於是一張矮方桌上，只坐了三個人。蔡大嫂又提說把劉三金叫來，羅歪嘴不肯，他說：「我們親親熱熱的吃得不好嗎？為啥子要摻生水？」

蔡興順把自己鋪子上賣的大麴酒用砂瓦壺量了一壺進來，先給羅歪嘴斟上，他老婆搖頭道：「不要跟我斟。」

羅歪嘴側著頭問道：「為啥子不吃呢？」

「吃了，臉紅心跳的。」

蔡興順道：「有好菜，就該吃一杯，醉了，好睡。」

她楞了他一眼道：「都像你嗎，好酒貪杯的，吃了就醉，醉了就睡！」

羅歪嘴把酒壺接過去，拉開她按著杯子的手，給她斟了一滿杯道：「看我的面子，吃一杯！天氣跟春天一樣，吃點酒，好助興！」

她笑了笑道：「大老表，我看你不等吃酒，興致已好了。」

他搖了搖頭道：「不見得，不見得！」

吃酒中間，談到室家一件事上，羅歪嘴不禁大發感慨道：「常言說得好，傻子有傻福，這話硬一點不錯！就拿蔡傻子來說罷，姑夫姑媽苦了一輩子，省吃儉用的，死了，跟他剩下這所房子，還有二三百兩銀子的一個小營生。傻子自幼就沒有吃過啥子苦，順順遂遂的當了掌櫃不算外，還討這麼一個好老婆！……」

蔡興順只顧咧著嘴傻笑，只顧吃菜吃酒。他老婆插嘴打岔道：「你就吃醉了嗎？我是啥子好老婆？若果是好老婆，傻子早好了。」

「還要謙遜不好？又長得好！又能幹！又精靈！有嘴有手的！我不是當面湊合的話，真是傻子福氣好，要不是討了你，不要說別的，就他這小本營生，怕不因他老實過餘，早倒了灶了，還能像現在這樣安安逸逸的過活嗎？並且顯考也當了，若是後來金娃子讀書成行，不又是個現成老封翁？說起我來，好像比傻子強。其實一點也比不上，第一，三十七歲了，還沒有遇合一個好女人！」

他的話，不知是故意說的嗎？或是當真有點羨慕？當真有點嫉妒？只是還動人。

大家都無話說，吃了一回酒，蔡大嫂才道:「大老表是三十七歲的人，倒看不出。你比他大三歲，大我十二歲。但你到底是個男子漢，有出息的人！」

羅歪嘴嘆了一聲道：「再不要說有出息的話！跑了二十幾年的灘，還是一個光桿。若是拿吃苦來說，那倒不讓人，若是說到錢，經手的也有萬把銀子，但是都烊和了。以前也太荒唐，我自己很明白，對待女人，總沒有拿過真心出來；卻也因歷來遇合的女人，沒一個值得拿真心去對待的。那些女人之對待我，又那一個不把我當作個肯花錢的好保爺，又那一個曾拿真情真義來交結過我？唉！想起以前的事，真夠令人嘆息！」

蔡大嫂大半杯酒已下了肚，又因太陽從花紅樹乾枝間漏下，晒著她，使她一張臉通紅起來，瞧著羅歪嘴笑道：「在外面做生意的女人，到底趕不到正經人家的女人有情有義。你討一個正經人家的姑娘，不就如了願嗎？」

羅歪嘴皺起眉頭道：「說得容易，你心頭有沒有這樣一個合式的女人？」

「要啥樣子的？」

「同你一樣的！」他說時，一隻手已從桌下伸去，把她的大腿摸了摸，捏了捏。

她不但不躲閃，並且掉過臉來，向他笑了笑道：「我看劉三金就好，也精靈，也能幹，有些地方，比我還要好些。」

「哈哈！虧你想到了她！不錯，在玩家當中，她要算是好看的，能幹的，也比別一些精靈有心胸；但是比起你來那就差遠了！……傻子，你也有眼睛的，你說我的話，對不對？」

蔡興順已經有幾分醉意了，朦朦朧朧，睁著眼睛，只是點頭。兩個人又大笑起來。羅歪嘴十分膽大了，竟拉著蔡大嫂一隻手，把手伸進那尺把寬的衣袖，一直去摸她的膀膊。她輕輕拿手擋了兩下，也就讓他去摸。一面笑道：「照你說，你為啥子還包了她幾個月，那樣愛法？」

羅歪嘴有點喘道：「是她向你說過，說我愛她嗎？」

「不是，她並未說過，是我從旁看來，覺得你在愛她。」

「我曉得她向你說的是些啥子話，就這一點，我覺得她還好。但是，就說她對我有真情真義，那她又何至於要走呢？我對待她，的確比對別一些玩家好些，錢也跟得多些，若說我愛她，我又為何要叫她走呢？捨得離開的，就不算愛！……」

他的手太伸進去了一點，她怕癢，用力把他的手拉出來，握在自己掌中道：「那你當真愛一個人，不是就永遠不離開了？」

他很是感動，咬著牙齒道：「不是嗎？」

她將他的手一丟，把酒杯端起，一口喝空，哈哈大笑道：「說倒說得好，我就長著眼睛看罷！」

蔡興順醉了，仰在所坐的竹椅背上，循例的打起鼾聲。

土盤子在鋪面上很久很久了，不知為一件甚麼事，走進來找羅歪嘴。只見矮方桌前，只剩一個睡著了的師父，桌子上杯盤狼藉，魚骨頭吐了一地，而羅五爺與師娘都不見。

五　上勁

要上燈了，羅歪嘴回到棧房。場合正熱鬧，因為漢州來了三個有錢朋友，成都又上來一個有力量的片官。朱大爺且於今天下午，提著錢褡褳來走了一遭，人人都是很上勁的。

羅歪嘴也走了一個游臺，招呼應酬了一遍，方回到耳房。

劉三金正在收拾衣箱，陸茂林滿臉不自在的躺在煙盤旁邊，挑了一煙簽的鴉片煙在燒牛屎堆。

他一看見羅歪嘴進來，把煙簽一丟，跳到當道地：「羅五爺，你回來啦！咋個說起的，三兒就要走咧？」

「就要走嗎，今夜？」

劉三金站了起來笑道：「哎呀！那處沒找到你，你跑往那裡去了？說是在興順號吃著酒就不見了，我生怕你吃醉了跌到溝裡去了！」

羅歪嘴又問道：「咋個說今夜就走？」

「那個說今夜走？我是收拾收拾，打算明天走，意思找你回來說一聲，好早點雇轎子挑子，偏偏找不著你。老陸來了，纏著人不要走，跟離不開娘的奶娃兒一樣，說著說著，都要哭了，你說笑不笑人？」

羅歪嘴看著陸茂林喪氣的樣子，也不禁大笑道：「老陸倒變成情種了！人為情死，鳥為食亡，老陸，你該不會死罷？」

劉三金道：「我已向他說過多少回。我們的遇合，只算姻緣簿上有點露水姻緣，那裡認得那麼真！你是花錢的嫖客，只要有錢，到處都可買得著情的。我不騙你，我們雖是睡過覺，我心裡並沒有你這個人，你不要亂迷竅！我不像別的人，只圖騙你的錢，口頭甜蜜蜜的，生怕你丟開了手，心裡卻辣得很，恨不得把你連皮帶骨吞了下去！我這回走，是因為要回去看看，不見得就從良嫁人，說不定我們還是可以會面的，你又何必把我留得這樣痴呆呆的呢？可是偏說不醒，把人纏了一下午，真真討厭死了！你看他還氣成那個樣子。」

陸茂林瞇著眼睛，拿了塊烏黑手帕子，連連把鼻頭揩著道:「羅五爺，你不要盡信她的話。我就再憨，也不會呆到那樣。我的意思，不過說過年還早，大家處得好好的，何必這樣著急走哩！多玩幾天，我們也好餞個行，盡盡我們的情呀！……」

劉三金把腳幾頓，一根指頭直指到他鼻子上道：「你才會說啦，若只是這樣說，我還會跟你生氣嗎？還有杜老四做眼證哩！你去把他找進來問問看，我若冤枉了你，我……」

羅歪嘴把手一擺道：「不許亂賭咒！你也不要怪他，他本是一個見色迷竅的人。不過這回遇合了你，玉美人似的，又風騷，又率真，所以他更著了迷。你走了，我相信他必要害相思的。老陸，你也不要太胡鬧了。你有好多填尿坑的錢用不完，見一個，迷一個？像你這脾氣，只好到女兒國招駙馬去。三兒要走，並不是今天才說起的，你如何留得下她？就說她看你的痴情，留幾天，我問你，你又能得多少好處？她能不能把大家丟開，晝夜陪伴你一個人呢？你說餞行的話，倒對！既她明天準走，我們今夜就餞行，安排鬧一個整晚，明天絕早送她走！三兒，你說好嗎？」

劉三金笑道:「餞行不敢當！不過大家都住熟了，分手時，熱鬧一下，倒是對的。陸九爺，別嘔氣呀！宴息多跟你親一個！……」

陸茂林慘然一笑道：「那才多謝你啦！……羅哥，我們該咋個準備，該招呼那些人，可就商量得了。」

羅歪嘴頹然向床上一躺道：「你把田長子喊來，我交代他去辦好了！……三兒，快來跟我燒袋煙，今天太累了，有點撐不住。」

陸茂林出去走了一大轉，本想就此不再與劉三金見面了的，既然她那樣絕情寡義。只是心裡總覺有點不好過，回頭一想：見一面，算一面，她明早就要走了，知道以後還見得著麼。腳底下不知不覺又走向耳房來，還未跨進門去，聽見劉三金正高聲的在笑，笑得像是很樂意的。他心裡更其難過，尋思一定是在笑他。他遂冒了火，衝將進去，只聽見劉三金猶自說著她未說完的話：「……這該是我的功勞啦！若不是我先下了藥，你那能這樣容易就上了手？可是也難說，精靈愛好的女人，多不會盡守本分的。……」

羅歪嘴詫異的瞪著他道：「這樣氣沖沖的，又著啥子鬼祟起了？」

陸茂林很不好意思，只好藉口說：「既是明天一早要走，為啥子還不把挑子收拾好？你兩個還這樣的膩在一起，我倒替你們難過！」

兩個人都大笑起來。劉三金道：「這話倒是對的。干達達，你去叫挑夫，我去看著蔡大嫂，一來辭行，二來道喜。」

陸茂林道：「道啥子喜？我陪你去！」

羅歪嘴向她擠了個眼睛，她點頭微笑道：「你放心，沒人會曉得的！……老陸陪我走，也使得，只是第一不准你胡說胡問，第二不准你胡鑽胡走，第三不准你胡聽胡講，……」

陸茂林不由笑了起來道：「使得，使得，把我變成一個瘸子瞎子聾子啞子，只剩一個鼻頭來聞你兩個婆娘的騷氣！……」

劉三金笑著向他背上就是一拳道：「連鼻子都不准聞！」

又是一陣哈哈，三個人便一路走出。

興順號酒座上點了一盞油蓋水的玻璃神燈，一舉兩便，既可光照壁上神龕，又可光照常來的酒客，櫃檯上放了只長方形紗號燈，寫著紅黑扁體字：興順老號。在習慣的眼睛看來，也還辨得出人的面孔。

他們來時，蔡傻子已醉醒了，坐在櫃檯上掛帳。土盤子在照顧酒客。燈光中，照見有三個人在那裡細細的吃酒。

劉三金問了土盤子，知道他師娘帶著金娃子在臥室裡，便向陸茂林道：「你就在這外面安安靜靜的等我！若果不聽話，走了進來，……」遂湊著他耳朵道：「……那你休想我拿香香跟你吃！」一笑的就跑進內貨間去了。

陸茂林只好靠在櫃檯上，看蔡興順掛帳，他的算盤真熟，滴滴達達只是打。要同他說兩句話，他連連搖頭，表示他不肯分心。

半袋葉子煙時，只聽見蔡大嫂與劉三金的笑聲，直從櫃房壁上紙窗隙間漏出，一個是極清脆的，一個是有點啞的，把他的心笑得好像著嫩蔥在搔的一樣，又許久，方聽見一陣細碎的腳步聲從臥室走到內貨間，知道她們說完話出來了。但是聽見她們在內貨間猶自唧唧噥噥了一會，才彼此一路哈哈，走出鋪面。劉三金在前，蔡大嫂抱著金娃子在後，燈光中看見兩個女人的臉，都是通紅的。

劉三金走到櫃檯邊，向蔡興順打著招呼道：「蔡掌櫃，恭喜發財！我明天要走了，我願意再來時，你掌櫃的生意更要興隆！」又是一陣哈哈，回頭向蔡大嫂牽著袖子拂了一拂道：「嫂子，我就別過了！願你順心如意的直到你金娃戴紅頂子！」

蔡大嫂只是笑，並不開口。陸茂林本想同她調笑一兩句的，卻被劉三金把袖子挽著就走。

第五部分

死水微瀾

一　豎立

自正月初八日起，各大街的牌坊燈，便豎立起來。初九日，名曰上九，便是正月燒燈的第一宵。全城人家，並不等甚麼人的通知，一入夜，都要把燈籠掛出，點得透明。就中以東大街各家鋪戶的燈籠最為精緻，又多，每一家四只，玻璃彩畫的也有，而頂多頂好看的總是絹底彩畫的。並且各家爭勝鬥奇，有畫《三國》的，有畫《西廂》、《水滸》，或是《聊齋》、《紅樓夢》的，也有畫戲景的，不一定都是匠筆，有多數是出自名手，可以供雅俗之賞。所以一到夜間，萬燈齊明之時，遊人們便湧來湧去，圍著觀看。

牌坊燈也要數東大街的頂多頂好，並且燈面絹畫，年年在更新。而花炮之多，也以東大街為第一。這因為東大街是成都頂富庶的街道，凡是大綢緞鋪，大匹頭鋪，大首飾鋪，大皮貨鋪，以及各字號，以及販賣蘇廣雜貨的水客，全都在東大街。所以在南北兩門相距九里三分的成都城內，東大街真可稱為首街。從進東門城門洞起，一段，叫下東大街，還不算好，再向西去一段，叫中東大街和上東大街，足有二里多長，那就顯出它的富麗來了：所有各鋪戶的鋪板門坊，以及檐下卷棚，全是黑漆推光；鋪面哩，又高又大又深，並且整齊乾淨；招牌哩，全是黑漆金字，很光華，很燦爛的。因為經過幾次大火災，於是防患未然，每隔幾家鋪面，便高聳一堵風火牆；而街邊更有一隻長方形足有三尺多高盛滿清水的太平石缸，屋簷下並長伸出丁宮保丁制臺所提倡的救火家具：麻搭、火鉤。街面也寬，據說足以並排走四乘八人大轎。街面全鋪著紅砂石板，並且沒一塊破碎了而不即更換的。兩邊的檐階也寬而平坦，一入夜，凡那些就地設攤賣各種東西的，便把這地方侵占了；燈火熒熒，滿街都是，一直到打二更為止。這是成都唯一的夜市，而大家到這裡來，並不叫上夜市，卻呼之為趕東大街。

東大街在新年時節，更顯出它的體面來：每家鋪面，全貼著朱紅京籤的寬大對聯，以及短春聯，差不多都是請名手撰寫，互相誇耀都是與官紳們接近的，或者當掌櫃的是士林中人物。而門額上，則是一排五張朱紅籤鏤空花貼泥金的喜門錢。門扉上是彩畫得很講究的秦軍胡帥，或是直書「只求心中無愧，何須門上有神」，以表示達觀。並且生意越大，在門神下面，黏著的拜年的梅紅名片便越多，而自除夕直到破五，積在門外，未經掃除的鞭炮渣子，便越厚，從早至晚，划拳賭飲的鬧聲，越高，出入的醉人，也越多！

除此之外，便是花燈火炮了。

從上九夜起，東大街中，每夜都是一條人流，潮過去，潮過來。因此，每年都不免要鬧些事的。

這一年，自不能例外，在上九一夜，凡鄉下人頭上的燕氈大帽，生意人頭上的京氈窩，老酸公爺們頭上的潮金邊耍鬚蘇緞棉瓜皮帽，被小偷趁熱鬧抓去的，有二十幾頂；失懷錶的，失鼻煙壺的，失荷包的，以及失散碎銀子的，也有好幾起。失主們若是眼明手快，將小偷抓住，也不過把失物取回，賞他幾個耳光，唾他幾把口水了事。誰願意為這點小意事，去找街差總爺，或送到兩縣去自討煩惱？何況小偷們都是經過教訓，而有組織的，你就明明看見他抓了你的東西，而站在身邊，你須曉得，你的失物已是傳了幾手，走得很遠了；無贓不是賊，你敢奈何他嗎？所以十有九回，失主總是嘆息一聲了事。

初十夜裡，更熱鬧一點。上東大街與中東大街臬臺衙門照壁後走馬街口，就有兩個看燈火的少婦，被一夥流痞擧了起來。雖都被卡子上的總爺們一陣馬棒救下了，但兩個女人的紅繡花鞋，玉手釧，鍍金簪子，都著勒脫走了。據說有一個著糟蹋得頂厲害，衣襟全被撕破，連挑花的粉紅布兜肚都露了出來，而臉上也被搔傷了。大家傳說是兩個半開門的婊子，又說是兩個素不正經的小掌櫃娘，不管實在與否，而一般的論調卻是：「該著的！難道不曉得這幾夜東大街多繁？年紀輕輕的婆娘，為啥還打扮得妖妖嬈嬈的出來喪德？」

十一夜裡頂熱鬧，便是在萬人叢中，耍起刀來，幾乎弄得血染街衢。

這折武戲的主角，我可以先代他們報出名來：甲方是羅歪嘴！乙方是顧天成！

二　老婆

顧天成是初六進城的，因為招弟沒人照管，便也帶在身邊。一來拜年，二來也是商量過繼承主的事。據說，顧天相的老婆錢大小姐在正月內一定可以生娩了。若幸而如馬太婆所摸，是個男孩子，自無問題；不然，幺伯的主意：老二夫婦年輕體壯，一定是生生不已的。頭一胎是花，第二胎定是葉，總之，把頭一個男孩出繼與他，雖然男孩還遼遠的未出世，名字是早有了，且把名字先過繼去承主，也是可以的。不過總要等錢大小姐生娩之後，看個分曉才能定。

他就住在幺伯家，招弟自有人照顧，他放了心，無所事事，便一天到晚在外面跑。跑些甚麼？自不外乎吃喝嫖賭。他因為曠久了，所以對於嫖字，更為起勁。女色誠然不放鬆，男色也不反胃。況新年當中，各戲班都封了箱，一般旦角，年輕標緻的，自有官紳大爺們報效供應。那時官場中正將北京風氣帶來，從制臺將軍司道們起，全講究玩小旦，並且寵愛逾恆，甚至迎春一天，楊素蘭竟自戴起水晶頂，在行列中，騎馬過市。但是一般黑小旦，卻也不容易過活，只好在煙館中，賭場上，混在一般兔子叢中找零星買主，並且不像兔子們拿架子。這於一般四鄉來省，想嘗此味的土糧戶，怯哥兒，是很好的機會。顧天成本不十分外行，值此機會，正逢需要，他又安能放過呢？

但是成都雖然繁華，零售男女色的地方雖多，機會雖有，可是也須有個條件，你才敢去問津。不然的話，包你去十回必要吃十回不同樣的大虧：錢被勒了，衣裳被剝了，打被挨了，氣被受夠了，而結果，你所希望的東西，恐怕連一個模糊的輪廓還不許你瞧見哩！並且你吃了虧，還無處訴苦！

甚麼條件呢？頂好是，你能直接同兩縣衙門裡三班六房的朋友，或各街坐卡子的老總們，打堆玩耍，那你有時如了意，還用不著要你花錢，不過遇著更有勢力的公爺，你斷不能仗勢相爭，只有讓，只有讓！其次，就是你能夠認識一般袍哥痞子，到處可以打招呼，那你規規矩矩，出錢買淫，也不會受氣。再次，就是你能憑中間人說話，先替你向上來所說的那幾項人打了招呼，經一些人默許了，那你也盡可同著中間人去走動，走熟了之後，你自可如願以償；不過花的錢不免多些，而千萬不可吝惜，使人瞧不上眼，說你狗！

顧三貢爺是要憑中間人保護的一類，所以他在省城所交遊的，大都就是這般人，而這般人因為他還不狗，也相當與他好。

十一這天，是顧輝堂五十整壽。說是老二一定要給他做生。沒辦法，只好張燈結綵，大擺筵席。親戚家門，男男女女，共坐了六桌。老大說是人不舒服，連老婆孩子都沒有來，但請二老過了生到郫縣去耍一個月。

這天的顯客是錢親家。堂屋中間懸的一副紅緞泥金壽聯，據說便是錢親家親自撰送的，聯語很切貼：「禮始服官，人情洞達；年方學易，天命可知。」還親自來拜壽，金頂朝珠，很是輝煌。

顧天成在這天晌午就回來了。送了一匣淡香齋的點心，一斤二刀腿子肉，一盤壽桃，一盤壽麵，一對斤條蠟燭，三根檀香條。拜生之後，本想到內室煙盤側去陪陪錢親家的。卻被二兄弟苦苦邀到廂房去陪幾位老親戚。只好搜尋枯腸，同大家談談天時，談談歲收的豐歉，談談多年不見以後的某家死人某家生孩子的掌故。談談人人說厭人人聽厭的古老新聞。並且還須按照鄉黨禮節，一路恭而且敬的說、聽，一路大打其空哈哈，以湊熱鬧。

這些都非顧天成所長，已經使他難過了。而最不幸的，是在安席之後，恰又陪著一位年高德劭，極愛管閒事的老姻長；吃過兩道席點，以及海參大菜之後，老姻長一定要鬧酒划拳，五魁八馬業已喊得不熟，而又愛輸；及至散席，頗頗帶了幾分酒意。鄉黨規矩：除了喪事，弔客吃了席，抹嘴就走，不必留連道謝者外，如遇婚姻祝壽，則須很早的來坐著談笑，靜等席吃，吃了，還不能就走，尚須坐到相當時候，把主人累到疲不能支之後，才慢慢的一個一個，作揖磕頭，道謝而去；設不如此，眾人都要笑你不知禮，而主人也不高興，說你帶了宦氣，瞧不起人。因此，顧天成又不能不重進廂房，陪著老姻長談笑散食。又不知以何因緣，那老姻長對於他，竟自十分親切起來。既問了他老婆死去的病情醫藥，以及年月日時，以及下葬的打算，又問他有幾兒幾女。聽見說只有一個女兒，便更關心了；又聽說招弟也在這裡，便一定要見一見。及至顧天成進去，找老婆子從後房把招弟領出來，向老姻長磕了頭後，復牽著她的小手，問她幾歲了？想不想媽媽？又問她城裡好玩嗎？鄉壩裡好玩？又問她轉過些甚麼地方？

招弟說：「來了就在這裡，爹爹沒有領我轉過街，麼爺爺喊他領我走，他不領。」

老姻長似乎生了氣，大為招弟不平道：「你那老子真不對！娃兒頭一回過年進城，為啥子不領出去走走？……今天夜裡，東大街動手燒龍燈，一定叫他領你去看！」復從大衣袖中，把一個繡花錢褡褳摸出，數了十二個同治元寶光緒元寶的紅銅錢鵝眼錢，遞給招弟道：「取個吉利！月月紅罷！……拿去買火炮放！」

這一來，真把顧天成害死了，既沒膽子反抗老姻長，又沒方法擺脫招弟，而招弟也竟自不進去了。便掛在他身邊。他也只好做得高高興興的，陪到老姻長走了，牽著招弟小手，走上街來。只說隨便走一轉，遂了招弟的意後，便將她仍舊領回幺伯家的。不料一走到純陽觀街口，迎面就碰見一個人，他不意的招呼了一聲：「王大哥，那裡去？」

所謂王大哥者，原來是崇慶州的一個刀客。身材不很高大，面貌也不怎麼凶橫，但是許多人都說他有了不得的本事，又有義氣，曾為別人的事，幹了七件刀案，在南路一帶，是有名的。與成都滿城裡的關老三又通氣，常常避案到省，在滿城裡一住，就是幾個月。

王刀客還帶有三四個歪戴帽斜穿衣的年輕朋友，都會過一二面的。

他站住腳，把顧天成看清楚了，才道：「是你？……轉街去，你哪？」

「小女太厭煩人了，想到東大街去看燈火。……」

「好的，我們也是往東大街去的，一道走罷！」

王刀客走時，把招弟看了一眼道：「幾歲了，你這姑娘？」

「過了年，十二歲了。」

「還沒纏腳啦！倒是個鄉下姑娘。……看了燈火後，往那裡去呢？」

顧天成道：「還是到舒老幺那裡去過夜，好不好？」

「也好，那娃兒雖不很白，倒還媚氣，膩得好！」

他們本應該走新街的，因為要看花燈，便繞道走小科甲巷。一到科甲巷，招弟就捨不得走了。

王刀客笑道：「真是沒有開過眼的小姑娘！過去一點，到了東大街，才好看哩！」

一到城守衙門照壁旁邊，便是中東大街了。人很多，顧天成只好把招弟背在背上，擠將進去。

前面正在大放花炮，五光十色的鐵末花朵，挾著火藥，衝有二三丈高，才四向的紛墜下來；中間還雜有一些透明的白光，大家說是做花炮時，在火藥裡摻有甚麼洋油。這真比往年的花炮好看！大約放有十來筒，才停住了，大家又才擦著鞋底走幾十步。

招弟在她老子背上喜歡得忘形，只是拍著她兩隻小手笑。

王刀客等之來轉東大街，並不專為的看花炮，同時還要看來看火炮的女人。所以只要看見有一個紅纂心的所在，便要往那裡擠，顧天成不能那麼自由，只好遠遠的跟著。

漸漸擠過了臬臺衙門，前面又有花炮，大家又站住了。在人聲嘈雜之中，顧天成忽於無意中，聽見一片清脆而尖的女人聲音，帶笑喊道：「哎喲！你踩著人家的腳了！」一個熟悉的男子聲音答道：「恁擠的，你貼在我背後，咋個不踩著你呢？你過來，我拿手臂護著你，就好了。」

顧天成又何嘗不是想看女人的呢？便趕快向人叢中去找那說話的。於花炮與燈光之中，果然看見一個女人。戴了一頂時興寬帽條，一直掩到兩鬢，從側面看去，輪輪一條鼻梁，亮晶晶一對眼睛，小口因為在笑張著的，露出雪白的牙齒。臉上是脂濃粉膩的，看起來很逗人愛。但是一望而知不是城裡人，不說別的，城裡女人再野，便不會那樣的笑。再看女人身邊的那個男子，了不得！原來是羅歪嘴！不只是他，還有張占魁田長子杜老四那一群。

顧天成心裡登時就震跳起來，兩臂也掣動了，尋思：「那女人是那個？又不是劉三金，看來，總不是她媽的一個正經貨！可又那麼好看！狗入的羅歪嘴這夥東西，真有運氣！」於是天回鎮的舊恨，又湧到眼前，又尋思：「這夥東西只算是坐山虎，既到省城，未必有多大本事！咋個跟他們一個下不去，使他們丟了面子還不出價錢來，也算出了口氣！」

花炮停止，看的人正在走動，忽然前面的人紛紛的向兩邊一分，讓出一條寬路來。

一陣吆喝，只見兩個身材高大，打著青紗大包頭，穿著紅嗶嘰鑲青絨雲頭寬邊號衣，大腿兩邊各飄一片戰裙的親兵，肩頭上各掮著一柄絕大傘燈，後面引導兩行同樣打扮的隊伍，擔著刀叉等雪亮的兵器，慢慢走來。後面一個押隊的武官，戴著白石頂子的冬帽，身穿花衣，腰間掛一柄鯊魚皮綠鞘腰刀，跨在一匹白馬上；馬也打扮得很漂亮，當額一朵紅纓，足有碗來大，一個馬伕捉住白銅嚼勒，在前頭走；軍官雙手捧著一隻藍龍搶日的黃綢套套著的令箭。

原來是總督衙門的武巡捕，照例在上九以後，元宵以前，每夜一次，帶著親兵出來彈壓街道的，通稱為出大令。

人叢這麼一分，王刀客恰又被擠到顧天成的身邊來。

他靈機一轉，忽然起了一個意，便低低向王刀客說道：「王哥，你哥子可看見那面那個婆娘？」

「你說的是不是那個穿品藍衣裳的女人？」

「是的，你哥子看她長得咋個？還好看不？」

王刀客又伸頭望瞭望道：「自然長得不錯，今夜怕要賽通街了！」

「我們過去擠她媽的一擠，對不對？」

王刀客搖著頭道：「使不得！我已仔細看來，那女人雖有點野氣，還是正經人。同她走的那幾個，好像是公口上的朋友，更不好傷義氣。」

「你哥子的眼力真好！那幾個果是北門外碼頭上的。我想那婆娘也不是啥子正經貨。是正經的，肯同這般人一道走嗎？」

王刀客仍然搖著頭。

「你哥子這又太膽小了！常說的，野花大家採，好馬大家騎，說到義氣，更應該讓出來大家耍呀！」

王刀客還是搖頭不答應。

一個不知利害的四渾小夥子，約莫十八九歲，大概是初出林的筍子，卻甚以為然道：「顧哥的話說得對，去擠她一擠，有甚要緊，都是耍的！」

王刀客道：「省城地方，不是容易撒豪的，莫去惹禍！」

又一個四渾小夥子道：「怕惹禍，不是你我弟兄說的話。顧哥，真有膽子，我們就去！」

顧天成很是興奮，也不再加思索，遂將招弟放在街邊上道：「你就在這裡等著！我過去一下就來！……」

「大令」既過，人群又合攏了。王刀客就要再阻擋，已看不見他們擠往那裡去了。

羅歪嘴一行正走到青石橋街口，男的在前開路，女的落在背後。忽然間，只聽見女的尖聲叫喊起來道：「你們才混鬧呀！咋個在人家身上摸了起來！……哎呀！我的奶……」

羅歪嘴忙回過頭來，正瞧見顧天成同一個不認識的年青小夥子將蔡大嫂挾住在亂摸亂動。

「你嗎，顧家娃兒？」

「是我！……好馬大家騎！……這不比天回鎮，你敢咋個？」

羅歪嘴已站正了，便撐起雙眼道：「敢咋個？……老子就敢捶你！」

劈臉一個耳光，又結實，又響，顧天成半邊臉都紅了。

兩個小夥子都撲了過來道：「話不好生說，就出手動粗？老子們還是不怕事的！」

口角聲音，早把擠緊的人群，霍然一下盪開了。

大概都市上的人，過慣了文雅秀氣的生活，一旦遇著有刺激性的粗豪舉動，都很願意欣賞一下；同時又害怕這舉動波到自己身上，吃不住。所以猛然遇有此種機會，必是很迅速的散成一個圈子，好像看把戲似的，站在無害的地位上來觀賞。

於是在圈子當中，便只剩下了九個人。一方是顧天成他們三人，一方是羅歪嘴、張占魁、田長子、杜老四、同另外一個身材結實的弟兄，五個男子。外搭一個臉都駭青了的蔡大嫂。

蔡大嫂釵橫鬢亂，衣裳不整的，靠在羅歪嘴膀膊上，兩眼睜得過餘的大，兩條腿戰得幾乎站不穩當。

羅歪嘴這方的勢子要勝點，罵得更起勁些。

顧天成毫未想到弄成這個局面，業已膽怯起來，正在左顧右盼，打算趁勢溜脫的，不料一個小夥子猛然躬身下去，從小腿裹纏當中，霍的拔出一柄匕首，一聲不響，埋頭就向田長子腰眼裡戳去。

這舉動把看熱鬧的全驚了。王刀客忽的奔過來，將那小夥子拖住道：「使不得！」

田長子一躲過，也從後胯上抽出一柄短刀。張占魁的傢伙也拿出來了道：「你娃兒還有這一下！……來！……」

王刀客把手一攔，剛說了句：「哥弟們……」

人圈裡忽起了一片喊聲：「總爺來了！快讓開！」

提刀在手，正待以性命相搏的人，也會怕總爺。怕總爺吆喝著喊丘八捉住，按在地下打光屁股。據說，袍哥刀客身上，縱就白刀子進紅刀子出戳上幾十個鮮紅窟窿，倒不算甚麼，唯有被王法打了，不但辱沒祖宗，就死了，也沒臉變鬼。

「總爺來了！」這一聲，比甚麼退鬼的符還靈。人圈中間的美人英雄，刀光釵影，一下都不見了。人壁依舊變為人潮，浩浩蕩蕩流動起來。

這出武戲的結果，頂吃虧的是顧天成。因為他一趟奔到總府街時，才想起他的招弟來。

三　親熱

從正月十一夜，在成都東大街一場耍刀之後，蔡大嫂不唯不灰心喪氣，對於羅歪嘴，似乎還更親熱了些，兩個人幾乎行坐都不離了。

本來，他們兩個的勾扯，已是公開的了，全鎮的人只有正在吃奶的小娃兒，不知道。不過他們既不是甚麼專顧面子的上等人，而這件事又是平常已極，用不著詫異的事，不說別處，就在本鎮上，要找例子，也就很多了。所以他們自己不以為怪，而旁邊的人也淡漠視之。

蔡興順對於他老婆之有外遇，本可以不曉得的，只要羅歪嘴同他老婆不要他知道。然而羅歪嘴在新年初二，拜了年回來，不知為了甚麼，卻與蔡大嫂商量，兩個人盡這樣暖曖昧昧的，實在不好，不如簡直向傻子說明白，免得礙手礙腳。蔡大嫂想了想，覺得這與憎嫌親夫刺眼，便要想方設計，將其謀殺了，到頭終不免敗露，而遭凌遲處死的比起，畢竟好得多。雖說因他兩人的心好，也因蔡興順與人無爭的性情好，而全虧得他們兩人都是有了世故，並且超過了瘋狂的年紀，再說情熱，也還剩有思索利害的時間與理性。所以他們在商量時，還能設想周到：傻子絕不會說什麼的，只要大家待他特別好一點；設或發了傻性，硬不願把老婆讓出與人打夥，又如何辦呢？說他有什麼殺著，如祖宗們所傳下的做丈夫的人，有權力將姦夫淫婦當場砍死，提著兩個人頭報官，不犯死罪；或如《珍珠衫》戲上蔣興哥的辦法，對羅歪嘴不說甚麼，只拿住把柄，一封書將鄧幺姑休回家去；像這樣，諒他必不敢！只怕他使著悶性，故意為難，起碼要夜夜把老婆抱著睡，硬不放鬆一步，卻如何辦？蔡大嫂畢竟年輕些，便主張帶起金娃子，同羅歪嘴一起逃走，逃到外州府縣恩恩愛愛的去過活。羅歪嘴要冷靜些，不以她的話為然，他說傻子性情忠厚，是容易對付的，只須她白日同他吵，夜裡冷淡他，同時挑撥起他的性來，而絕對不拿好處給他，他再與他一些恐駭與溫情，如此兩面夾攻，不愁傻子不遞降表。結果是採了羅歪嘴的辦法，而在當夜，蔡興順公然聽取了他們的祕密。不料他竟毫無反響的容納了，並且向羅歪嘴表示，如其嫌他在中間不方便，他願意簡直彰明較著的把老婆嫁給他，只要鄧家答應。

蔡興順退讓的態度，犧牲自己的精神，——但不是從他理性中評判之後而來，乃是發於他怯畏無爭的心情。——真把羅歪嘴感動了，拍著他的手背道：「傻子，你真是好人，我真對不住你！可是我也出於無奈，並非有心欺你，你放心，她還是你的人，我斷不把她搶走的！」

他因為感激他，覺得他在夫婦間，也委實老實得可憐，遂不惜金針度人，給了他許多教誨；而蔡興順只管當了顯考，可以說，到此方才恍然夫婦之道，還有許多非經口傳而不知曉的祕密。但是蔡大嫂卻甚以為苦，抱怨羅歪嘴不該把渾人教乖；羅歪嘴卻樂得大笑；她只好努力拒絕他。

不過新年當中，大家都過著很快活。到初九那天，吃午飯時，張占魁說起城裡在這天叫上九，各街便有花燈了。從十一起，東南兩門的龍燈便要出來，比起外縣龍燈，好看得多。並不是龍燈好看，是燒龍燈的花火好看，鄉場上的花火，真不及！蔡大嫂聽得高興，因向羅歪嘴說：「我們好不好明天就進城去，好生耍幾天？我長這麼大，還沒到過成都省城哩！」

羅歪嘴點頭道：「可是可以的，只你住在那裡呢？」

她道：「我去找我的大哥哥，在他那裡歇。」

「你大哥哥那裡？莫亂說，一個在廣貨店當先生的，自己還在打地鋪哩！那能留女客歇？鋪家規矩，也不准呀！」

杜老四道：「我姐姐在大紅土地廟住，雖然窄一點，倒可擠一擠。」

這問題算是解決了。於是蔡興順也起了一點野心，算是他平生第一次的，他道：「也帶我去看看！」

羅歪嘴點了頭，眾人也無話說。但是到次日走時，蔡大嫂卻不許她丈夫走。說是一家人都走了，土盤子只這麼大，如何能照料鋪子。又說她丈夫是常常進城的，為何就不容她蕭蕭閒閒的去玩一次。要是金娃子大一點，丟得下，她連金娃子都不帶了。種種說法，加以滿臉的不自在，並說她丈夫一定要去，她就不去，她可以讓他的。直弄得眾人都不敢開口，而蔡傻子只好答應不去，眼睜睜的看著她穿著年底才縫的嶄新的大鑲滾品藍料子衣裳，水紅套褲，平底滿幫花鞋，抱著金娃子，偕著羅歪嘴等人，乘著轎子去了。

自娶親以來，與老婆分離獨處，這尚是第一次；加以近六七天，被羅大老表教導之後，才稍稍嘗得了一點男女樂趣，而女的對自己，看來雖不像對她野老公那樣好，但與從前比起，已大不相同。在他心裡，實在有點捨不得他女人的，卻又害怕她，害怕她當真丟了他，她是一個說得出做得出的女人。在過年當中，生意本來少，一個人坐在鋪內，實在有點與素來習慣不合的地方，總覺得心裡有點慌，自己莫名其妙，只好向土盤子述苦。

「土盤子，我才可憐嘍！……」

土盤子才十四歲的渾小子，如何能安慰他。他無可排遣，只好吃酒。有時也想到「老婆討了兩年半，娃兒都有了，怎麼以前並不覺得好呢？……怎麼眼前會離不得她呢？……」自己老是解答不出，便只好睡，只好捺著心等他老婆興盡而回。

原說十六才回來，十八才同他回娘家去的。不料在十二的晌午，她竟帶著金娃子，先回來了。他真有說不出的高興，站在她跟前，甚麼都忘了，只笑嘻嘻的看著她，看得一眼不轉。

她也不瞅睬他，將金娃子交給土盤子抱了去，自己只管取首飾，換衣服，換鞋子。收拾好了，抱著水煙袋，坐在方凳上，一袋一袋的吸。

又半會，她才看了蔡興順一眼，低頭嘆道：「傻子，你咋個越來越傻了！死死的把人家盯著，難道我才嫁跟你嗎？我忽然的一個人回來，這總有點事情呀，你問也不問人家一句，真個，你就這樣的沒心肝嗎？叫人看了真傷心！」

蔡興順很是慌張，臉都急紅了。

她又看了他兩眼，不由笑著呸了他一口道：「你真個太老實了！從前覺得還活動些！」

蔡興順「啊」了一聲道：「你說得對！這兩天，我……」

她把眉頭一揚道：「我曉得，這兩天你不高興。告訴你，幸虧我擋住你，不要去，那才駭人哩！連我都駭得打戰！若是你，……」

他張開大口，又「啊」了一聲。

「你看，羅哥張哥這般人，真行！刀子殺過來，眉毛都不動。是你，怕不早駭得倒在地下了！女人家沒有這般人一路，真要到處受欺了，還敢出去嗎？你也不要怪我偏心喜歡他們些，說真話，他們本來行啊！」

她於是把昨夜所經過的，向他說了個大概，「幸而把金娃子交跟田長子的姐姐帶著，沒抱去。」說話中間，自然把羅歪嘴張占魁田長子諸人形容得更有聲色，超過實際不知多少倍，猶之書上之敘說楚霸王張三爺一樣。事後，羅歪嘴等人本要去尋找那個姓顧的出事，一則她不願意再鬧，二則一個姓王的出頭說好話，他們才不往下理落。她也不想看龍燈了，去找了一次大哥，又沒有找著。城內還在過年，開張的很少，並不怎麼熱鬧好玩，所以她就回來了。他們說是有事，要二十以後才能回來。是杜老四一直把她送到三河場，才轉去的。

蔡興順聽他老婆說完，忽然如有所悟，才曉得他老婆喜歡的是歪人，他自己並非歪人，只好退讓了罷，這還有甚爭的！

次日，兩個人一同到鄧家去拜年，鋪子停門一日，土盤子也借此回去看他的三孃。蔡興順在丈人丈母家，似乎比兩個新年更沉默，更老實了一些。

羅歪嘴由省城回來，給蔡大嫂買了多少好東西；她高興得很，看一樣，愛一樣，讚一樣。她更其同他親熱起來。她向蔡興順說：「你看，人家不光是像個男兒漢，一句話不對，就可以拚命。人家為一個心愛的女人，還真能體貼，真小心，我並沒有開腔，人家就會把我喜歡的給我買來。人家這樣好，我怎個不多愛他些呢？」

蔡興順無話可說，只有苦著臉的笑。

到了三月初間，蔡大嫂忽起意要去青羊宮燒香，大眾自無話說，答應奉陪。獨於點到蔡興順，他卻表示不去。

蔡大嫂不甚自在說：「這才怪啦！上次看燈，你要去，這次趕會，你又不去，是啥道理呀？」

「我害怕又耍刀！」

大家都笑道：「傻子的膽量真小！那裡回回有耍刀的事？況且有我們！」他仍搖搖頭。

蔡大嫂道：「不勉強他，只跟他帶點東西回來好了。」於是就計議何時起身，設或晚了不能回來，就進城在何處歇宿，金娃手是不帶去的。

大家很為高興，蔡興順仍默默的不發一言。

四　可憐

顧天成在總府街一警覺招弟還在東大街，登時頭上一熱，兩腳便軟了。大約自己也曾奔返東大街，在人叢中擠著找了一會罷？回到麼伯家後，只記得自己一路哭喊進去，把一家人都驚了。聽說招弟在東大街擠掉了，眾人如何說，如何主張，則甚為模糊，只記得錢家弟媳連連叫周嫂喊打更的去找，而麼怕娘則抹著眼淚道：「這才可憐啦！這才可憐啦！」

鬧了一個通宵，毫無影響。接連三天，求籤、問卜、算命、許願、觀花、看圓光、畫蛋，甚麼法門都使交了，還是無影響。他哩，昏昏沉沉的，只是哭。又不敢說出招弟是因為甚麼而掉的，又不敢親自出去找，怕碰見對頭。關心的人，只能這樣勸：「不要太嘔狠了！這都是命中注定的，該她要著這個災。即或不掉，也一定會病死，你退一步想，就權當她害急病死了！」或者是：「招弟已經那麼大了，不是全不懂事的，長相也還不壞，說不定被那家稀兒少女的有錢人搶去了，那就比在你家裡還好哩！」還舉出許多例，有些把兒女掉了二十年，到自己全忘了，尚自尋覓回來，跪認雙親的。

又過了兩天，麼伯麼伯娘也都冷淡下來，向他說：「招弟掉了這幾天，怕是找不著了！你的樣子都變了，我家二媳婦肚子越大越墜，怕就在這幾天。我們不留你盡住，使你傷心，你倒是回去將養的好。把這事情丟冷一點，再進城來耍。」

顧天成於正月十八那天起身回家時，簡直就同害了大病一樣，強勉走出北門，到接官廳，兩腿連連打戰，一步也走不動，恰好有轎子，便雇了坐回去。一路昏昏沉沉，不知在甚麼時候，竟自走到攏門口。轎子放下，因花豹子黑寶之向轎伕亂吠而走來叱狗的阿龍，只看見是他，便搶著問道：「招弟也回來了嗎？」他好像在心頭著了一刀似的，汪的一聲便號陶大哭起來。甚麼都不顧了，一直搶進堂屋，掀開白布靈幃，伏在老婆棺材上，頓著兩腳哭喊道：「媽媽！媽媽！我真想不過呀！招弟在東大街掉了！……你有靈有驗……把她找回來呀！……」就是他老婆死時，也未這樣哭過。

全農莊都知道招弟掉了，是正月十一夜看燈火擠掉的。鄰居們都來問詢，獨不見鐘家夫婦，說是進城到曾家去了。

阿龍不服氣，他說：「媽的！我偏不信，掉個人會找不著的！成都省有多大！」第二天，天還未亮，阿龍果然沒吃飯就走了。

顧天成聽見，心裡也希冀阿龍真能夠把招弟找到，尋思「這或者是招弟的媽在暗中主使罷」？於是他就在老婆靈位前點上一對蠟燭，三根長香，恭恭敬敬磕了三個頭，磕到第三個頭，並伏在地上默默通明了好一會。忽然想起自己平日的行為，便哭訴道：「媽媽，我平日愛鬧女人，這該不是我的報應？媽媽，只要你有靈有驗，把招弟找回來，我再也不胡鬧了！」

他禱告了後，好像有了把握，對於招弟回來的希望，似乎更大了。心裡時時在說：「阿龍定然把她找得著！」這一天，他頗有精神，一直懸著眼睛，等到月光照見了樹梢。

次日又等，上午還好，還能去找鄰居談說「設若招弟回來了」；並打算殺隻雞煮了等她回來吃。但是等到下午，心裡就焦躁起來，越等越不耐煩，連家裡都站不住了，便跑到大路上去望，望一會，又跑回來，一直望到只要看見有兩個人影，都以為是阿龍帶著招弟回來了。快要黃昏時候，才被阿三拉了回去道：「你也瘋了！阿龍連城門都沒有進過的，他咋個找得到人？恐怕連他也會掉哩！回去睡覺好了！你看，你已變得不像人形！」

話只管說得對，叫阿龍去找招弟，真不免惹人笑；但他已向死人靈前通明了，賭了咒，人死為神，只要鑒察自己的真誠，那裡有不顯應的，況且又是自己的女兒？顧天成誠心相信他這道理。不過，人到底支持不住，算來從正月十一夜起，直未好生睡過一覺。所以到貓頭鷹叫起來時，還坐在太師椅上，就睡著了。

次日天已大明，阿三來叫他吃飯，方醒了，也才覺得通身冰冷，通身痠痛，頭似乎有巴斗大，眼珠子也脹得生疼；鼻子也是齉的。剛剛強勉吃了一碗米湯泡飯，阿龍忽然走進灶房來。

他忙放下飯碗，張開口，睜著眼，把阿龍看著。

阿龍不做聲，一直走去坐在燒火板凳上，兩隻手把頭抱著。

他只覺得雙眼發黑，通身火滾，從此不省人事，彷彿記得要倒下時，阿三連在耳朵叫道：「你病了嗎？你病了嗎？」

五　很香

在有一夜晚，顧天成彷彿剛睡醒了似的，睜開眼睛一看，只覺滿眼金花亂閃，頭仍是昏昏沉沉的，忙又把眼閉著。耳朵卻聽見有些聲音在嗡嗡的響。好半會，那聲音才變得模模糊糊，像是人在說話，似乎隔了一層壁。又半會，竟聽清楚了，確乎一個人粗聲大氣在說：「……不管你們咋個說法，我今夜硬要回去放伸睡一覺的！莫把我熬病了，那才笑人哩！」又一個粗大聲音：「鐘幺嫂，你不過才熬五夜啦！……」

鐘幺嫂也熬五夜，是為的甚麼？她還在說：「……看樣子，已不要緊了，燒熱已經退盡，又不打胡亂說了，你不信，你去摸摸看。

果有一個人，腳步很沉重的走了過來。他又把眼睛睜開。一張又黃又扁的大臉，正對著自己，原來是阿三，他認得很清楚。

「唉！鐘幺嫂，鐘幺嫂，你快來看！眼睛睜開了，一眨一眨的！」

走在阿三身邊來的，果然是圓眼胖臉，睫毛很長的鐘幺嫂，他也認得很清楚。

她伏在他臉上看了看，像是很高興的樣子，站起來把阿三的粗膀膊重重一拍道：「我的話該對？你看他不是已清醒了？……啊！三貢爺，認得我不？真是菩薩保佑！你這場病好軋實！我都整整熬了五夜來看守你，你看這些人該是好人啦！」

他還有些昏，莫名其妙的想問她一句甚麼話，覺得是說出來了，不過自己聽來也好像乳貓叫喚一樣。

阿龍奔了進來，大聲狂喊道：「他好了嗎？……」

鐘幺嫂攔住他道：「蠢東西，放那們大的聲氣做啥子！……他才清醒，不要擾他！我們都走開一點，讓他醒清楚了，再跟他說話！……阿彌陀佛！我也該回去了！……阿龍快去煨點稀飯，怕他餓了要吃！稀飯裡不要放別的東西，一點砂糖就好了！……」

阿三坐在床邊上，拿起他那長滿了厚繭的粗手，在他額上摸了摸，張著大嘴笑道：「你當真好了！」

他眼睛看得清楚了，方桌上除了一盞很亮的錫燈臺而外，放滿了的東西，好像有幾個小玻璃瓶子，被燈光映得透明。床上的罩子在腦殼這一頭是掛在牛角帳鉤上，腳下那一頭還放下來在。自己是仰臥著的，身上似乎蓋了不少的東西，壓得很重。

他瞅著阿三，努力問了一句：「我病了多久嗎？」自己已聽得見在說話，只是聲音又低又啞。

阿三自然也聽見了，點了點頭道：「是啦！今天初四了，你是正月二十害的病，整整十四天！……不忙說話！你吃不吃點稀飯？十四天沒吃一點東西，這咋個使得！我催阿龍去！」

被人餵了小半碗稀飯，又睡了。這夜是病退後休息的熟睡，而不是病中的沉迷與昏騰。所以到次日平明，顧天成竟醒得很清楚。據守夜的阿三說，他真睡得好，打了半夜的鼾聲。並且也覺餓了，洗了一把臉，又吃了稀飯，還吃了鹹菜，覺得很香。

飯後，阿三問他還吃不吃洋藥？

「洋藥？」他詫異的問：「啥子洋藥？」

「啊！我忘記告訴你啦！你這病全是洋藥醫好的！」

「到底是啥子洋藥，那裡來的？」他說話的聲音也大了，並且也有力。

「你還不曉得嗎？就是從曾師母那裡拿來的。……呃！我又忘了，你病得胡裡胡塗的，咋個曉得呢？我擺跟你聽，……」

阿三的話老是拖泥帶水的，弄不清楚，得虧阿龍進來，在旁邊幫著，這才使顧天成明白了。

事情經過是這樣的：當顧天成幾乎栽倒，被阿三阿龍架到床上，已經不省人事了。阿龍駭得只曉得哭，鄰居們聽見了來看，都沒辦法。那位給他老婆料理過喪事的老年人才叫阿三到場上去找醫生。醫生就是那位賣丸藥的馬三瘋子，走來一看，就說是中了邪風。給了幾顆邪風丸，不想灌下之後，他就打胡亂說起來。眾人更相信遇了邪，找了個端公來打保符，又送了花盤，他打胡亂說得更厲害。那位老年人不敢拿主張了，叫去找他老婆的哥嫂，不但不來，還臭罵了一頓，說他活報應，並猜招弟是他故意丟了，好討新老婆。別一個鄰居姆姆又舉薦來一個觀花婆，花了三百錢，一頓飯，觀了一場花。說他花樹下站了個女鬼，要三兩銀子去給他禳解。阿三不曉得他的銀子放在那裡，向大家借，又借不出，只好跑進城去找他幺伯。恰恰二少娘那天臨盆，說是難產有鬼，生不下來，請了三四個檢生婆，又請了一個道士在畫符，一家人只顧二少娘去了。幸而正要出城之時，忽然碰見鐘幺哥夫婦。他們給主人拜了年，又去朝石經寺，回來在主人家住了兩天，也正要回家。兩下一談起他的病，鐘幺嫂便說她主人家曾師母那裡，正有個洋醫生在給她女兒醫病，真行，也是險症，幾天就醫好了。於是，三個人跑到西御街曾家，先找著鐘幺嫂的姐姐，再見了曾先生曾師母。曾師母也真熱心，立刻就帶著阿三到四聖祠，見了一個很高大的洋人。曾師母說的是洋話，把阿三的話，一一的說給他聽了。他便拿了些藥粉，裝在玻璃瓶裡，說先吃這個，吃完了，再去拿藥。鐘幺嫂一回來，就忙著來服侍他，這是曾師母教她的，病人該怎樣的服侍，該吃些甚麼，房間該怎樣收拾，只有一件，鐘幺嫂沒照做，就是未把窗子撐起；她說：「這不比曾家，雖然打開窗子，卻燒著火的。鄉下的風又大，病人咋個吹得！」鐘幺哥也好，因為阿三不大認得街道，他就自告奮勇，每次去拿藥。不過，當阿三初次把洋藥拿回來時，鄰居們都說吃不得，都說恐怕有毒。那位有年紀的說得頂兇，他說活了七十幾歲，從沒聽見過洋鬼子的藥會把人醫好，也沒聽見過人病了，病得打胡亂說，連端公都治不好的，會被洋鬼子治好。洋鬼子就是鬼，鬼只有願意人死的，那裡會把人治好。鐘幺嫂同他爭得只差打了起來。後來，是阿三出來拍著胸膛說：「死馬當成活馬醫！主人家死了，我抵命！」這才把眾人的嘴堵住，把洋藥灌下。就那一夜，眾人時時走來打聽他的死信，鐘幺嫂便一屁股坐在床跟前熬夜。

洋藥就是這樣的來歷，而且竟自把他醫好了！

顧天成也覺稀奇，遂說：「洋藥還有嗎？拿跟我看看。」

阿龍把方桌上一隻半大玻璃瓶拿過來道：「前兩回是扁的，裝的藥粉，後來就是這藥水了。」

一種微黃色的淡水，打開塞子，聞不出什麼氣味，還剩有小半瓶。

他問：「咋個吃的？」

阿龍說：「隔兩頓飯工夫，跟你小半調羹。這調羹也是鐘幺哥帶回來的。」又把桌上紙包著的一根好像銀子打的長把羹匙拿給他看。

他好奇的說道：「倒一點來嘗嘗，看是啥味道。」

鐘幺嫂正走了進來，從阿龍手上把瓶子拿去道：「快不要吃！洋醫生說過，人清醒了，要另自換藥的，我的門前人把牛放了就去。……三貢爺，你今天該清楚了？哎呀！你真駭死人了！虧你害這場大病！」

鐘幺嫂今天在顧天成眼裡，真是活菩薩。覺得也沒有平常那麼黑了，臉也似乎沒有那麼圓，眼也似乎沒有那麼鼓，嘴也似乎沒有那樣哆。他自然萬分感謝她，她略謙了兩句，接著說道：「也是你的機緣湊合！要不是阿三哥遇著我，咋個會找到洋醫生呢？可是也得虧我在曾家遇見有這件事。看起來，真有菩薩保佑！我跟我門前人去朝石經寺，本是為求子的，不想倒為你燒了香了！」

跟著就是一陣哈哈。

顧天成清醒的消息，傳遍了，鄰居都來看他，都要詫異一番，都要看看洋藥，都要議論一番。把一間經鐘幺嫂收拾乾淨的病房，帶進了一地的泥土，充滿了一間屋的葉子煙氣。唯有那位有年紀的男鄰居不來，因為他不願意相信顧天成是洋藥醫好的。

但是顧天成偏不給他爭氣，硬因為吃了洋藥，一天比一天的好了起來。八天之後，洋醫生說，不必再吃藥，只須吃些精細飲食就可以了。

也得虧這一場病，才把想念招弟的心思漸漸丟冷，居然能夠同鐘幺嫂細說招弟掉了以後，他那幾天的情形。不過，創痕總是在的。

一天，他在打穀場上，晒著二月中旬難得而暖和的春陽。看見週遭樹子，都已青鬱鬱的，發出新葉。籬角上一株桃花，也綻出了紅的花瓣。田間胡豆已快割了，小麥已那麼高，油菜花漸漸在黃了。蜜蜂到處在飛，到處都是嗡嗡嗡的。老鷹在晴空中盤旋得很自在，大約也禁不住陽氣的動盪，時時長喚兩聲，把地上的雞雛駭得一齊伏到母雞的翅下。到處都是生意勃勃的，孩子們的呼聲也時時傳將過來，恍惚之間，覺得招弟也在那裡。

他向來不曉得想事的，也不由的回想到正月十一在東大街的事情。首先重映在他眼前的，就是那個藉以起釁的女人，娉娉婷婷的身子，一張逗人愛的面孔，一對亮晶晶的眼睛，猶然記得清清楚楚。拿她與劉三金比起，沒有那麼野，卻又不很莊重。遂在心裡自己問道：「這究是羅歪嘴的啥子人？又不像是婊子，怕是他的老婆罷？……婆娘們都不是好東西！前一回是劉三金，這一回又是這婆娘，禍根，禍根！前一回的仇，還沒有報，又吃了這麼大一個虧！……唉！可憐我的招娃子，不曉得落在啥子人的手上，到底是死，是活？……」想到招弟，便越恨羅歪嘴等人，報仇的念頭越切。因又尋思到去年與鐘幺嫂商量去找曾師母的事。

花豹子從腳下猛的跳了過去，卻又不吠，還在擺尾巴。他回過頭去，鐘幺嫂提著砂罐，給他送燉雞來了。——從他起床以後，鐘幺嫂特別對他要好，替他洗衣裳，補襪底。又說阿三阿龍不會燉雞，親自在家裡燉好了，伺候他吃。真個就像他一家人。他感激得很，當面許她待病好了，送她的東西，她又說不要。——他遂站起來，同著兩條狗跟她走進灶房，趁熱吃著之時，他遂提起要找曾師母的話。

她坐在旁邊，將一隻手肘支在桌上笑道：「這下，你倒可以對直找她了。備些禮物去送她，作為跟她道勞，見了面，就好把你的事向她講出來，求她找史洋人一說，不就對了嗎？」

他搖搖頭道：「這不好，還是請你去求她好些！一來，我不好求她盡幫忙，二來，我的口鈍，說不清楚。」

她也搖搖頭道：「為你的病，我已經跟你幫過大忙了，你還要煩勞我呀！」

「我曉得，你是我的大恩人。你又很關心我的，你難道不明白我這場病是咋個來的？你光把我的病醫好了，不想方法替我報仇，那你只算得半個恩人了！嫂子，好嫂子！再勞煩你這一回，我一總謝你！」

她瞅著他道：「你開口說謝，閉口說謝，你先說清楚，到底拿啥子謝我？」

「只要你喜歡的，我去買！」

她拿手指在他額上一戳道：「你裝瘋嗎？我要你買的？」

他眼皮一跳，心下明白了，便向她笑著點了點頭道：「我的命都是你跟我的，還說別的……」

六　棉褲

正月十一夜打過二更很久了，東大街的遊人差不多快散盡了，燈光也漸漸的熄滅。這時候，由三聖街向上蓮池那方，正有兩個人影，急急忙忙的走著。同時別一個打更的，正從三聖街口的東大街走過，口頭喊道：「大牆後街顧家門道失掉一個女娃子！……十二歲！……名叫招弟！……沒有留頭！……身穿綠布襖子！……藍布棉褲！……沒有纏腳！……青布朝元鞋！……仁人君子，撿著送還！……送到者酬銀一兩！報信五錢！」

月色昏暗，並已西斜了，三聖街又沒有檐燈，看不清那兩個人的面影；但從身材上，可以看出一個是老婦人，一個是小女孩。並聽得見那小女孩一面走，一面還在欷欷歔歔的哭，有時輕輕喊一聲：「爹爹！」那老婦人必要很柔和的說道：「就要走到了，不要哭，不要喊，你爹會在屋裡等你的！」同時把她小手緊緊握住，生怕有什麼災害，會在半路來侵害她似的。

上蓮池在夏天多雨時候，確是一個很大的池塘，也有一些荷花。但是在新年當中，差不多十分之九的地方，都是乾的。池的南岸，是整整齊齊的城牆，北岸便是毫無章法，隨意搭蓋的草房子。在省垣之內，而於官荒地上，搭蓋草房居住的，究是些甚麼人，那又何待細說呢？

在老幼二人走到這裡時，所有的草房子裡，都是黑魆魆的。只有極西頭一間半瓦半草的房裡，尚漏了一絲微弱的燈光出來。老婦人遂直向這有燈光之處走來，一面將小女孩挽在跟前，一面敲門。

門開了，在瓦燈盞的菜油燈光中，露出一個三十來歲，面帶病容的婦人。她剛要開口，一眼看見了小女孩，便收住了口，呆呆的看著。

老婦人把小女孩牽進來，轉身將門關好，才向小女孩說道：「這是我的屋。你爹爹會來的，你就在這裡等他。」

小女孩怯生生拿眼四面一看，又看了少婦兩眼，嗚一聲又哭了起來道：「我不！……我不在這裡！……你領我回去！……我要爹爹！……爹爹！……」

老婦人忙拉過一張矮竹凳坐下，把她攬在懷裡，拍著她膀膊誆道：「不要哭！……我的乖娃娃！……這裡有老虎，聽見娃娃哭，就要出來的！……快不要哭！……你哭，你爹爹就不來了！……哦！想是餓了，王女，你把安娃的米花糖拿幾片跟她。」

小女孩吃米花糖時，還在抽噎，可是沒吃完，已經閉著眼睛要睡了。老婦人將她抱起，放在床上，只把一雙泥汙鞋子給她脫了。揭開被蓋，把她推進在一個業經睡熟了，約莫九歲光景的男孩子身邊。

那帶病容的少婦，也倒上床去，將被拉來偎著，才問老婦人：「媽，你從那裡弄來的？」

老婦人坐在床邊上笑道：「是撿來的。一個失路的女娃子，聽口腔，好像是南路人。」

「在那裡撿的？」

「就在東門二巷子我從胖子那裡回來時……」

「媽，你找著他沒有？」

老婦人的臉色登時就陰沉下去：「找是找著了，……」

那少婦兩眼瞪著，死死的看著她那狡猾老臉，好像要從她那牙齒殘缺的口中，看出裡面尚未說完的言語似的。可是看了許久，仍無一點蹤影。她遂翻過身去，拿起那只瘦而慘白的拳頭，在床邊上一捶，恨恨的道：「我曉得，那沒良心的胖雜種，一定不來了！……狗入的胖雜種，挨千刀的！……死沒良心，平日花言巧語，說得多甜！……人家害了病，看也不來看一眼。……挨刀的，我曉得你是生怕老娘不死！老娘就死了，也要來找你這胖挨刀的！」

老婦人讓她罵後，又才慢慢說道：「他倒說過，這個月的銀子，總在元宵前後送來。」

「稀罕他這六兩銀子，牛老三不是出過八兩嗎？挨刀的，把人家的心買死了，他反變了！……嗚嗚嗚……」

老婦人忙伏下身去說道：「還要哭，這不是自己糟蹋自己嗎？王女，……」

「媽，我想不得！……想起就傷心！……他前年來多好呀！一個月要在這裡睡二十來夜，……自從去年十月就變了，……我記得清清楚楚，……十月來睡過五夜，白天還來過七回，……冬月只來睡過兩夜，藉口說事情忙，……臘月連白天都不來了！……我為啥不傷心？……我聽了他的話，硬是一心一意的想跟他一輩子，……為他，我得罪了多少人，結下了多少仇！……胖挨刀的，難道不曉得？……牛老三至今還在恨我哩！……嗚嗚嗚！」

老婦人拍著她大腿嘆道：「王女，你倒要想開些，痴心女子負心漢，戲上有，世上有！我以前不是勸過你，不要太痴了，在外頭包女人的漢子，那一個是死心蹋地的？那一個不是一年半載就掉了頭的？」

少婦漸漸住了哭道：「媽，你光是這樣說，你就不曉得，人是知好歹的；你看他，平日對人家多好，那樣的溫存體貼，你叫人家咋個不痴心呢？那曉得全是假心腸，隔不多久，又找新鮮的去了！……挨刀的男人家，都不是他媽的一個好東西！吃虧的只有我們女人家！」

老婦人道：「也怪你太任性了，總不聽我說。我不是說過多少回嗎？人是爭著的香！你若不把牛老三吳金廷他們連根丟掉，把他們留在身邊，弄點法門，讓他們三個搶著巴結你，討你的好，你看，至今你在他們三個眼睛裡，恐怕還是鮮花一樣，紅冬冬，香撲撲的哩！要是病了，醫生早上了門，三個人總一定跟孝子樣，走馬燈似的在床邊轉，那裡還會害得我打起燈籠火把，低聲下氣的去找人呢？」

兩個人好半會都沒有做聲。床上兩個小孩子，倒睡得呼呀呼的，房子外隨時都有些犬吠。

燈芯短了，吃不住油，漸漸暗了下去。老婦人起身，在一個抽屜裡，另選了一根燈草加上。回頭向著她媳婦說道：「王女，你還該曉得：人無千日好，花無百日紅！人生一世，那裡有常常好的。你自己還不很覺得，你今年已趕不到去年了，再經這回病痛，你人一定要吃大虧；還不趁著沒有衰敗時候，好生耍耍，多掙幾個錢。把這幾年一過，就不會有啥子好日子了，我不會誆你的，王女，你看我，就是一個榜樣。所以我要勸你，仍然把牛老三吳金廷弄過來，不要太任性子，弄得自己吃虧，何苦哩！」

少婦長嘆了一聲道:「媽，你又不曉得，我當初是害怕他們爭風吃醋，弄到像張二姐的結果，拉上城牆，挖腸破肚的，才犯不著哩！」

老婦人道：「你能像張二姐那樣笨嗎？這些都不說了，事非經過不知難！如今只要你先把胖子丟開，不要牢牢的貼在心上，再好生吃藥養病，等你好了，我們又從頭來過。說不定，照我說的做去，胖子重新又會眼紅的。……」

「讓他狗日的眼紅，那個還去睬他！……只是，媽，我吃的都是些貴重藥，他盡不送錢來，我這病咋個會好呢？」

老婦人站起來，扁著嘴一笑道：「你放寬心，何必還等胖子的錢？我今夜撿的這個，不就是錢嗎？」

少婦恍然一笑道：「哦！不錯，去年李大娘曾託過你。只是，你不怕人家找著嗎？」

「你還沒聽出她的口腔嗎？一定是南路人，一定是她老子帶進城來看燈掉了的。娃兒的嘴又笨，盤問起來，只會說姓古叫招弟。老子叫啥名子，不曉得，只曉得叫三貢爺。鄉壩裡頭的三貢爺四貢爺，多得很，只要一家裡頭出了個貢爺，全家都叫貢爺。她老子做啥事的？也不曉得，在城裡住在那條街？也不曉得，像這樣大海裡的針，那裡就撈得到！」

少婦點點頭道：「那倒是的，再朝大公館裡一送，永遠不得出大門，要找也沒處找了！」

老婦人兩手把大腿一拍，躬著身道：「就找到，又咋個？我又不是拐來的，像那幾回！……只是，要好生調教幾天！」

「看樣子還不很蠢，都還容易調教，大約有十幾歲了。」

「她自己說十二歲，照身子看，不止一點。我們明天就教她說十三歲，多一歲，也好賣點。你看五兩銀子好撿不？」

「我看，好嗎落得到三兩幾。李大娘也要使幾百哩！」

「三兩也好，你的藥錢總有了！……怕要打三更了！你脫了衣睡罷！我要去睡了！」

老婦人把一根油紙捻照著，向後面小房間去了。臨走時，還揭開被，把藥錢看了看。

七　招弟

幾天之後，招弟已被改了名字，叫做春秀。住的地方也換了，不是上蓮池半瓦半草的房子，而是暑襪街的郝公館。據伍太婆臨走時向她說，她是被送入福地，從此要聽說聽教，後來的好處說不完。而她所給與伍太婆的酬報呢？則是全身賣斷的三兩八錢銀子，全身衣服特別作價五錢。這已夠她媳婦王女吃貴藥而有餘了！

福地誠然是福地！房子那麼高大！漆色那麼鮮明！陳設家具那麼考究華美！好多都是她夢都沒有夢見過的，即如她與春蘭——個二十歲，長得肥肥胖胖，白白淨淨，而又頂愛打扮的大丫頭，她應該呼之為大姐的。——同睡的那張棕棚架子床，棉軟舒服，就非她家的床所能比並。乃至吃的菜飯，那更好了，並不像李大娘、吳大娘、兩個高二爺在廚房外間，同著廚子駱師，打雜挑水的老龍，看門頭張大爺等所吃的大鍋菜飯，而是同著春蘭大姐在旁邊站著，伺候了老爺、三老爺、太太、姨太太、大小姐、二小姐、大少爺諸人，吃完之後，遞了漱口折盂，洗臉洋葛巾，待老爺們走出了倒坐廳，也居然高桌子，低板凳，慢條細理，吃老爺們僅僅動過筷子的好菜好飯。以前在家裡，除了逢年過節，只在插禾割稻時候，才有肉吃；至於雞鴨魚，那更有數了。在幺爺爺家裡幾天，雖曾吃過席，卻那裡趕得到這裡的又香又好吃，在頭幾頓，簡直吃不夠，吃得把少爺小姐與春蘭大姐幾乎笑出眼淚來。老爺太太說是饢腸子，任她吃夠；姨太太說，吃得太多，會把腸子撐大，挺起個屎肚皮。太難看，每頓只准吃兩碗。說到衣裳，初來，雖沒有甚麼好的穿，但是看看春蘭的穿著，便知道將來也一定是花花綠綠的。

並且沒有甚麼事情作。在鄉下時，還不免被喚去幫著撈柴草，爬豬糞，做這類的粗事。這裡，只是學著伺候姨太太梳妝打扮，抹抹小家具，裝水煙，斟便茶，添飯，絞手巾，幫春蘭收拾老爺的鴉片煙盤子。此外，就是陪伴七歲大的二小姐玩耍。比較苦一點的事情，就是夜間給姨太太捶腿骬，卻也不常。

但是，初來時，她並不覺得這是福地。第一，是想她的爹爹，想長年阿三，阿龍，想鐘幺哥，鐘幺嫂，以及同她玩耍過的一般男孩女孩。想著在家裡時，那樣沒籠頭馬似的野法，真是再好沒有了！爹爹看見只是笑，何嘗說過不該這樣，不該那樣？死去的媽媽雖說還管下子，可是那裡像這福地，處處都在講規矩，時時都在講規矩。比如，說話要細聲，又不許太細，太細了，說是做聲做氣，高了，自然該挨罵。走路哩，腳步要輕要快，設若輕到沒有聲音，又說是賊腳賊手的，而快到跑，便該挨打了。不能咧起嘴笑，不能當著人打呵欠，打飽嗝，尤其不能在添飯斟茶時咳嗽。又不許把胸膛挺出來，說是同蠻婆子一樣；站立時，手要弹下，腳要併攏，這多麼難過！說話更難了，向老爺太太少爺小姐們說話，不准稱呼「你」，就說到「我」字時，聲氣也該放低些，不然，就是耳光子，或在膀子上揪得飛疼。還有難的，是傳話了，比如太太說：「高貴，去把大少爺跟我找來！」傳出去，則須說：「大高二爺，請你去把大少爺請來，太太在喚他！」或是：「大高二爺，太太叫你把大少爺找來！」或是：「太太叫高貴去找大少爺！」絕不能照樣傳出去，不然的話，就沒規矩。此外規矩還多，客來時，怎樣裝煙，怎樣遞茶，怎樣請安，怎樣聽使喚，真像做戲一樣。春蘭做得好熟溜，客走後，得誇獎的，總是春蘭，挨罵的，總是春秀；結果是：「拿出你那賊心來，跟著春蘭大姐好生學！」

第二，不感覺福地之好的，就是鄉下的天多寬，地多大，樹木多茂，草多長，氣息多清！郝公館裡到處都是房子，四面全是幾丈高的磚牆；算來只有從二門轎廳一個天井，有兩株不大的玉蘭花樹，從轎廳進來到堂屋，有一個大院壩，地下全鋪的大方石板，不說沒一株樹，連一根草也不長，只擺了八個大花盆，種了些當令的梅花、壽星橘、萬年紅、同蘭草。從堂屋的倒坐廳到後面圍房，也只一個光天井，沒有草而有青苔。左廂客廳後，有點空地，種了些枝柯弱細的可憐樹子；當窗一排花臺，栽了些花；靠牆砌了些假山，盤了些藤蘿；假山腳下有一個二尺來寬，丈把長，彎彎曲曲的水池，居然養了些魚。這就叫小花園。右廂是老爺的書房，後窗外倒有一片草壩，當中一株大銀杏樹，四周有些京竹、觀音竹，冬青、槐樹、春海棠、梧桐、臘梅等；別有兩大間房子，是胡老師教大小姐大少爺讀書的學堂。這裡叫大花園。不叫進去，是不准進去的。全公館只有這幾處天，只有這麼幾十株樹，有能夠跑、跳、打滾的草地沒有？有能夠戽水捉魚的野塘沒有？不說比不上鄉下，似乎連上蓮池都不如！

第三，使她更不好過的，就是睡得晚，起得早。光是起得早，還不要緊，她在鄉下，那一天不是天剛剛亮就起來了？但不只是她，全家都是一樣的，並且起來就做飯吃。公館裡只管說是起得早，卻從沒有不是等雀鳥鬧了一大陣，差不多太陽快出來了，才起床。吃早飯，那更晏了，每天的早飯，總是開三道。頭道，是廚房隔間的大鍋菜飯，二道，是大少爺大小姐陪胡老師在學堂裡吃。這一道早飯開後，老爺、太太、姨太太、三老爺才起來，才咳嗽，才吃水煙，才慢慢漱口，才慢慢洗臉，才慢慢喫茶。老爺在鬧了大便之後，待春蘭把太太的床鋪理好，便燒鴉片煙 —— 老爺只管在姨太太房裡睡的夜數多，但燒鴉片煙總在太太床上。 —— 三老爺則抄著長衣服，拿水灌花，教鸚哥、烏翎、黃老鴉、八哥說話，更喜歡把一個養在精緻小籠中的百靈子，擎到大花園小花園裡去溜；太太同姨太太便各自坐在當窗桌前，打開絕講究的梳妝匣子，慢慢梳頭。太太看起來還年輕，白白胖胖的一張圓臉，一頭濃而黑的髮，大眼睛，塌鼻子，厚嘴唇，那位十九歲的大少爺，活像她！大小姐雖也是太太生的，而模樣則像老爺；太太雖是四十一歲的人，仍然要搽脂抹粉，畫眉毛，只不像姨太太要塗紅嘴皮。伺候太太梳頭、洗臉、穿衣、裹腳，全是春蘭；吳大娘則只是掃地、抹家具、提水、倒馬桶、洗太太老爺大少爺三個人的衣服，搭到也洗洗春蘭大姐的，並服侍大少爺大小姐的起居。在春秀未來之時，伺候姨太太梳頭洗臉打扮的，只是李大娘。便因為李大娘的事情忒多一點，又要洗姨太太三老爺二小姐胡老師等的衣服，又要照料二小姐，又要打掃大少爺大小姐兩個房間，又要伺候學堂裡早飯，還要代著做些雜事，實在忙不過來，因才進言於老爺，多買一個小丫頭。所以她一來，便被派定伺候姨太太梳洗打扮。姨太太有二十六歲，比老爺小二十一歲，但是看起來，並不比太太年輕好多，皮膚也不比太太的白細，身材也不及太太高大，腳也不及太太的小，頭髮也不及太太的多；只是比太太秀氣，眉毛長，眼睛細，鼻梁高，口小，薄薄兩片嘴唇，長長一雙手指。二小姐有一半像她，愛說話，愛嘔氣，更像她。姨太太搽粉梳頭，真是一樁大事，摩了又摩，抿了又抿，桌上鏡匣上一面大鏡，手上兩柄螺鈿紫檀手鏡，車過來照，車過去照。春蘭大姐有時在背後說到姨太太梳頭樣子，常愛說：「姨太太一定是閃電娘娘投生的！」其實春蘭打扮起來，還不是差不多，雖然梳的是一條大髮辮，與大小姐一樣。姨太太身體不好，最愛害病，最愛坐馬桶，李大娘說她小產兩次，身子虛了。一直要等老爺把早癮過了，催兩三次，姨太太才能匆匆忙忙把手洗了，換衣裳，去倒坐廳裡吃飯。這是第三道早飯。每每早飯剛吃完，機器局的放工哨早響了。所以早晨起來，只覺得餓，但有時二小姐吃點心，給點與她，有時春蘭大姐吃荷包蛋，給她半個，還不算苦；頂苦的是睡得晚！不知為甚麼，全公館的人，都是夜貓兒。在平常沒客時，夜間，大小姐多半在她的房間裡，同春蘭、吳大娘、李大娘等說笑，擺龍門陣，做活路；有時高興唸唸書，寫寫字；有時姨太太也去，同著打打紙牌。老爺除了在外面應酬，一到家，只在書房裡寫幾個字，總是躺在太太床上燒鴉片煙。老爺的身材，看起來比太太矮，其實還要高一個頭頂，只是瘦長長的臉上，有兩片稀疏八字鬍，一雙眼睛，很有煞氣，粗眉毛，大鼻子。三老爺多半叼著一根雜拌煙竿，坐在櫃桌側大圈椅上，陪著談天。三老爺是老爺親兄弟，三十三歲了，還沒接三太太，說是在習道，不願娶親；公館裡事情，是他在管；他比老爺高、大、胖，鼻子更大更高，卻是近視眼，脾氣很好，對甚麼人都是和和氣氣的，尤其對太太好，太太也對他好。於是談天說地，講古論今，連二小姐都不覺得疲倦。到二更，大少爺讀了夜書進來，才消夜。消夜便要吃酒，總是三老爺陪著，太太喝得多些，姨太太少喝一點，老爺不喝，少爺小姐們不准喝，喝的是重慶允豐正的仿紹酒。消了夜，二小姐才由李大娘領去，在姨太太的後房裡，伴著睡。後一點，打三更了，大少爺大小姐向老爺太太道了安置，才各自進房去睡。三老爺也到老爺書房隔壁一間精緻房間裡去睡。再過一會，她同李大娘伺候姨太太睡，有時給姨太太捶腿骭，就在這時候，老爺還在燒煙，太太則倒在對面，陪著說話。下人們都睡了，所不能睡的，只有她與春蘭兩人。總要等到洋鐘打了一點，太太才叫春蘭舀水，老爺洗臉，春蘭理床鋪，她給太太裝煙，換平底睡鞋。待春蘭反掩了房門，她兩個才能回到大小姐後房去睡。睡得如此的晚，春蘭並不覺苦，上了床還要說話。她卻熬不得，老是一斷黑，耍一會兒，瞌睡就來了，眼皮沉得很，無論如何，睜不開，一坐下，就打起盹來，一打盹，就不會醒。有時被大小姐二小姐戲弄醒了，有時被李大娘吳大娘春蘭等打醒，然而總是昏昏騰騰的，必須好一會兒才醒得清楚。就為這事情，曾使太太姨太太生了好幾回氣，不是胡裡胡塗把事情做錯，就是將東西打爛。老爺曾說過：「小孩子，瞌睡是要多些！」但別人的話，則是：「當了丫頭，還能說這些！」弄得有時站著都在睡，有時一到床上，連衣裳都來不及脫，就睡熟了。睡得晚，睡不夠，也是使她頂怨恨福地，而頂想家鄉的一個原因。

第四，這福地在她還有不好的。就因全公館內，她是頂弱，頂受氣的。上人們自然一生氣不是罵，就是打；大少爺大小姐不甚打罵人，二小姐會暗地裡揪人。下人們也欺負她，不知為甚麼大高二爺頂恨她，有機會總要給她幾個暴栗子，牙齒還要咬緊。春蘭大姐算是頂好了，遇事也肯教她，就只有時懶得很，要使用她，不聽使用，也會惹起她發氣的。這每每令她苦憶她爹爹愛她的情形，想到極處，只好坐在茅房裡哭。

福地於她的好處實在勝不過於她的壞處，所以在不多幾天，她就想逃跑了。困難的就是自進公館，連轎廳都不准出去，大門以外是甚麼光景，只模模糊糊記得是一些鋪面，一些賣羊皮衣裳的鋪面。如何走法，才能走回家去，這簡直想像不出。更有，自從來後，就聽李大娘她們常常談說，丫頭逃跑，是頂犯法的事，一出大門，無論何人，都會幫著主人家捉回來的；從來沒有聽見丫頭逃跑，有跑脫了的；那時，捉回來，一頓板子打死，向亂墳壩一丟，任憑豬拉狗扯。她們還要舉出許多實例，活像她們親手做過來的一樣，在這暗示之下，她又安敢逃走？

一直經了一個多月，到老爺太太全家商量去趕青羊宮時，她才本能的感覺：「只要你們帶我出城去！……」

八　豬市

青羊宮在成都西南隅城牆之外，是清朝康熙年間建築，又培修過幾次。據說是道士的元始廟子，雖然趕不上北門外昭覺寺，北門內文殊院，兩個和尚的叢林建築得富麗堂皇，但營造結構，畢竟大方，猶然看得出中古建築物的遺規。

廟宇也和官署一樣，是坐北朝南的。它的大門，正對著一條小小的街道，通出去，是一道五洞大石橋，名曰迎仙橋。這街道即以青羊宮得名，叫做青羊場。雖然很小，卻是南門外一個同等重要的米市與活豬市。

青羊宮全體結構是這樣的：臨著大路，是一對大石獅子。八字紅牆，山門三道。進門，一片長方空壩，走完，是二門，門基比山門高一尺多，而修得也要考究些。再進去，又是一片長方空壩，中間是一條石子甬道，兩側有些柏樹。再進去，是頭殿，殿基有三尺來高，殿是三楹，兩頭俱有便門。再進去，空壩更大，樹木更多，東西俱是配殿；西配殿之西北隅，另一個大院，是當家道士的住處、客堂，以及賣簽票的地方。壩子正中，是一座修造得絕精緻的八卦亭，亭基有五尺多高，四道石階上去；全亭除了瓦桶，純是石頭造成，雕工也很不錯；亭中供的是一尊坐在板角青牛背上的老子塑像，塑得很有神氣。八卦亭之北，就是正殿了，大大的五楹，建在一片六尺來高，全用石條砌就的大月臺之上；殿的正中，供了三尊絕大的塑像，傳說是光緒初年，培修正殿之後，由一個姓曹的塑匠，一手造成；像是坐著的，那麼大，並不打草稿，而各部居然塑得很亭勻，確乎不大容易。據說根據的是《封神榜》，中間是通天教主，上手是太上老君，下手是元始天尊，道士又稱之日三清。殿中左右各擺了一具青銅鑄的羊子，有真羊大，形態各殊，而鑄工都極精緻靈活；道士說是神羊，原本一對，走失了一隻，有一隻是後來配的，也通了神，設若你身上某一部分疼痛，你只須在神羊的某一部分摸一摸，包你會好，不過要出了功果才靈。但一般古董家卻說是南宋賈士道府中的熏爐，因為有一隻羊體上有一顆紅梅閣記的印章，不過何時流入四川而到青羊宮正殿上來冒充神羊，則無人說得出。正殿之後，空壩不大，別有一座較小的殿，踞在一片較高的月臺上，那是觀音殿。再由月臺兩畔抄進去，又是一殿，三楹有樓，樓下是斗姆殿，樓上是玉皇閣，殿基自然更要高點。東西兩側，各有一座三丈來高，人工造就的土臺，繚以短垣，升以石階，臺上各有小殿一楹；東曰降生臺，西曰得道臺。穿過斗姆殿，相去一丈之遠，逼著後檐又是一座丈許高的石臺。以地勢言，算是全廟中的最後處，也是最高處。臺上一座高閣，祀的是唐高祖李淵的塑像，這或許是歷史所言李淵與老聃有甚麼關係罷？

二月十五日，說是老子的誕辰。這一天，青羊宮的香火是很盛的，而同時又是農具竹器以及各種實用物件集會交易之期，成都不稱趕廟會，只簡單稱為趕青羊宮，也是從這一天開始，一直要鬧到三月初十邊。

四鄉的人，自然要不遠百里而來，買他們要用的東西。城裡的人，更喜歡來。不過他們並不像鄉下人是安心來買農具竹器的，他們也買東西，卻買的是小玩意、字畫、玉器、花樹等；而他們來此的心情，只在篾棚之下，喫茶吃酒，作春郊遊宴的。就是官宦人家世家大族的太太奶奶小姐姑娘們，平日只許與家中男子見面的，在趕青羊宮時節，也可以露出臉來，不但允許陌生的男子趕著看她們，而她們也會偷偷的下死眼來看男子們，城裡人之喜歡趕青羊宮，而有時竟要天天來者，這也是一種大原因。

青羊宮之東，一牆之隔，還有一所道士廟子，叫二仙庵。也很宏大，並且比青羊宮幽邃曲折，房屋也要多些。廟門之外，是一帶�木林，再外是一片旱田，每年趕青羊宮時，將二廟之間的土牆挖斷，遊人們自會從牆缺上來往。

青羊宮這面，是農具竹器字畫小飲食集合之所。二仙庵的田裡，則是搭篾棚賣茶酒，種花草樹木的地方，而庵裡便是賣小玩意和玉器之處。

最近有一位由經商起家的姓馬的紳士，在二仙庵道士墳之前，臨著大路，又修造了一所別墅，小有布置。原為紀念他一個兒子和一個女兒的，因為好名心甚，遂硬派他這兩個害癆病夭折的兒女，作為孝兒孝女，花了好多銀子，違例謀到一道聖旨，便在門前橫跨大路，造就一道石坊，門上也懸了一塊匾，題曰雙孝祠。平日本可借給人宴會，到趕青羊宮，更是官紳宴集之所了。

此外，在對門河岸側，還有一個極小巧的所在，叫百花潭。是前十數年，一個姓黃的學政造作的假古董，也還可以起坐。

當蔡大嫂偕同羅歪嘴幾個男子，坐著雞公車來到二仙庵時，遊人已經很多了。

蔡大嫂要燒香，自應先到青羊宮，照規矩，還應該從山門土地堂前燒起，全廟中每一尊神像跟前，都須交代一對小蠟燭、三根紅香、三叩首的。但她到底不是專為燒香而來，便只到大殿上，在三清像前，跪在許多信男信女叢中，磕了九個頭。

三清殿上，黑壓壓全是人。女人差不多都是來燒香磕頭的，而男子則多半是為看女人而來。女人們磕了頭後，有些抽身就走，有些搖了籤走，—— 十幾個籤筒，全在女人們的懷抱中響著，與鐵罄木笞的聲音，攪成一片，光是擲木筶的道士，就有好幾人。—— 有些還要摸了銅羊才走。男子們也有同著走的，那多是同路的，若為追逐好看女人而走的，則並不多；這因為在三清殿燒香的婦女，大都比男子還醜，生怕你不看她，尚故意來挑逗你的一般中年鄉婦們，縱有一二稍可寓目的，卻都有強悍不怕事的保護者隨著在。城裡大家人戶的婦女，根本就不來燒香。所以在此地看女人的，也多半是一些不甚懂事，而倒憨不痴的男子們，老是呆立在那裡，好像灘頭的信天翁。

蔡大嫂磕頭起來，雖不搖籤，卻要去摸銅羊。而兩個銅羊邊都擠滿了的人，小孩子尤多。

羅歪嘴拿眼四面一掃，看見一般看女人的男子，都涎著眼睛，把蔡大嫂盯著；許多女的也如此，似乎比男子還看得深刻些。他心裡很是高興，同時又有點嫉妒；他願蔡大嫂到處出尖子，到處惹人眼睛，到處引人的羨慕，但又不願她被人看狠了，似乎看得人過多，而看得過甚，又於他有損一樣。他遂粗魯的從人叢中把她手膀一拉道：「走罷！不摸了！」

她還有點依戀樣子，但看見羅歪嘴的神氣很凶，只好跟著他，穿過大殿，來到觀音殿；這裡更是要燒香了。然後繞到殿後，只見兩側高臺之上，上下的人很不少。成都是一片平坦地方，沒一點山陵邱阜，因此，大家就對於一個幾丈高的土臺，也是很感興會；小孩子尤其高興，從石階上飛跑下來，又翻身飛跑上去，大人們總是不住聲的喊說：「別跑了！回去要鬧腿骭痛的！」婦女們因為腳小吃力，強勉上去一次之後，總是蹙著眉頭，紅著臉，撐著腰，要喘息好一會，還要說：「真累死人了！再也不爬這高地方了！」

蔡大嫂卻不表示軟弱，把那些女的看著笑了笑，便登登登的提起她那平底鞋，一口氣就走上了降生臺；站在小殿外，憑著短牆一望，一片常綠樹將眼光阻住，並看不見甚麼。下了降生臺，又上得道臺，這已比一般婦女強了，她猶不輸氣，末後，還能走上最後的高閣，也燒了香。不過，出來以後，擠到八卦亭側，看見旁邊一個蕎麵攤子，坐了好些男女在吃蕎麵，便也摸著板凳，坐將下來。

羅歪嘴道：「不吃這個，我們歇一會兒吃館子去。」

她抿著嘴笑道：「我那裡要吃蕎麵？你不曉得，我兩隻腳脛都走酸了！」

田長子在旁邊笑道：「那個叫你逞強呢？小腳，到底不行！」

她的臉登時馬了起來，將田長子瞅著，正待給他轟轉去時，恰有一夥男女遊人，一路說笑著，打從跟前走過。就中一個頂顯眼的年輕小姐，約莫十六七歲，身材不大，臉蛋子天然紅白，雖是小腳，卻打扮成旗下姑娘樣子；春羅長夾衫上，套了件滿鑲滾的巴圖魯背心，頭上，當額一道很整齊的長瀏海，腦後則是一條絕嫵媚的髮辮，烏黑的頭髮，襯著雪白粉嫩的後頸，更為動目。她打從蔡大嫂身邊走過時，無意的，一雙亮晶晶的眼睛恰就落在她的臉上，與她的那雙水澄澄的眼光，正正斗著；只是一閃就分開了。那年輕小姐走了兩步，還扭轉頭來，很大方的再看了她一眼。

她忍不住把羅歪嘴的袖子一扯道：「你看，這小姐長得真好呀！」

田長子把鼻子一聳道：「豈但長相好，你們聞，多香！」

羅歪嘴道：「官宦人家的小姐，本底子就養得不錯，細皮嫩肉，眉清目秀的，再加以打扮得俏，放在這些地方，自然就出眾了！……」

張占魁拿手肘把他一撐道：「哥子，你瞧，已經有三條尾巴了！」

羅歪嘴田長子都笑了笑，蔡大嫂卻有點忿然。

九　小姐

蔡大嫂他們所碰見的那個年輕體面的小姐，就是郝家大小姐香蕓。他們全家恰也在今天來趕青羊宮。

為趕青羊宮這件事，在郝公館裡，直可以說，自招弟來後不久，就提說起了。假使今年不是大少爺又三暗地把大小姐慫恿起來，天天說，並把姨太太說動，幫著催促，一定又像往年一樣，直混到三月十五，還鼓不起勁來。

郝達三被大家鼓蕩到不能再拖延的一晚，才拿出皇曆，選了個宜出行的日子。又叫三老爺查一查，有無沖犯，三老爺經大小姐囑咐過，只好把子丑寅卯隨便推算了一下了事。

日子決定之後，在前三天，就叫高貴拿電影向馬家的管事打招呼，在雙孝祠借一個坐頭；又向正興園包了一桌便席。然後斟酌去的人，太太姨太太大小姐自不必說了，郝達三的意思，又三不去，帶二小姐去，三老爺尊三不去，春蘭可以去。太太卻說春蘭成了人，春秀才來，正要她照管，不能去，只帶吳嫂去伺候；三老爺難得走熱鬧處，為啥不去呢？高貴留下看家，叫高升跟轎子。太太的支配頗當，大家自無異議，又三則由大小姐打圓場，也準去，但須先補一天的功課。

趕青羊宮真不比平常事，早飯須得提早一點，頭夜就傳話給廚房去了。大小姐高興得很，也在頭一晚就同媽媽姨奶奶商量起穿甚麼戴甚麼。二小姐更喜歡了，找著春秀，說明天一定給她帶一個大莫奈何回來，春秀並不起勁，她只想打盹；又找著春蘭問，問她要甚麼，春蘭卻是隨隨便便的。說到趕到青羊宮，好難逢的機會！她本可以請大小姐打個圓場，一同去耍耍的，但她想了一想，就不說了。李嫂說她趁明天空，要到東門外九眼橋去看看她的兒子，先就向太太姨太太請了一天假。全家人先就歡喜了大半夜，還是老爺提說須早點睡，以便明天早點起身。

其實，次日當一溜串的轎子走出大門時，機器局的放工哨依然要快放了。

從南門到青羊宮的大路上，又是轎子，又是雞公車，而走路的也不少。天氣晴了兩天，雖然這一天是陰陰的，沒有太陽，但路上的塵土，仍是很高。春水雖在發了，還未開堰，河裡的水仍是很清淺，城裡人太喜歡水，也太好奇，一般船伕利用這機會，竟弄了幾條小船，在柳陰街口，王爺廟前，招攬生意；許多人也居然願意花兩個小錢，跑上船去，由三個船伕，踩在水裡，將船從細小的鵝卵石灘上又推又磨的，送二里多路，直泊在百花潭跟前。乘客們踏上岸去時，心理很滿足了，若有詩人，還要做幾首春江泛舟的詩哩！

在雙孝祠借坐的有好幾家，中間就有一位華陽縣刑名師爺姓許的，把頂好的地方荷舫占住了，包的也是正興園的席。

郝達三一家人到了幽篁裡旁邊的樓上。洗臉喫茶吃煙完畢，將吳嫂留下，才一家人帶著高升，走出雙孝祠，循著大路，先到二仙庵來。

二仙庵的山門三道，全是賣木製小玩意，小木魚，小磨子，小莫奈何等。都是小孩子最喜歡的東西。二小姐當下便站住了，大小姐與姨太太也各買了一具紅漆有鎖的木匣，交與高升拿著。

又進去看了幾個攤子的玉器，都不好。只在張公道攤子跟前，買了兩把竹篦，和幾根挑頭針。走上呂祖大殿，女的燒了香，老爺作了個揖，三老爺則恭恭敬敬行了個三跪九叩首的大禮，因為他是有意學道的未來弟子。

看過了呂純陽韓湘子跨鶴並飛的亭子，逛到頂裡，便在方丈內坐了一回。當家道士進城去了，由支客道士陪著，奉出油炸鍋巴來，談了些要去請一部《道藏輯要》放在藏經樓的話。年輕人對於這些，都沒好大興會，連連催著出來，到花園裡走了一遭。然後才隨著遊人，走過青羊宮來。

這一面，畢竟熱鬧些。太太與年輕人本不要看農具的，因為不懂用處，也不曉得名字。但郝達三必要帶著大家去看，說是要使眾人知道一點兒稼穡之艱難，不要以為飯是容易吃的。

走到八卦亭賣竹器的地方，就流連了好久。細工竹器買了些，又買了兩張竹椅，是二小姐要的。東西買得不少，便叫高升先拿到雙孝祠去。

女的同年輕人正在摸銅羊時，郝達三忽瞥見有三個少年，頭上都打的圍辮，梳的松三把，穿得花花綠綠的一身，滿臉流痞氣。有一個還將搭髮辮的綠條，從背後拉來，在手指上甩著圈子。都一步不離的，就在他女兒身邊擠。大小姐伸手摸銅羊時，有一個穿棗紅領架的，也挨著她的肩頭伸過手來。留心看大小姐等，仍然有說有笑，毫不覺得。郝達三已經不高興了，催著大家快走，一面橫著眼睛把那三個睖了一眼。

走到降生臺下，大少爺已牽著二小姐上去了。大小姐也要上去，太太說是太高，怕她頭暈，姨太太也不上去。大家正在議論時，那三個人好像是有意的，便從太太與大小姐之間，橫著身子擠了過去。那個穿棗紅領架的，還拿肩頭把大小姐一撞，大小姐本能的向後一退，聽見那人口頭低低念道：「好一朵鮮花，真香呀！」大小姐登時滿臉通紅，太太生了大氣，便開口罵道：「你這些婊子養的！走路不帶眼睛嗎？」

那三個已走上了石階，有一個便轉身說道：「出門遊逛，是要受點擠的哩！你怕擠，就莫出來！」

郝達三本想不多事的，但不能不開口了，只好瞪著眼睛，擺出派頭來吼道：「混帳東西！你要怎麼樣？」

三個都站住了，一個把眉毛撐起，衝著郝達三道：「咦！開口就罵人，誰怕你打官腔？告訴你，怕你的不來惹你了！」

第二個道：「去問他，他是個啥子東西？老子們摸了他啥子？他敢動輒罵人！」

大少爺站在土臺上面，不敢下來，二小姐已駭哭了，死死的擦著哥哥，叫走，三老爺是只會慢條細理談論，只會教訓下人，不會吵架的。只靠太太姨太太兩張嘴抵住空吵。大老爺氣得只是大喊：「反了，反了！沒有王法了！……高升！……高升！……」大小姐駭得面無人色，抓住三叔，只是打戰。看熱鬧的便圍了一大堆。

三個人並且都撲上前來。一個指著太太道：「你這婆娘，少要在人跟前繃架子！你的底細，怕老子們不曉得嗎？柿子園的濫貨，老子耍夠了的！」

那穿棗紅領架的吼道：「同那婆娘說啥子？把這嫩貨帶去燒煙去！」公然向大小姐身上動起手來。大小姐連連向三叔背後躲，大老爺挺身向前，被第三個一把將領口封住，簡直沒法解開。看熱鬧的人好生高興，全笑了起來。

穿棗紅領架的更是得意，挽起衣袖，正待撲向三老爺的身後。大小姐也預備著要哭喊了。局勢忽然出人意外的轉變過來。

因為那穿棗紅領架的少年肩的頭上，忽著人重重一拍，同時一片很粗魯的聲音，沉著的喊道：「朋友，這地方不是找開心的罷？」

三個人都車過身去，只見齊撲撲站了三個漢子，與他們正對著。兩個是高頭闊膀，一臉粗相，腰帶中間凸起一條，似乎帶有傢伙的樣子。

「咦！弟兄，沒要抓屎糊臉，我們河水不犯井水！」這就是指著郝太太喊濫貨的那個人說的話，聲調已經很和藹了。

一個矮身材的漢子道：「不行，莫放黃腔！大路不平旁人鏟，識相的各自收刀撿掛，走你的清秋大路，不然，拿話來說！」

那個抓郝達三領口的少年插嘴說道：「這樣說嗎，有讓手沒有？」

兩個高漢子便猛的向後一退，一齊把腰躬著，瞪起兩眼道：「沒讓手！……把傢伙亮出來！」兩個的手都抄在腰間去了。

穿棗紅領架的忙賠笑道：「動不得手！他是黃的！」

三個漢子都大笑起來道：「我看你們都是黃的！不要裝肓吃相，陪老子們燒煙去，有好東西你們吃！」

三個都變了色道：「我們不是吃相飯的，哥子，……」

穿棗紅領架的左邊臉上早著了一耳光，忙把打燒的臉捧在手上。

那一個高身材的漢子還揚著手掌吼道：「誰同你稱哥道弟的，連乾爹爹都不會喊了！」

這齣戲似乎比剛才一齣還演得有勁，看熱鬧的竟不斷的在哈哈大笑。一直演到三個少年全跪下討饒，三個漢子還口口聲聲要叫三個把褲子脫了，當場露相。

末後，一個婦人從人叢中擠出，向一個高漢子說道：「算了罷！張哥，給他們一個知道就是了！」她又一直走在三個少年身邊，逐一的呸了一口道：「你們這般痞子，也真該死！只要是女的，稍為長得順眼一點，一出來，就吃死了你們的虧！難道你們家裡都沒有姐兒妹子嗎？今天不是碰見老娘，你幾個還了得！」

張占魁向羅歪嘴道：「也罷，聽嫂子一句話！……」接著把腳一踢道：「滾回窩裡去藏著好了！還有屁股見人？」

這場戲才算完全演完，大家散開，都在批評末後出頭的這婦人真了得！而蔡大嫂確也得意，第一，是任你官家小姐，平日架子再大，一旦被痞子臊起皮來，依然沒辦法，只好受欺負；第二，羅歪嘴等人，原本事不干己，便不出頭的，然而經自己一提調，竟自連命都不要了。

人散了，羅歪嘴他們要找那夥被窘的人時，一個都不見。他們都詫異道：「這家人真有趣哩！別人替他們解了圍，謝都不道一個便溜了！」

蔡大嫂抿嘴笑道：「是我趁你們出頭時，就把他們喊走了的，免得那小姐跟你們道謝時，你看了難過。」

羅歪嘴大笑道：「這無味的寡醋，真吃得莫名其妙啊！」

他們才逍逍遙遙的遊逛出來，蔡大嫂在賣簡州木板畫的地方，買了一張打洋傘的時妝翹腳美人畫，又買了一張挖苦大腳的鄉姑娘修腳的諷刺畫，然後轉到二仙庵。向百花潭去時，本打算順路往雙孝祠一遊的，因見門口人夫轎馬一大堆，知道坐起都借出了，不便進去。

郝達三一家人都坐在樓上嘔氣懊悔，獨二小姐一個人在欄杆邊看路上行人，忽然跑進來道：「爹爹！那個喊我們快走的女人，正同著那三個男的從牆外走過去！」

大小姐猛的站起來道：「請他們上來！」

太太也說：「對的，對的，就喊又三去請！」

老爺沉吟一下，忙伸手攔住道：「不！」

太太很詫異道：「咋個不呢？難道連個謝都不跟人家道一個嗎？」

老爺把頭兩搖道：「跟那種人道謝，把我們的面子放在那裡？你難道還沒有看清楚那是些啥子人？」

大小姐紅著臉爭道：「管人家是啥子人，總是我們的恩人呀！」

她爹爹冷笑一聲道：「說你聰明，這又糊塗了。把那般人喊進來，一個雙孝祠的人，豈不都曉得了？傳將開去，那才笑話哩！說起來，郝大小姐在青羊宮著人如何如何的調戲，你們不說了，我有臉見人嗎？我再三囑咐你們回來之後，絕口不要提說一字，就是怕傳開了。如今反把那般人喊進來，你們想想看。」

太太才恍然大悟，同三老爺一齊點了點頭道：「那倒是喲！那般人並不曉得我們姓甚名誰，是做啥的，任憑他們去說，誰曉得就是我們。一喊進來，就不能不說清楚了，那種人的口，封得住的嗎？」

郝達三掌著煙槍，大點其頭道：「不是嗎？你們也想到這一層了。但你們還未想到，他們尚可借此題目，大肆敲磕，那才是終身大患哩！所以古人說得好，大德不報，即是此理。」

這道理對極了。恰恰廚子托高升來請示，幾時開席。大家不高興再在這裡，便吩咐立刻開。

本打算一醉而歸的，但僅僅燙了一銀壺花雕，還未吃完。

他們走時，荷舫裡許師爺處才開點心。當他們剛剛走過，上下男女人等全都翹著頭，盯住大小姐的背影，悄悄的互問道：「就是她嗎？……就是她嗎？……」

十　高貴

當郝達三一家人到青羊宮去後，李嫂也走了，春蘭把上房各間房門全關好了，便同春秀一道，走到轎廳上。恰恰高貴從門房進來，便怪笑著飛奔到春蘭身邊，將她的手一把抓住道：「我的人，今天又是我們的好日子了！」

春蘭忙把手掙脫，拿嘴向春秀一指：「你沒上街嗎？……胡老師走了沒有？……」

高貴大不高興的把春秀看著道：「這鬼女子，真討厭！叫她在廚房裡去！」

春秀居然開了口了，她撅起小嘴道：「大高二爺，你為啥見了人家，總是開口就罵，人家又沒有惹你？」

春蘭瞇著眼睛笑道：「你沒看她小，小人還是有小心哩！」

高貴更是秋風黑臉的把春秀睖瞅著，口裡卻向春蘭在說：「今天，你安心同著這鬼女子就這樣混下去嗎？」

她偏著臉笑道：「難逢難遇，得一天空，不這樣混下的去，還叫我做事嗎？」

「你安心裝瘋？」

「不啦！」她仍是蕭蕭閒閒的笑著：「我為啥裝瘋？」

高貴才像瘋了哩！把春蘭膀子緊緊握住，連朝耳門裡推道：「好人，不要作難我了！我們去看看三老爺的房間收拾好了沒有？」

她只管堅拒著不肯走，但仍是那樣偏著頭，抿著嘴，瞟著眼的笑道：「莫亂說！三老爺的房間，我剛才看了來。……哎呀！你瘋了嗎？人家今天……」

她似乎沒有高貴的氣力大，竟被拉進了耳房。春秀跟了去，被高貴吐了一臉的口水，還罵了幾句：「滾你媽的！別處不好去碰鬼嗎？安心來聽你媽的水響！」不等春蘭轉身，碰一聲，就把一道雙扇門關上了。

春秀也生了氣道：「那個愛跟你走！」於是轉身走到二門，從門縫中間向外面一看，大門上並沒有人，遠遠的看見街上有幾個人過往，又一乘三個人抬的拱竿大轎，跟了兩個跟班，飛跑過去。

她忽然想著：這不好逃跑嗎？但一下又想到吳大娘她們說的話。只是鄉壩裡的舊影，和父親的慈愛，太勾引她了。她遂輕輕的將側門拉開，側著身擠將出去，半跑半走的衝出大門。好長的街！家家鋪面上都有人！街上來往的人並不多，她不曉得該走那一頭，先向左手望了望，又向右手望了望，忽見有三個人的背影，漸走漸遠，一個男的，活像她的爹爹。她眼睛都花了，正要作勢飛跑去時，忽覺腦頂上著人一拍，五寸來長的髮辮，已經在人手上抓住。回頭一看，原來是看門的張大爺。

張大爺翹起鬍子，發出帶疾的聲音吆喝道：「你要做啥？你這小東西，你安心鴆我的冤枉嗎？幸虧我心血來潮，沒有睡著！」

她駭著了，還想把髮辮拉開，趕快跑走的，試了試，不但沒成功，還著了幾個爆栗子，髮根拉得生疼的，著拉進轎廳，到大院壩中。

張大爺一路嗆咳，一路痰呵呵的喊道：「春蘭大姐！春蘭大姐！」

好半會，春蘭才從老爺書房裡跑出來。也像是駭著了，滿臉通紅，慌慌張張的，一面理衣裳，一面摸頭髮。

張大爺喘道：「你們真不當心，只圖好耍！這小東西差一點沒跑掉，不虧我從板壁縫中看見。……」

春蘭好像放了心了，呸了張大爺一口道：「驚驚張張的，把我駭得！……我心頭這陣還在跳哩！……老鬼，真是老昏了！」

高貴也從轎廳側門外轉了進來道：「張大爺，你只把她抓住，等我出來了，交跟我不好嗎？」

張大爺把手放開，嗆咳了幾聲，才鼓起眼睛道：「我不該打岔你們！那麼，等她跑！……看主人家回來，你們咋個交代！……」

高貴忙笑著，給他捶著背道：「莫生氣，莫生氣，你老人家越老越不化氣！……」

春蘭便氣吽吽的將春秀抓過去，劈臉就是幾耳光道：「害人精！打不死的！你還敢做這些害人的事哩！……」一直把她抓到她們的睡房裡，又是一頓打罵，才坐在一張椅子上道：「鬼女子，我就坐著守你，你該不害人了？」

高貴走了進來，在她耳朵邊嘁嘁喳喳說了一會，她臉色才轉了過來，向春秀道：「我若果告訴了太太，看你活得成不？要命哩，好好生生的，不准動，太太回來，我就不說！」跟著又給她把眼淚揩乾，把髮辮給她梳過，叫她就坐在房裡，不要出去。然後才同高貴走了，把房門拉來倒扣著。

春秀現在才想到，看見的背影，不曉得是不是她爹爹，但是像得很。若果喊幾聲呢？

招弟真錯了！她所看見的背影，便是她爹爹顧天成。他今天是同鐘幺嫂進城，往曾家去道勞致謝，並商量奉教的。同路還有阿三，擔了一挑禮物。

顧天成由曾家出來時，很是高興，大原因就是曾師母已答應引他入教，並說待他入教之後，稍為做點事情，就好請洋人到衙門去為他報仇了。一個人並不犧牲甚麼，而居然可以報仇，這是何等可喜的事！

他叫阿三送鐘幺嫂回去，自己便到大牆後街幺伯家來。一進門，就令他大吃一驚，只見二兄弟天相穿了一身孝服，哭喪著臉走出來，一見他，就爬在地上，磕了個頭；起來時，眼淚汪汪的一句話說不出。

他忙問：「是那個的喪事？」

幺伯同幺伯娘都出來了，更令他詫異了。又見堂屋正中，張起一幅素幔，桌上供著一具紅綾靈位，香爐蠟臺而外，還擺了一桌子的香花五供，點心五供，又一隻大瓷瓶，插了一瓶花。

他張著兩眼，把幺伯等人相著。幺伯只是嘆氣，幺伯娘把眼睛揉了兩揉道：「三哥，我們真是六親同運呀！你看，去年你的三嫂死，今年我們的二媳婦死。……」

「是二弟婦嗎？」他起初以為必是那一位老喪哩！又一轉想：「這或者是官場禮節，才是小喪擺在堂屋正中，丈夫穿著重孝，見人就磕頭，同死了父母一樣。」他雖沒有許多世故，但也略略知道鄉黨規矩，臨喪時應該如何的感嘆，如何的殷勤詢問死前死後的情節，以及殮衣幾件，是甚麼料子，甚麼顏色，棺木是甚麼材料，四整嗎，二整嗎？並且在相當時間，還應說幾句不由衷的安慰話。他是死過老婆的，這禮節相當的熟悉。

一會之後，他才知道二弟婦果是難產死的，就是阿三進城的第二天。令幺伯家頂傷心的是產婦死了，將死胎取下，乃是一個男胎。

幺伯敘說至此，又不由長長嘆息一聲道：「老三！是我們五房的不幸，也是你三房的不幸！好好一個男娃子，原是許了過繼跟你承主的，你看，……」

幺伯娘接著說錢家是如何的好，媳婦死了，親家母走來，只怪她女兒命不好，沒有說半句婆家的錯；親家翁走來，還勸說是小喪，不要過於鋪排，禮節上下去得就夠了。她把手一拍說：「三哥，你看，人家這樣說，我們咋個不加倍辦好些哩！三哥，你該記得呀？大三房的五嫂，不也是難產死的嗎？娘家人硬要說是婆家虐待死的，打喪火，打官司，直鬧了幾年，把大三房鬧到賣田賣房。雖不說家家都像大五嫂的娘家，可是像錢家這樣知書識禮的，也真少呀。到底是做官的不同。所以二媳婦一死，我就說，以後跟老二續娶時，一定要選官場。」

老二站在旁邊，把他媽看了一眼道：「媽又這樣說，我賭了咒不再娶的了！」並且一車身就衝了出去。

幺伯看著他點點頭道：「這無怪他，年輕夫婦，恩恩愛愛的，又是這樣死的，一時怎個想得過。……」

還繼續把死了的錢大小姐講了許久，講到她的出葬，這毫無問題的是葬在溝頭祖墳上的了。於是顧天成又提說起他老婆的葬地。

幺伯首先反問他的，倒是承繼一事，「二媳婦既難產死了，老二續弦一時還說不上。你女人的神主，總是要立的，這咋個辦呢？我看，還是先把名字承繼過去，以後不管是老大先生，老二先生，總拿這個名字的娃兒跟你好了。」

顧天成許久不開腔，幺伯又向他講了一番道理。

末後，顧天成方囁囁嚅嚅的說出他要奉洋教的話，奉了洋教，就不再要神主了。

他幺伯同幺伯娘都跳了起來，反對他要奉洋教。第一個理由，他不是吃不起飯的，俗話說的，餓不得了才奉教，他是餓不得的人嗎？第二個理由，奉了洋教，就沒有祖宗，連祖宗的神主牌都要化了當柴燒，他是祖宗傳下來的子孫，有根有底的，並且哥哥是貢生，算是科名中人，他能忍心當一個沒祖宗的人嗎？第三個理由，奉了洋教，只能供洋人的神，連觀音菩薩土地菩薩都不許供，「我們都是靠菩薩吃飯的，天乾水澇，那一樣不要菩薩的保佑？連菩薩都不要了，還活得成嗎？不要因你一個人胡鬧，把我們顧家同鄰里帶累了。」

顧天成仍不開腔。幺伯娘還旁徵博引，舉出許多奉教不好的例來。如像人要臨死時，不准自己的親人去送終，要等洋人來挖眼睛。又如奉了教的人，害了病不准請中國醫生，吃官藥，要請洋醫生，吃洋藥，「人本不得死的，吃了洋藥，包管你死！……」

顧天成不由一個哈哈道：「幺伯娘，你還不曉得，二弟婦死時，我正病得人事不省的，若不得虧吃了洋藥，我還不是變了鬼了！」

他遂把他病中的經過，詳細說了一遍。他幺伯娘仍搖著頭道：「我不信那是洋藥吃好的。我記得阿三來說，請端公打過保符，又請觀花婆子禳解過，這不明明把邪退了，才好的嗎？……」

他幺伯復一步不放鬆的追問他，為甚麼要奉洋教，難道只為的吃洋藥一件事嗎？他偏不肯說，弄到末了，他幺伯竟生了氣，把方桌一拍道：「老三，我老實告訴你，我大小總是你一個親房老輩子，還是有本事處置你的！你若果不聽話，硬不要祖宗，硬不顧你三房血食，去奉了洋教，我立刻出名，投憑親族，把你趕出祠堂，把你的田產房屋充跟祠堂，看你咋個過活！」

幺伯娘卻解勸道：「你也是啦！說得好好的，就發起氣來！我想，他一定因為婦人死了，女兒掉了，自己又大病一場，腦殼有點糊塗，所以想到邪道上去了。三哥也是讀過書的人，難道他當真連我們婦道人家的見識都趕不到嗎？你待他歇幾天，再找錢親翁勸勸，他自然會明白的。」

正於此際，老二進來說堯光寺和尚來商量設壇起經的日子。幺伯出去了，幺伯娘又勸了他一番，並問他，做過法事後，又曾給他老婆唸過經沒有？「經是一定要念的！一個人那裡沒有點罪過，念了經，才好超度他去投生，免得在陰間受罪，你二弟婦是血光死的，三天上就念了一場經，是她媽媽送的。我想，她娘家人都念了，我們咋好不念呢？所以同你幺伯商量，請堯光寺和尚來念二十一天。二天出去時，辦熱鬧一點，也算風光了，也算對得住死的了。你也一定要念的，鄉壩裡頭也有和尚，喊來念幾天，不說自己問得過心，別人看見，也好看些。洋教是奉不得的，奉了洋教，你還唸得成經不？」

十一　清洗

天氣在熱了，顧三奶奶下了葬，顧天成竟不恤人言的奉了洋教，他的初衷，只說一奉了教，就可以報仇的了，或者是運氣欠佳罷，在他奉教後不到半個月，忽然飛來了一樁不好的事件，這不但阻礙了他的大計，並影響到他那失掉的女兒招弟，使她在夜裡要好生打一個飽盹，也很難很難。

這件事傳到成都，本來很早。幾個大衙門中的官員，是早曉得的。其這，是一般票號中的掌櫃管事，也知道了。再次，才傳到官場，傳到商號，傳到半官半紳的人家，更模模糊糊的傳到了大眾。

暑襪街郝公館的主人，本是客籍遊宦入川的，入川僅僅三代。因為四川省在明朝末年，經張獻忠與群寇的一番努力清洗，再加以土著官軍的幾番內亂，但凡從東晉明初一般比較久遠的客籍而變為土著的，早已所餘無幾，而且大都散在邊疆地方。至於成都府屬十六縣的人民，頂早都是康熙雍正時代，從湖北、湖南、江西、廣東等處，招募而來。其後凡到四川來做官的，行商的，日子一久，有了錢，陸行有褒斜之險，水行有三峽之阻，既打斷了衣錦還鄉之念，而又因成都平原，寒燠適中，風物清華，彼此都是外籍，又無聚族而居的積習，自然不會發生嫉視異鄉人的心理，加之，錦城榮樂，且住為佳，只要你買有田地，建有居宅，墳墓再一封樹幹此，自然就算你是某一縣的本籍。還有好處，就是不問你的家世出身，只須你房子造得大，便稱公館，能讀幾句書，在面子上走動，自然而然就名列縉紳。這種人，又大都是只能做官，而又只以做官為職志，既可以拿錢捐官，不必一定從寒窗苦讀而來，那嗎，又何樂而不做官呢？於是捐一個倒大不小之官，在官場中走動走動，倒不一定想得差事，想拿印把子，只是能夠不失官味，可以誇耀於鄉黨，也就心滿意足的世代相傳下去，直至於式微，直至於討口叫化。

郝達三就是這類半官半紳的一個典型人物，本身捐的是個候補同知，初一十五，也去站站香班；各衙門的號房裡，也偶爾拿手本去掛個號，轅門抄上偶爾露一露他的官銜名字；官場中也有幾個同寅往來；他原籍是揚州，江南館團拜做會時，也偶爾去認認同鄉，吃吃會酒。在本城有三世之久，自然也有幾家通內眷的親戚世交。成都、溫江、郫縣境內，各有若干畝良田，城內除了暑襪街本宅，與本宅兩邊共有八個雙間鋪面全佃與陝幫皮貨鋪外，總府街還有十二間鋪面出佃；此外四門當商處，還放有四千兩銀子，月收一分二釐的官利；山西幫的票號上，也間有來往；所以他在半官半紳類中，算是頂富裕，頂有福氣的了。

他雖是以監生出身報的捐，雖是考過幾次而未入學，據說書是讀過許多。書房裡，至今還有一部親筆點過的《了凡鋼監》，以及點而未完的《漢四史》、《百子金丹》，至於朱注《五經》，不必說，是讀過了。舊學是有根底的了，新學則只看過一部《盛世危言》，是他至友葛寰中送他的，卻不甚懂得。

不懂新學，這並無妨礙於郝達三的穿衣吃飯，何況是同知前程，更無須附和新學，自居於逆黨了。因此，他仍能平平靜靜，安安閒閒，照著自祖父傳下來的老規矩，有條不紊的，很舒適的過將下去。

生活方式雖然率由舊章，而到底在物質上，都摻進了不少的新奇東西。三年前買了一盞精銅架子，五色玻璃墜的大保險洋燈，掛在客廳裡，到夜點燃，—— 記得初點時，很費了些事。還是寫字將章洪源號上的內行先主請來，教了幾點鐘，才懂得了用法。—— 光芒四射，連地上的針都撿得起來，當初，是何等的稀奇珍貴！全家人看得不想睡覺。而現在，太太姨太太房裡的櫃桌上，已各有了一對雪白瓷罩的保險座燈了，有時高興，就不是年節，就沒有客來，也常常點將起來。洋燈確乎比菜油燈亮得多，只是洋油太不便宜，在洋貨莊去分零的，一兩銀子四斤，要合三百文一斤，比菜油貴至十二三倍，郝達三因常感嘆：要是洋油便宜點也好呀！在十幾年前，不是只廣東地方，才有照相畫像的人嗎？堂房裡現掛的祖老太爺、祖老太太、老太爺、老太太四張二尺多高，奕奕如生的五彩畫像，都是將傳真的草稿，慎重託交走廣的珠寶客，帶到廣東去畫的。來回費了一年十個月之久，還託了多少人情，花了多少銀子，多難呀！現在，成都居然也有照相的了，太太房裡正正掛了一張很莊重的合家歡大照片，便是去年冬月，花了八兩銀子新照的。不過細究起來，憑著一具鏡匣子，何以能把各個不同的影子，連一縷頭髮之細，都在半頓飯時，逼真的照下來，這道理，便任何人都不明白，只渺渺茫茫，曉得那是洋人把藥塗在鏡子上的原故。所以才有人說，照相是把人的元神攝到紙上去的，照了之後，不死，也要害場大病。因此，當郝達三把照相匠人，如禮接進門來，看好了地方，將茶几、坐椅擺好，花插、小座鐘，——新買來就不大肯走，只是擺在房裡，做陳設之一的座鐘。——下路水煙袋、碎磁茶碗，甚麼都擺好了，老爺的補褂朝珠，大帽官靴，全穿戴齊整，姨太太大小姐等也打扮好了，太太已經在繫拖飄帶的大八褶裙了，偏遇著孫二表嫂——才由湖北迴來的。——把她所聽聞的這樣一說，太太便生死不肯照相，說她不願意死。合家歡而無太太，這成甚麼話？老爺等費了無數唇舌，都枉然，後來得虧三老爺帶說帶笑把太太挽了出來，按在右邊椅上，向她保證說：「若果攝了元神會死，他願求菩薩，減壽替她！」三老爺是要求道的，不會打誑，太太才端端正正的坐著照了，雖沒有害病，到底耽了好久的心。

至於鴉片煙簽的頭上，有粟米大一粒球，把眼光對準一看，可以看見一個精赤條條的洋婆子，還是著了色的，可以看到兩寸來高，毛髮畢現，這倒容易懂得，經人一講解，就曉得是顯微鏡放大的道理。橡皮墊子，把氣一吹脹，放在屁股底下，比坐甚麼墊子還舒適，這也容易懂，因為橡皮是不會走氣的。八音琴也好懂，與鐘錶一樣，是發條的作用。但最近才傳來的一件東西，又不懂得了，就是叫做留聲機器的。何以把蠟筒套在機器上，用指頭一撥，一根針便刺著蠟筒，從這一頭，走到那一頭，把機器上兩條圓皮繩分塞在耳朵孔裡，就聽得見鑼鼓絃索同唱戲的聲音；是京戲，雖不大懂，而調子的鏗鏘，卻很清楚。全家玩了幾天，莫名其妙，只有佩服洋人的巧奪天工。

郝公館裡這些西洋東西，實在不少。至於客廳裡五色磨花的玻璃窗片，紫檀螺鈿座子的大穿衣鏡，這都是老太爺手上置備的了。近來最得用而又為全家離不得的，就是一般人尚少用的牙刷、牙膏、洋葛巾、洋胰子、花露水等日常小東西。洋人看起來那樣又粗又笨的，何以造的這些家常用品，都好，只要你一經了手，就離它不開？

郝達三同他那位世交好友葛寰中，對於這些事物，常在鴉片煙盤子兩邊，發些熱烈的議論。辭氣之間，只管不滿意這些奇技淫巧，以為非大道所關，徒以使人心習於小巧，安於怠惰；卻又覺得洋人到底也有令人佩服之處。

洋人之可佩服，除了槍砲兵艦，也不過這些小地方，至於人倫之重，治國大經，他們便說不上了。康有為梁啟超輩，何以要提倡新學，主張變法，想把中國文物，一掃而空，完全學西洋人？可見康梁雖是號稱聖人之徒，其實也與曾紀澤李鴻章一樣，都是圖謀不軌的東西。他們只管沒有看過康梁的文章，也不曾抓住曾李的憑證，不過心裡總覺得這些人不對，要是對，何以大家提說起來，總是在罵他們呢？

幸而佳消息頻頻傳來，北方興起了一種教，叫義和拳，專門是扶清滅洋的。勢力很大，本事很高，已經殺了不少的洋人。洋人的槍炮雖利，但一碰著義和拳，就束手無法了。現在已打起旗號，殺到北京城，連西太后都相信了。洋人背時的時候已到，我們看就在這幾個月！

郝公館之曉得這消息，自然要早些，因為郝達三常在票號來往，而又肯留心。不過也只他一個人肯掛在口上說，夜裡在鴉片煙盤子上，這就是越說越長，越說越活靈活現的龍門陣。

就因為他的消息多，又說得好，婦女們本不大留心這些事的，也因太好聽了，就像聽說《西遊記》樣，每到夜裡，老爺一開場，都要來聽。下人們在窗子外面，春蘭春秀在房間裡，好給大家打扇驅蚊蟲。說到義和拳召見那一天，郝達三不禁眉飛色舞的道：「張老西今天才接的號信，寫得很詳細，大概是義和拳的本事，就在吞符，不吞符就是平常人，一吞了符，立刻就有神道降身。端王爺信服得很，才奏明太后，說這般人都是天爺可憐清朝太被洋人欺負狠了，才特地遣下來為清朝報仇，要將洋人殺盡的。太后雖然龍心大喜，但是還有點疑心：血肉之軀怎能敵得住洋槍？端王爺遂問大師兄：你的法術，敢在御前試麼？大師兄一拍胸膛說：敢，敢，敢！端王爺跟著就將大師兄領進宮去。到便殿前，衝著上頭山呼已畢，太后便口詔大師兄只管施展，不要怯畏。你們看，真同演戲一樣，大師兄叩首起來，便把上下衣裳脫得精光，吞了一道符，口中唸唸有詞，霎時間臉也青了，眼也白了，周身四體，硬挺挺的，一跳丈把高，口中吐著白泡，大喊說：我是張飛！奉了二哥之命，特來護駕！太后那時只是唸佛，不曉得咋個吩咐，倒是端王爺是見過來的，遂叫過虎神營的兵丁來，……啊！尊三，你可曉得啥子叫虎神營？」

三老爺的雜拌煙袋雖是取離了口，但也只張口一笑，表示他不知道。

他哥把一個大煙泡一嘘到底，復喝了一口熱茶，然後才解釋道：「這是特為練的御林軍，專門打洋人的。洋人通稱洋鬼子，洋者羊也，故用虎去剌他，神是制鬼的。單從這名字上著想，你們就曉得朝廷是如何的恨洋人。只怪康梁諸人，偏偏要勾引皇上去學洋人，李傅相——就是李鴻章——以他的兒子在日本招了駙馬，竟事事維護外國，這些人都該殺！

拿聖人的話說來，就是叛臣賊子，人人得而誅之的！……」

姨太太不耐煩的插嘴道：「又要拋文了！曉得你是讀過書的，何苦向我們誇呢？你只擺義和拳好了！」

老爺哈哈一笑，又談了幾句俏皮話，才接著說道：「果然走過一個兵丁，手捧一柄三十來斤重的大刀，劈頭就向大師兄砍去。不料碰一聲，鋼刀反震過來，把砍人的人腦殼上砍了一個大包，看大師兄哩，一點不覺得。這已令太后驚奇了。又叫過洋槍隊來，當著御前，裝上彈藥，指向大師兄盡放，卻放不響。換過一隊來，倒放響了，洋槍卻炸成了幾段。大師兄依舊一跳丈把高，還連聲叫喚：憑你洋鬼子再凶，若傷著了我老子一根毫毛，我老子不姓張了！這下，太后才心悅誠服了，便御口親封大師兄一個啥子禪師，叫端王統帶著去滅洋。……張老西的號信，千真萬確的。」

又一天，正在講義和拳的新聞，說到紅燈照，郝達三有點弄不大清楚，恰好他的好友葛寰中來了，兩個人便在客廳炕床上的鴉片煙盤兩側，研討起來。郝達三道：「我們這裡稱為紅燈教，咋個北京信來又稱之為紅燈照呢？」

葛寰中燒著煙泡道：「我曉得嘛，紅燈照是義和拳的姊妹們，道行比義和拳還高，是黃蓮聖母的徒弟。她們行起法來，半空中便有一盞紅燈懸著。稱之為紅燈教者，一定因為她們以紅燈傳教的原故。」

郝達三大為點頭道：「著！不錯！你老弟的話真對！他們都說紅燈照好不厲害，能夠降天火燒洋人的房子！」

葛寰中放下煙槍道：「確乎是真的！當她祭起紅燈來時，只要跪下去，啟請了黎山老母觀音菩薩，把手一指，登時一個霹靂，火就起來，憑他洋人的教堂修得如何堅固，一霎時就化為平地！」他又向坐在旁邊搖著芭蕉扇的三老爺詢問：「尊三，你是留心道法的，你看紅燈照的道法，是那一派？」

三老爺不假思索的道：「這一定是五雷正宗法，在道教中，算是龍虎山的嫡派。洋人遇著這一派，那就背時了！」

他哥道：「洋人也該背時了！自從中東戰後，不曉得咋個的，洋人一天比一天歪，越到近來，越歪得不成話。洋人歪，教堂也歪，教民也歪。老葛，你還記得宋道平做了內江下來說的話不？他說，無論啥子案件，要是有了教民，你就不能執法以繩了。教民上堂，是不下跪的，有理沒理，非打贏官司不可。所以他那天才慨平其言的說，現在的親民之官，何嘗是朝廷臣子，只算是教民的乾兒！……」

葛寰中也慨嘆說：「不是嗎？所以現在，只有你我這種州縣團隊的官頂難做！一般人恭維劉太尊硬氣，不怕教民，其實他是隔了一層，樂得說硬話，叫他來做一任縣官看看，敢硬不敢硬？你硬，就參你的官！」

三老爺道：「現在好了，只要義和拳紅燈教，把洋人一滅，我們也就翻身了！」

葛寰中又道：「卻是也有點怪。還有些人偏要說這班人是邪教。我在老戚那裡，看見一種東西，叫做啥子《申報》，是上海印的，說是每天兩張，它上面就說過袁中堂在山東時，義和拳早就有了，他說是邪教，風行雷厲的禁止；一直到皇太后都信了，他還同很多人今天一個奏摺，說不宜信邪教，明天一個奏摺，說不宜信邪教。……」

「《申報》是啥子東西？」他兩兄弟都覺有點稀奇，一齊的問。

「好像《京報》同轅門抄一樣，又有文章，又有各地方的小事，倒是可以用資談助的，老戚的話，多半是從那上面來的。所以老戚一說起義和拳，也總是邪教邪教的不離口。他並且說，若果義和拳紅燈教真有法術，為啥子袁中堂禁止時，他們還是把他沒奈何？……」

三老爺插口道：「他便不明白了，義和拳的法術，是只可以施之於洋人的邪教。袁中堂是朝廷的正印官啦！」

郝達三說的又不同，「老戚這個人就不對，他還是文巡捕呀！咋個會說出一些與人不同的話來！他不怕傳到上頭耳朵裡去，著撤差嗎？」

「你還說上頭，我正要告訴你哩！是前天罷？上頭奉了一道皇太后的電諭，叫把這裡的洋人通通殺完，教堂通通毀掉，……」

郝達三猛的坐了起來，用力把大腿一拍道：「太后聖明！……」

葛寰中把手一擺道：「你莫忙打岔！……上頭奉了這諭，簡直沒辦法，趕快把將軍兩司邀去商量。商量到點燈時候，將軍才出了個主意：電諭不能不遵，洋人也不能亂殺，中道而行，取一個巧，便是派出一營兵去，駐紮在教堂周圍，並將洋人接到衙門裡，優禮相待；對洋人就說是怕百姓們不知利害，有所侵犯，對朝廷就說洋人已捉住了，教堂已圍住了。一面再看各省情形，要是各省都把電諭奉行了，這很容易辦，劊子手同兵丁都是現成的；要是各省另有好辦法呢，就照著人家的辦。老戚說，上頭很高興，昨天已照著辦了。……你想，上頭這樣辦法對不對？」

郝達三正在沉吟，高升端了一大盤點心進來，他便站起來向葛寰中邀道：「新來一個白案廚子，試手做的鮮花餅，嘗嘗看，還要得不？」

又隔了幾天，全城都曉得端王爺統著義和拳，攻打北京使館，義和拳已更名義和團，殺了不少的洋人和二毛子，——教民就叫二毛子。——天天都在打勝仗。

郝達三同葛寰中還更得了一個快消息，一個是從票號上得的，一個是由制臺衙門得的，都說北京城裡亂得很，有漢奸帶起洋人和二毛子到處殺人放火，連皇宮裡頭都竄進去了。皇太後天顏震怒，下旨捉了好些漢奸來殺，並殺了幾十個大員，大概都是私通洋人的。現在欽命董福祥提兵十萬，幫助義和團攻打使館，這簡直是泰山壓卵之勢，洋人就要逃走，也不行了！

郝達三不曉得洋人有幾國，共有多少人？問葛寰中，他曾當過余道臺的隨員，到過上海，算是曉得新學的。

葛寰中屈著指頭算道：「有日本，有俄羅斯，有英吉利，有荷蘭。英吉利頂大，這國的人分黑夷白夷兩種，上海打紅包頭守街的便是黑夷，又叫印度鬼子。此外還有德意志，佛南西，比利時。余觀察上次辦機器，就是同德意志的人講的生意。大概世界上就是這些國了罷。」

郝達三忽然想起道：「還有啥子美國呢？我們點的洋油，不就說是美國造的嗎？」

「呃！是的，是的，美利堅！耶穌教就出於美利堅。我想起了，還有墨西哥。我們在上海使的墨洋，又叫鷹洋，就是從墨西哥來的。……」

三老爺尊三不會旁的客，而葛世兄因為是世交通家，又自幼認識，彼此還說得上，所以他一來，他總要出來奉陪的。當下便插嘴道：「我恍惚還記得有啥子牙齒國？」

他哥大笑道：「老三的小說書又出來了！有牙齒國，那必有腳爪國了！……」

三老爺自己也笑道：「我的話不作數，不過我記得啥子國是有一牙字？……」

葛寰中道：「著！我想起了！你說的是西班牙國罷？」

三老爺也不敢決定道：「我記不清楚，或者是這個國名。」

葛寰中向郝達三笑道：「你說腳爪國，不是就有個爪哇國嗎？……世界上的國真多，那個數得清楚，據說只有中國頂大了，有些國還敵不住我們一縣大，人也不多。」

郝達三道：「國小，人自然不多。若果把北京使館打破以後，不曉得洋人還來不來，不來，那才糟哩！我們使的這些洋貨，卻向那裡去買？」

葛寰中道：「我想，洋貨必不會絕種。洋人都是很窮的，他不做生意，咋個過活呢？我在上海，看見的洋人，全是做生意的，大馬路上，對門對戶全是沖天的大洋行。」

郝達三滿意的一笑道：「這才對啦！洋人可殺，但也不必殺完，只須跟他們一個殺著，叫他們知道我們中國還是不好惹的，以後不准那樣橫豪！不准傳教！不准包庇教民！不准欺壓官府！生意哩，只管做，只要有好東西，我們還是公平交易。」

葛寰中拊掌笑道：「著！不錯！這是我們郝大哥的經綸！刻下制軍正在求賢，你很可以把你的意思，寫個條陳遞上去。……」

十二　豆花

天氣很熱的一天，新泰厚票號請客，並且是音尊候教。有名的小旦如楊素蘭、蔣春玉、永春、嫩豆花等，都在場，客人中有郝大老爺。

像這樣的應酬，郝達三向來是在家吃了點心，把菸癮過足，才帶起高貴乘轎而去，總在二更以後好一陣，方回來的。這一天，太太因為葉家姑太太帶著她三小姐回來，於吃了午飯，邀在堂屋外窗根下明一柱的檐階上打鬥十四。入夜，放了頭炮，牌桌上點上兩盞洋燈。葉姑太太嫌熱，寧可點牛油燈，姨太太便掉了兩只有玻璃風罩的魚油燭手照。院壩中幾盆茉莉花同旁邊條幾上一大瓶晚香玉，真香！李大娘、吳大娘、春秀交換著在背後打扇，春蘭專管絞洗臉巾，斟茶。

剛打了幾牌，忽聽見外面二門吱的一響，三老爺在側邊說：「這時候還有客嗎？高升也不擋駕！」

跟著轎廳上一聲：「提倒！」側門一響，一個官銜燈籠照了進來。

再一看，乃是高貴照著老爺回來了。大家都詫異起來，「他何以恁早就回來了？」卻聽他向高貴吩咐：「把東西交給春蘭，跟著到北紗帽街去請葛大老爺來！」

姨太太跟進房間給老爺穿衣裳時，太太便隔窗問道：「今天有啥子事嗎？」

老爺皺著眉頭道：「還是大事哩！消息一傳來，新泰厚的客全走了！等老葛來，看他在南院上聽的消息如何？」

「到底是啥子事呀？」連葉家姑太太都提起嗓子在問。

「春蘭，先叫高升把煙盤子端到客廳去，把洋燈點一盞，葛大老爺的春茶先弄好！……」

姨太太攘了他一下道：「你也是嘍！這些事還要你一件一件的吩咐？

姑太太在問你呀！」

郝達三趁沒人，把她的臉摸了摸，才向著窗子說道：「姑太太，等一等，等老葛來了一說，你們自然曉得的。」

「哎呀！真是張巴！你先說說看，不好嗎？」姑太太與太太一齊開了腔。

葉三小姐也說：「大舅舅老是這脾氣，一句話總要分成三半截說。你才真真像個土廣東哩！」

郝達三笑著走了出來。身上只穿了一件細白江西麻布對襟汗衣，下路雪青紡綢散腳褲，漂白布琢襪，也沒有扎，腳上是馬尾涼鞋。一手捧著水煙袋，一手揮著柄大朝扇，走到牌桌邊將朝扇挾在脅下，伸手把葉三小姐的新撲了粉的嫩臉一揪道：「你這個賢外甥女，真會鬥嘴！大舅是做官的人，說話那能像老陝一樣，敞口標呢？」

她笑著把他的手抓住道：「大舅舅的官派真夠！這裡又不是官廳，你說嘛，說錯了，不會參官的！」

「說出來，駭死你們！八國聯軍打進了北京城！……」

姑太太便已大笑起來，把紙牌向桌上一撲道：「才笑人哩！我默到天氣太熱，麻腳瘟又發了哩！又是北京城的事！聽厭了，聽厭了，也值得這樣張張巴巴的！大嫂，劉姨太太，還是來打我們的牌！」

姑太太的話真對！北京城離我們多遠啦！況且天天都在聽的事。於是眾人把尖起的耳朵，都放了下來。

郝達三道：「我還沒有說完，……皇太后同皇帝都向陝西逃跑了！」

姑太太還是一個哈哈道：「更奇了，這與我們啥子相干呢？」

「這是多大的事呀！你們簡直不關心！……」

「國家大事，要我們女人都關心起來，那才糟哩！」姑太太旋說旋洗牌，態度聲口仍是那麼諷刺。

高貴已拿燈籠引著葛寰中由轎廳上的耳房跨進客廳。客廳檐口與上房檐口全掛著水綠波紋竹簾，所以檐階上的內眷，是可以不迴避的，何況葛大哥又是通家。

郝達三剛一走進花廳，葛寰中就叫了起來道：「我正來找你，在街口就碰見你的尊紀，你曉得不？大事壞了！……」

末後一句傳到上房檐階上，又將一般打牌的女客的含有一點諷刺的微笑，引了起來。

十三　無情

當義和團、紅燈教、董福祥，攻打使館的消息，潮到成都來時，這安定得有如死水般的古城，雖然也如清風拂過水面，微微起了一點漣漪，但是官場裡首先不驚惶，做生的仍是做生意，居家、行樂、吃鴉片煙的，仍是居他的家，行他的樂，吃他的鴉片煙，而消息傳布，又不很快；所以各處人心依然是微瀾以下的死水，沒有一點動象。

沒有動象，不過說沒有激盪到水底的大動象，而水面微瀾的動，到底是有的，到底推動出一個人來，是誰呢？陸茂林！

陸茂林雖說是見女人就愛，但他對於劉三金，到底愛得要狠些。劉三金回到石橋，他追到石橋，劉三金回到內江，他追到內江，劉三金越討厭他，他越是纏綿，越是不丟手。直到今年三月初，劉三金瞞著他向瀘州一溜，他帶的錢也差不多要使完了，才大罵一場婊子無情，忿忿然數著石板，奔回故鄉。

回來後，發現蔡大嫂與羅歪嘴的勾扯，他不禁也生了一點野心，把迷戀劉三金的心腸，逐漸冷淡下來。對於蔡大嫂，就不似從前那樣拘泥，並且加倍親熱起來。每天來喝一杯燒酒，自是常課，有時還要賴起臉皮，跑到內貨間，躺在羅歪嘴的煙鋪上，瞇著一雙近視眼，找許多話同蔡大嫂說。而她也居然同他有說有笑，毫沒有討厭他的樣子，並極高興同他談說劉三金。

他在不久之間，查覺蔡大嫂對於他，竟比劉三金對他還好。比如有一次，他特為她在趕場小市攤上買了一根玉關刀插針，不過花三錢銀子，趁羅歪嘴諸人未在側時，送與她，她很為高興，登時就插在髮纂側邊，拿手摸了摸，笑嘻嘻向他道了幾聲謝。他當下心都癢了，便張開兩臂，將她抱著，要親嘴；她雖是推讓著不肯，到底拿臉頰輕輕挨了他一下，這已經比劉三金溫柔多了。還有一次，是金娃子的周月，羅歪嘴叫了一個廚子，來熱熱鬧鬧的辦了一桌席，二毛大爺夫婦也來了，他趁此送了金娃子一堂銀子打的羅漢帽裡，又送了她一對玉帽鬢。她收了，吃酒時，竟特為提說出來，說他的禮重，親自給他斟了三次酒，給羅歪嘴他們才斟了兩次。他更相信蔡大嫂心裡，是有了他了，便想得便就同她敘一敘的。

光是蔡興順與羅歪嘴兩個，他自信或者還可掩過他們的耳目。而最討厭的還有張占魁等人，總是常常守在旁邊，他對蔡大嫂稍為親密一點，張占魁就遞話給他，意思叫他穩重點！蔡大嫂是羅哥愛的，不比別的賣貨，可以讓他撿魋頭！倘若犯了規矩，定要叫他碰刀尖的！

他那能死得下心去？雖然更在一天無人時候，蔡大嫂靠著櫃檯告訴他：「你的情，我是曉得的。只現在我的身，我的心，已叫羅哥全占去了。他嫉妒得很，要是曉得你起了我的歹意，你會遭他的毒手的。說老實話，他那樣的愛我，我也不忍心欺負他，你我的情，只好等到來世再敘的了！……」

及至又遭了她的一次比較嚴重的拒絕，並且說：「你再敢這樣對我沒規矩，我一定告訴羅哥，叫你不得好死！我已說過，你的情我是曉得的，只是要我這輩子酬答你，那卻不行！」他哭著道：「你不要我害單相思死嗎？」「我不拉這個命債，你走開好了！」加以張占魁又向他遞了一番話，他才懷有著自以為是傷透了的心，到四處閒蕩去了。

他離開天回鎮時，彷彿聽見羅歪嘴他們說北京城義和團打洋人的話，並會在茶鋪裡高談闊論說：「北京城都打起來了，我們這裡為啥子不動手呢？到這個時候，難道我們還害怕洋人嗎？吃教的東西，更可惡，若是動了手，我先鴆吃教的！」他也曉得羅歪嘴吃過教民的虧，借此報復，是理所當然。不過他那時心裡別有所注，於他們的言語行動，卻不很留意。

有一天，他在省城一家茶鋪裡喫茶，忽覺隔桌有一個人在端詳他，他也留了心，瞇著眼睛，仔細一瞧。那人竟走過來，站在桌跟前問道：「借問一聲，尊駕是姓陸嗎？」

他這才認清楚了，忙站起來讓坐道：「咦！得罪！得罪！我的眼睛太不行！顧三貢爺嗎？幸會啦！請坐！……拿一碗茶來！」

顧天成在一月以前曾經受過很深的痛苦，比起死老婆，掉女兒，自己害病時，還甚。因為在以往的歹運裡，他到底還有田有房，無論如何，有個家可以隱庇他的身子，還有阿三阿龍兩個可以相依的長年。只怪自己想報仇，受了鐘幺嫂的吹噓，跑去奉了教，算將起來！四月初奉教，四月底就著幺伯通知親族，在祠堂裡告祖，將他攆出祠堂。五月中，北京義和團的風聲傳來，生怕也像北京一樣，著人當二毛子殺掉，連忙跑進城來，無處安身，暫時擠在一個教友家裡。而兩路口的田地農莊，連一條水牛，全被幺伯占去，說是既攆出了祠堂，則祖宗所遺留的，便該充公，阿三阿龍也著攆了。葬在祖墳埂子外的老婆的棺材，也著幺伯叫人破土取出，拋在水溝旁邊，說是有礙風水。並且四處向人說，天成是不肖子孫，辱沒了祖宗的子孫，攆出祠堂，把田屋充公，還太罪輕了，應該告到官府，處以活埋之罪，才能消得祖宗的氣。鐘幺哥一家也搬走了，不知去跡。算來，不過一百天，顧天成竟從一個糧戶，變為一條光棍，何因而至此？則為奉洋教！

如此看來，洋教真不該奉！真是邪教！奉了就霉人！不奉了罷，可以的，但是誰相信？去向幺伯悔過，請他准其重進祠堂，把田產房屋還他，能夠嗎？誰可以擔保？找人商量，最能商量的，只有鐘幺嫂，她往那裡去了呢？他喪氣已極，便向所擠住的那位教友訴苦。教友不能替他解愁，叫他去求教於姜牧師。

姜牧師很嚴肅的告訴他，這全不要緊，他只須真心真意的信上帝，愛耶穌，耶穌自會使他的幺伯醒悟，將占去了的田產房屋，加倍奉還他；而他的仇人，自會受嚴厲的懲罰的。「我們都是耶穌的兒女，我們只須信賴它，它不會辜負它的兒女的。」

他心裡雖稍為安寧了一點，但他問：「耶穌幾時才能顯靈呢？」姜牧師則不能答，叫他去請教曾師母。

曾師母的佃客雖走得沒有蹤跡，但她仍是那樣沒有事的樣子，蓬蓬鬆鬆的梳了一個頭，厚厚塗了一臉粉，穿了件很薄的單衫，挺起肥肥的一段身軀，搖著一柄雕翎扇子，斯斯文文向他說：「你愁甚麼？只要等外國人打了勝仗，把那些邪教土匪滅了，把西太后與光緒捉住，那個還敢強占你的產業，是不是呢？」

他詫異道：「洋人還能打勝仗，把光緒皇帝捉住？外面不是人人都在說大師兄殺了多少洋人，如今又加上了董福祥董軍門，洋人天天都在打敗仗！」

曾師母咧起鮮紅的嘴皮一笑道：「這些都是謠言，都是邪教人造出來駭人的，是不是呢？告訴你一句真話，昨天史先生親自向我說過，清朝是該滅了，惹下了這種滔天大禍，是不是呢？外國大兵已經在路上了，只要一到北京，中國全是外國人的了！……」

他懵懵懂懂的問道：「我們成都省呢？」

她用一隻肥而粗的手，舉起一隻茶杯，把半杯濃黑的東西，一仰喝完，又用雪白的手帕子，將嘴輕輕的觸了觸，點著頭，很自然的道：「自然也是外國人的了，是不是呢？只不曉得分在那國人手裡？如其分在美國英國手裡，史先生就是四川制臺了，很大的官，是不是呢？如其史先生做了制臺，我們全是他的人，不再是清朝的百姓，是不是呢？我們教會裡的人，全是官，做了官，要甚麼有甚麼，要怎麼樣便怎麼樣了，是不是呢？……」

這下，卻使顧天成大為安慰。胸懷也開展了，眉頭也放寬了，從早起來，就計劃到做了官後，做些甚麼事情。報復幺伯，報復羅歪嘴，還要下兩通海捕文書，一通捉拿劉三金，一通查訪招弟，並派人打探正月十一夜與羅歪嘴他們一道走的那女人是甚麼人，差不多每天早起，都要把這計劃在心裡頭暗暗復誦一遍，差不多計劃都背熟了，而洋兵還未打到北京。他真有點等不得，又跑去問曾師母。曾師母依然蕭蕭閒閒的叫他等著。

他在等待期中，膽子也大了些，敢於出街走動了。又因所擠住的教友家太窄，天氣熱起來了，不能一天到晚蟄在那小屋裡。有人告訴他，滿城裡最清靜，最涼爽，在那裡又不怕碰見甚麼人，又好乘涼睡覺，於是他每日吃了飯後，便從西御街走進滿城的大東門。果然一道矮矮的城牆之隔，頓成兩個世界：大城這面，全是房屋，全是鋪店，全是石板街，街上全是人，眼睛中看不見一點綠意。一進滿城，只見到處是樹木，有參天的大樹，有一叢一叢密得看不透的灌木，左右前後，全是一片綠。綠蔭當中，長伸著一條很寬的土道，兩畔全是矮矮的黃土牆，牆內全是花樹，掩映著矮矮幾間屋；並且坡塘很多，而塘裡多種有荷花。人真少！比如在大城裡，任憑你走往那條街，沒有不碰見行人的，如在幾條熱鬧街中，那裡更是肩臂相摩了；而滿城裡，則你走完一條胡同，未見得就能遇見一個人；而遇見的人，也並不像大城裡那般行人，除了老酸斯文人外，誰不是急急忙忙的在走？而這裡的人，男的哩，多半提著鳥籠，肩著釣竿，女的哩，則豎著腰肢，梳著把子頭，穿著長袍，靸著沒後跟的鞋，叼著長葉子煙竿，慢慢的走著；一句話說完，滿城是另一個世界，是一個極蕭閒而無一點塵俗氣息，又到處是畫境，到處富有詩情的地方。

顧天成不是甚麼詩人，可是他生長田間，對於綠色是從先天中就會高興的。他一進滿城，心裡就震跳起來了。大家曾先告訴過他：滿吧兒是皇帝一家的人，只管窮，但是勢力絕大，男女都歪得很，惹不得的。他遂不敢多向胡同裡鑽，每天只好到金河邊關帝廟側荷花池週遭走一轉，向草地上一躺，似乎身心都有了交代，又似乎感覺鄉壩裡也無此好境界，第一是靜，沒一個人影，沒一絲人聲。也只是沒有人聲，而鳥聲，蟬聲，風一吹來樹葉相撞的聲音，卻是嘈雜得很，還有流水聲，草蟲聲，都鬧成了一片。不過這些聲音傳到耳裡，都不討厭。

滿城誠然可以乘涼，可以得點野趣，只是獨自一人，也有感覺孤獨寡味的時候。於是，有時也去坐坐茶鋪，茶鋪就是與人接觸的最好的地方。而居然碰著了陸茂林。

十四　輸錢

顧天成陸茂林之在茶鋪碰頭，而打招呼，而坐在一處喫茶，其初次沒有甚麼意味，只不過兩個都是在人海中的鄉下人，兩個都帶一點流蕩的感覺，兩個都需要找一個相熟的人談談往事而已。而尤其好的，就在兩個人的經過彼此都不知道。

陸茂林同人講談，不到十句，就要談到劉三金。這已引起了顧天成對他的同情。他們兩個都是愛過她，又都吃過她的虧，現刻心裡又都在恨這個人。於是兩個人的談風，很是投合，而所談的又彼此都能了解。先談到劉三金的好處，長的好，活動，妖嬈，渾身肌膚又白又細，乃至那件事上的工夫，兩個人談到會心之處，不禁彼此相視而笑。繼談到她的無情無義，只認得錢，以及她那陰狠的行為，顧天成不由桌上一拍道：「陸哥，你可曉得，我那幾天，光是花在她身上的錢，是多少？只因為她親口答應了我，不管我家務咋個，都願跟著我回去的，所以我再輸錢，心裡老不在乎。那曉得後來她才那樣的丟我！」他的聲音雖然很高，但是一般喫茶談天的聲音都高，並且在茶鋪中談話的人們，大抵都有點旁若無人，彷彿茶鋪便是自己家裡的密室一樣的態度，任憑你說得如何的慷慨激昂，卻很少有人注意你的，這是一種習慣。

陸茂林把他手膀一拍，意思叫他注意來聽，這也是在茶鋪中談話應有的舉動。顧天成果然注了意，他才瞇著眼睛說道：「至今你恐怕還在鼓裡呢？我是旁觀者清，告訴了你，你可不能向別人說呀！……你還不曉得，劉三金之來籠絡你，全是羅歪嘴張占魁他們支使的。他們大概曉得你喜歡女人，才故意叫劉三金把你纏著，他們才好做你的手腳。你那千數的銀子，那裡當真是在寶上賭輸的！……」顧天成真就激動了道：「這一點，我老實說沒有想到。吵架時，雖這樣吵出來過，但我還只恨他們不但不幫我的忙，並且把我轟走，打我！……陸哥，這倒要請你詳細告訴我！」

陸茂林好像失悔不應該揭破別人祕密似的，又好像與顧天成的交情特別不同，不能不把祕密告訴他似的，於是，半吞半吐把他知道的，以及從劉三金口裡聽來的，照一般人談話習慣，加入許多烘染之詞，活靈活現的告訴了他。

顧天成真壓抑不住了，面紅筋脹的咬著牙巴說道：「哦！還這樣的鴆我嗎？對對對！羅歪嘴，你是對的！等著罷！老子不要你的狗命，老子不姓顧了！……」

陸茂林忙向他搖搖手道：「三貢爺，留心點，他們這些人是心狠手辣的，說得出做得出，不要著他們聽見了不好！」

他鼓著兩眼道：「你怕他們嗎？你怕，我是不怕的！你曉得我現在是啥子人不？告訴你，我已奉了教了！」

「你奉了洋教？」他忙睒著眼向四面一溜，才道：「三貢爺，我是為你的好，現在不是正在鬧啥子義和團嗎？我親耳聽見羅歪嘴他們正商量要趁這時候，打教堂，殺奉教的。你又是他的仇人，他若曉得你也奉了教，……」

顧天成果然也有點膽怯起來，便低下頭去，不像剛才這樣武勇了。不過，仍不肯示弱，便說道：「陸哥，你放心，打教堂的話，只怕是亂說的。洋人說過，洋兵快要打進北京城了，只要把光緒皇帝一捉住，十八省都是他們的，四川制臺一定是史洋人做，我們奉教的都是官，只要我做了官，你看，還怕羅歪嘴他們嗎？」

陸茂林也欣然道：「洋人的話，曉得靠得住不？」

「咋個靠不住？他還當著菩薩賭過咒的！」

他又拍拍他手膀道：「那麼，三貢爺，你的仇一定可以報了，我們相好一場，只求你一樁事！」說著，他站了起來道：「話還長哩，我們找個飯鋪吃飯去，吃了飯再到煙館裡細說罷！」

顧天成也站了起來道：「你不回天回鎮去了嗎？現刻已下午一會了！」

「回天回鎮？……我還沒告訴你，我眼前正在打流，等你做了官，我才能回去。我求你的，就是這一樁。」

街上不好談話，飯鋪裡也不好談話，直到煙館裡，雖然每鋪床上都有人，但是靠著枕頭，只要把聲音放低一點，卻是頂好傾露肺腑，商量大事的地方。

陸茂林先說到他為甚麼打流，不禁慨然嘆道：「也只怪我的命運不好！遇著一個劉三金，無情無意的婊子！遇著一個蔡大嫂，倒是有情有義哩，偏偏又著羅歪嘴霸住了！……」

「蔡大嫂是啥子樣的人？」

「哈哈！你連蔡大嫂都不認得！她是我們天回鎮的蓋面菜，認真說來，豈止是天回鎮的蓋面菜？恐怕拿在成都省來，也要賽過一些人哩！……哦！也無怪你不認得她，你那幾天，成日的同劉三金混在一起，半步都沒有出過雲集棧。」

「比起劉三金來呢？」

「那咋個能比！……當初嫁給蔡興順時，已經令人迷竅了，兩年後，生了個娃兒，比以前更好看了！……那個不想她？卻因是羅歪嘴的表弟媳婦，他那時假繃正經，拿出話來把眾人擋住。……但那婆娘卻也規規矩矩的。……不曉得今年啥時候，大概劉三金走了之後罷，羅歪嘴竟同她有了勾扯，全場上那個不知！……那婆娘也大變了，再不像從前那樣死板板的，見了人，多親熱！……就比如我……」

顧天成恍然大悟道：「你說起來，我看見過這個人，不錯，是長得很好！兩個眼睛同流星樣，身材也比劉三金高，又有頸項。……」

「你在那裡看見的？」

顧天成遂把正月十一夜的故事，說了一遍，說到招弟之掉，說到自己之病，然後說到為甚麼奉教。陸茂林深為讚許他的奉教，一方面又允許各方託人，為他尋找招弟，他說：「你放心，她總在成都省內的。只要每條街托一個人，挨家去問，總問得著的。」然後才說出求他的事：「我也不想做官，我也做不來官，你要是當真做了官，只求你把羅歪嘴等人鴆治了後，放我去當天回鎮的鄉約。」

顧天成拈著煙簽笑道：「是不是好讓你去把蔡大嫂弄上手？你就不想到她的男人哩，肯讓你霸占他的老婆嗎？」

陸茂林也笑道：「現在，他的老婆不是已經著人霸占了？那是個老實人，容易打疊的。好嗎，像羅歪嘴的辦法，名目上還讓他做個丈夫。不好，一腳踢開，連鋪子，連娃兒，全吞了，他敢咋個？」

煙館門前的溫江麻布門簾，猛然撩起，進來了三個人。都扇著黑紙摺扇，都是年輕人，穿著與神情，很像是半邊街東大街綢緞鋪上的先生徒弟樣。一進來，就有一個高聲大氣的說道：「我屁都不肯信洋鬼子會打勝仗！……」

全煙館的人都翹起頭來。

別一個年輕人將手臂上搭的藍麻布長衫，向煙鋪上一放，自己也坐了下去，望著那說話的人道：「你不信？洪二老爺不是說得清清楚楚，幾萬洋兵把董軍門圍在北京啥子地方，圍得水洩不通的嗎？」

一個先來的煙客，便撐坐起來道：「老哥，這話怕靠不住罷？董軍門是啥樣的人，跟我們四川的鮑爵爺一樣，是打拚命仗火的，洋兵行嗎？」

「這個我倒不曉得，只是我們號上的老主顧洪二老爺，他是藩臺衙門的師爺，剛才在我們號上說，洋兵打進了北京城，董軍門打了敗仗。」

先前說話的那個年輕人，又打著小官調子叫道：「我偏不相信他的話就對！你曉得不？他是專說義和團、紅燈教、董軍門壞話的。他前次不是來說過，洋兵打了勝仗，義和團——他叫做拳匪的。——死了多少多少，又說義和團亂殺人，亂燒房子，董軍門的回兵咋樣的不行？後來，聽別人說來，才全然不是那樣。……」

不等說完，又有兩個煙客開了口，都是主張洋兵絕不會打勝的。「首先，洋鬼子的腿是直的，蹲不下去，站起來那麼一大堆，就是頂好的槍靶子！董軍門的藤牌兵多行！就地一滾，便是十幾丈遠，不等你槍上的彈藥裝好，他已滾到跟前了。洋鬼子又不會使刀，碰著這樣的隊伍，只好倒！從前打越南時，黑旗兵就是靠這武藝殺了多少法國鬼子！」

全煙館都議論起來，連煙堂倌與幫人燒煙的打手都加入了。但沒一個相信洋兵當真攻進了北京城。只有顧天成陸茂林兩個人，不但相信洪二老爺所說的是千真萬確的消息，並且希望是真的。陸茂林遂慫恿顧天成到曾家去打聽，光緒皇帝到底著捉住了沒有？

十五　燉雞

四川總督才奉到保護教堂，優遇外賓的詔旨，不到五天，郫縣三道堰便出了一件打毀教堂，毆斃教民一人的大案子。上自三司，下至把總，都為之駭然。他們所畏的，並不是逃遁到陝西去的太后與皇帝，而正是布滿京城，深居禁內的洋元帥與洋兵。他們已聽見以前主張滅洋的，自端王以下，無一個不受處分，有砍頭的，有賜死的，有充軍的，這是何等可怕的舉動！只要洋人動一動口，誰保得定自己能活幾天？以前那樣的大波大浪，且平安過去了，看看局面已定，正好大舒一口氣時，而不懂事的百姓，偏作了這個小祟，這真是令人思之生恨的事！於是幾營大兵，漏夜趕往三道堰，僅僅把被打死的死屍抬回，把地方首人捉回，把可疑的百餘鄉下人鎖回，傾了一百餘家，兵丁們各發了一點小財，哨官總爺們各吃了幾頓燒豬燉雞，而正凶幫凶則鴻飛杳杳，連一點蹤影都沒有探得。

總督是如何的著急！全城文武官員是如何的著急！乃至身居閒職，毫不相干的郝同知達三，也著急起來。他同好友葛寰中談起這事，好像天大禍事，就要臨頭一樣，比起前數月，蕭然而論北京事情的態度，真不同！他嘆道：「愚民之愚，令人恨殺！他們難道沒有耳朵，一點都不曉得現在是啥子世道嗎？拳匪已經把一座錦繡的北京城弄丟了，這般愚民還想把成都城也送給外國人去嗎？」

葛寰中黯然的拈起一塊銀杏糕向嘴裡一送，一面嚼，一面從而推論道：「這確是可慮的。比如外國人說，你如不將正凶交出，你就算不盡職，你讓開，待我自己來辦！現在是有電報的，一封電報打去，從北京開一隊外國兵來，誰敢擋他？又誰擋得住他？那時，成都還是我們的世界？我們就插起順民旗子，到底有一官半職之故，未見得就能如尋常百姓一樣？大哥，你想想看，我們須得打一個啥子主意？」

郝達三只是嘆息，三老爺仍只吧著他的雜拌煙，很想替他哥打一個主意，只是想不出。太太與姨太太諸人在窗根外聽見洋兵要來，便悄悄商量，如何逃難。大小姐說她是不逃的，她等洋兵到來，便吊死。春蘭想逃，但不同太太們一道逃，她是別有打算的。春秀哩，則甚望她們逃，都逃了，她好找路回去。

這惡劣的氣氛，還一直布滿到天回鎮，羅歪嘴等人真個連做夢都沒有料到。

雲集棧的賭博場合，依然是那樣興旺；蔡興順的雜貨舖生意，依然靠著掌櫃的老實和掌櫃娘的標緻，別的雜貨舖總做不贏它；蔡大嫂與羅歪嘴的勾扯，依然如場上人所說，那樣的釃。

也無怪乎其釃！蔡大嫂自懂事以來，凡所欣羨的，在半年之中，可以說差不多都嘗味了一些。比如說，她在趕青羊宮時，聞見郝大小姐身上的香氣，實在好聞，後來問人，說是西洋國的花露水。她只向羅歪嘴說了一句：「花露水的香，真比麝香還好！」不到三天，羅歪嘴就從省裡給她買了一瓶來，還特別帶了一隻懷錶回來送她。其餘如穿的、戴的、用的，只要她看見了，覺得好，不管再貴，總在不多幾天，就如願以償了。至於吃的，因為她會做幾樣菜，差不多想著甚麼好吃，就弄甚麼來吃，有時不愛動手，就在紅鍋飯店去買，或叫一個會做菜的來做。而尤其使她欣悅的，就是在劉三金當面湊和她生得體面以前，雖然覺得自己確有與人不同的地方，一般男女看見自己總不免要多盯幾眼，但是不敢自信自己當真就是美人。平時大家擺龍門陣，講起美人，總覺得要天上才會有，不然，要皇帝宮中與官宦人家才有。一直與羅歪嘴有了勾扯，才時時聽見他說自己硬是個城市中也難尋找的美人，羅歪嘴是打過廣的，所見的女人，豈少也哉，既這樣說，足見自己真不錯。加以羅歪嘴之能體貼，之能纏綿，更是她有生以來簡直不知的。在前面看見媽媽等人，從早做到晚，還不免隨時受點男子的氣，以為當女人的命該如此，若要享福，除非當太太，至少當姨太太。及至受了羅歪嘴的供奉，以及張占魁等一般粗人之恭順聽命，然後才知道自己原是可以高高乎在上，而把一般男子踏到腳底的。劉三金說的許多話，都驗了，然而不遇羅歪嘴，她能如此嗎？雖然她還有不感滿足的，比如還未住過省城裡的高房大屋，還未使過丫頭老媽子，但到底知道羅歪嘴的好處，因而才從心底下對他發生了一種感激，因而也就拿出一派從未孳生過的又溫婉，又熱烈，又真摯，又猛勇的情來報答他，烘炙他。確也把羅歪嘴搬弄得，好像放在愛的火爐之上一樣，使他熱烘烘的感到一種從心眼上直到寒毛尖的愉快。他活了三十八歲，與女人接觸了快二十年，算是到此，才咬著了女人的心，咀嚼了女人的情味，摸著了甚麼叫愛，把他對女人的看法完全變了過來，而對於她的態度，更其來得甜蜜專摯，以至於一刻不能離她，而感覺了自己的嫉妒。

他們如此的釅！釅到彼此都著了迷！羅歪嘴在蔡大嫂眼裡，完全美化了，似乎所有的男子，再沒一個比羅歪嘴對人更武勇豪俠，對自己更殷勤體會，而本領之大，更不是別的甚麼人所能企及。似乎天地之大，男子之多，只有羅歪嘴一個是完人，只有羅歪嘴一個對自己的愛才是真的，也才是最可靠的！她在羅歪嘴眼裡哩，那更不必說了！不僅覺得她是自己有生以來，所未看見過，遇合過，乃至想像過的如此可愛，如此看了就會令人心緊，如此與之在一處時竟會把自己忘掉，而心情意態整個都會變為她的附屬品，不能由自己作主，而只聽她喜怒支配的一個畫上也找不出的美人！她這個人，從頂至踵，從外至內，從寒毛之細之有形至眼光一閃之無形，無一不是至高無上的，無一不是剛合式的！縱然要使自己冷一點，想故意在她身上搜尋出一星星瑕疵，也簡直不可得。不是她竟生得毫無瑕疵，實在這些瑕疵，好像都是天生來烘托她的美的。豈但她這個人如此？乃至與她有關的，覺得都有一種說不出的可愛，只要是她不討厭，或是她稍稍垂青的。比如金娃子也比從前乖得更為出奇；蔡傻子也比歷來忠厚老實；土盤子似乎也伶俐得多；甚至很難見面的鄧大爺鄧大娘何以竟那樣的藹然可親？豈但與她有關的人如此？就是凡她用過的東西，乃至眼光所流連，口頭所稱許的種種，似乎都特別不同一點，似乎都有留心的必要。但蔡大嫂絕不自己承認著了羅歪嘴的迷，而羅歪嘴則每一閉上眼睛著想時，卻能深省「我是迷了竅了！我是迷了這女人的竅了！」

他們如此的釅！釅到彼此都發了狂！本不是甚麼正經夫婦，而竟能毫無顧忌的在人跟前親熱。有時高興起來，公然不管蔡興順是否在房間裡，也不管他看見了作何尋思，難不難過，而相摟到沒一點縫隙；還要風魔了，好像洪醉以後，全然沒有理知的相撲，相打，狂咬，狂笑，狂喊！有時還把傻子占拉去作配角，把傻子也教壞了，竟自自動無恥的要求加入。端陽節以後，這情形愈加厲害。蔡大嫂說：「人生一輩子，這樣狂蕩歡喜下子，死了也值得！」羅歪嘴說：「人生能有幾個三十幾歲？以前已是恍恍惚惚的把好時光辜負了，如今既然懂得消受，彼此又有同樣的想頭，為啥子還要作假？為啥子不老實吃一個飽？曉得這種情味能過多久呢？」

大家於他們的愛，又是眼紅，又是懷恨，又是鄙薄。總批評是：無恥！總希望是：報應總要來的！能夠平平靜靜，拿好話勸他們不要過於浪費，「惜衣有衣穿，惜飯有飯吃，你們把你們的情省儉點用，多用些日子，不好嗎？」作如是言的，也只是張占魁等幾個當護腳毛的，然而得到的回答，則是「人為情死！鳥為食亡！」

大概是物極必反罷？羅歪嘴的語讖，大家的希望，果於這一天實現了。

蔡大嫂畢生難忘的這一天，也就是惡氣氛籠罩天回鎮的這一天，早晨，她因為宵來太歡樂了，深感疲倦，起床得很晏。雖說是閒場可以晏點，但是也比平時晏多了，右鄰石拇姆已經吃過早飯，已經到溝邊把一抱衣服洗了回來，蔡興順抱著金娃子來喊了她三次，喊得她發氣，才披衣起來，擦了牙，漱了口。土盤子已把早飯做過吃了，問她吃飯不？她感覺胃口上是飽滿的，不想吃。便當著後窗，在方桌上將鏡匣打開來梳頭。從鏡子中，看見自己兩頰瘦了些，鼻翅兩邊顯出彎彎的兩道淺痕，眼神好像醉了未醒的一樣，上眼皮微微有點陷，本是雙眼皮的，現在睜起來，更多了一層，下眼泡有點浮起，露出拇指大的青痕，臉上顏色在脂粉洗淨以後，也有點慘白。她不禁對著鏡子出起神來，疑惑是鏡子不可靠，欺騙了自己，但是平日又不呢？於是，把眼眶睜開，將那黑白分明最為羅歪嘴恭維的眼珠，向左右一轉動，覺得仍與平常一樣的呼靈；復偏過頭去，斜窺著鏡中，把翹起的上唇，微微一啟，露出也是羅歪嘴常常恭維的細白齒尖，做弄出一種媚笑，自己覺得還是那麼迷人。尋思：幸而羅歪嘴沒在旁邊，要不然，又會著他抱著盡親盡舐了。由此思緒，遂想到宵來的情況，以及近幾日來的的情況；這一下，看鏡中人時，委實是自然的在笑，而且眼角上自然而然同微染了胭脂似的，眼波更像清水一般，眉頭也活動起來。如此的嫵媚！如此的妖嬈！鏡子又何嘗不可靠呢？心想：「難怪羅哥哥那樣的顛狂！難怪男人家都喜歡盯著我不轉眼！」但是鏡中人又立刻回覆到眼泡浮起微青，臉頰慘白微瘦的樣子。她好像警覺了，口裡微微嘆道：「還是不能太任性，太胡鬧了！你看，他們男子漢，只管胡鬧，可是吃了好大的虧？不都是多早就起來了，一天到晚，精精神神的！你看我，到底不行啦！就變了樣子了！要是這樣下去，恐怕不到一個月，不死，也不成人樣了！死了倒好，不成人樣，他們還能像目前這樣熱我嗎？不見得罷？那才苦哩！……」

手是未曾停的，剛把烏雲似的長長的頭髮用挑頭針從腦頂挑開，分梳向後，又用粉紅洋頭繩紮了纂心，水綠頭繩紮了扎腰線，挽了一個時興的牡丹大纂，正用抿子蘸起刨花水，才待修整光淨時，忽然一陣很急遽的腳步聲響，只見羅歪嘴臉無人色的奔了進來，從後面抓住她的兩個肩頭，嘶聲說道：「我的心肝！外面水漲了！……」

她的抿子，掉在地下，扭過身緊緊抓住他兩手，眼睛大大的睜起，茫然將他瞪著。

他將她摟起來，擠在懷裡，向她說道：「意外的禍事！薛大爺半夜專人送信來，剛才到，制臺派了一營巡防兵來捉我同張占魁九個人！……」

她抖了起來，簡直不能自主了，眼睛更分外張大起來。

他心痛已極，眼淚已奪眶而出：「說是犯了啥子滔天大罪，捉去就要短五寸的。叫我們趕快逃跑，遲一點，都不行，信寫得太潦草！……」

她還是茫然的瞪著他，一眼不眨，兩隻手只不住的摸他的臉，摸他的耳朵，頸項。兩腿還是在打戰。牙齒卻咬得死緊，顯出兩塊牙腮骨來。

他親了她一下：「死，我不怕！」又親一下，「跑，我更是慣了！」又結實親一下，「就只捨不得你；我的心……」

張占魁同田長子兩個慌慌張張跑了進來道：「還抱著在麼！朱大爺他們都走遠了！」

他才最後親了她一下道：「案子鬆了，我一定回來！好生保養自己！話是說不完的！」

他剛丟了手要走，她卻將他擦住，很吃力的說了一句：「我跟你一道走！」聲音已經嘎了。

「那咋行！……放手！你是有兒子的！……」

田長子鼓起氣，走上來將她的手劈開，張占魁拖著羅歪嘴就走，她掀開田長子，直撲了過去。羅歪嘴踉踉蹌蹌的趲出了內貨間，臨不見時，還回過頭來，嘶聲叫道：「我若死了！……就給我報仇！……」

她撲到內貨間的門口，蔡興順忙走過來挽住她道：「沒害他！……過山號已吹著來了！……」

她覺得像是失了魂魄的一樣，頭暈得很，心翻得很，腿軟得很，不自主的由她的丈夫扶到為羅歪嘴而設而其實是她丈夫獨自一人在睡的床上，仰臥著。沒一頓飯的工夫，門外大為嘈雜起來，忽然湧進許多打大包頭，提著槍，提著刀的兵丁，亂吵道：「人在那裡？人在那裡？」

兩個兵將蔡興順捉住。不知怎地，吵吵鬧鬧的，一個兵忽倒舉起槍柄，劈頭就給蔡興順一下。

她大叫一聲，覺得她丈夫的頭全是紅的。她眼也昏了，也不知道怕，也不知道是那來的氣力。只覺得從床上跳起來，便向那打人的兵撲去。

耳朵裡全是聲音，眼睛裡全是人影。一條粗的，有毛的，青筋楞得多高的膀膊，橫在臉前，她的兩手好像著生鐵繩絞緊了似的，一點不能動，便本能的張開她那又會說話，又會笑，又會調情，又會吵鬧，又會罵人，又會吞吐的口，狠命的把那膀膊咬住。頭上臉上著人打得只覺得眼睛裡出火，頭髮著人拉得飛疼，好像丟開了口，又在狂叫狂罵，叫罵些甚麼？自己也聽不清楚。猛的，腦殼上大震一下，頓時耳也聾了，眼也看不見了，甚麼都不知道了。

直到耳裡又是哄哄的一陣響，接著一片哭聲鑽進來，是金娃子的哭聲，好像利箭一樣，從耳裡直刺到心裡，心裡好痛呀！不覺得眼淚直湧，自己也哭出聲來。睜開眼，果見金娃子一張肥臉，哭得極可憐的，向著自己。想伸手去抱他，卻痛得舉不起來。

她這才拿眼睛四下一看，自己睡在一間不很亮，不很熟悉的房間裡，床也不是自己的。床跟前站了幾個女人，最先入眼的，是石姆姆。這位老年婦人，正皺著龐大的花白眉頭，很慘淡的神情，看著她在。忙伸手將金娃子抱起來道：「好了！不要哭了！媽媽醒過來了！……土盤子，快抱他去誆著！」

跟著，是場尾打鐵老張的老婆張三嬸，便端了一個土碗，喂在她口邊道：「快吃！這是要吃的！你挨了這一頓，真可憐！……周身上下，那處不是傷？」

她湊著嘴，喝了兩口，怪鹹的，想不再喝，張三嬸卻逼著非叫喝完不可。

她也才覺得從頭上起，全是痛的。痛得火燒火辣，想不呻喚，卻實在忍不住，及至一呻喚，眼淚便流了出來，聲音也就變成哭泣了。很想思索一下，何以至此？只是頭痛，頭昏，眼睛時時痛得發黑，實在不能想。

糊糊塗塗的，覺得有人把自己衣褲脫了，拿手在揉，揉在痛處，更其痛，更其火燒火辣的，由不得大叫起來。彷彿有個男子的聲音說：「不要緊，還未傷著筋骨，只是些皮傷肉傷，就只腦殼上這一打傷重些，幸而喝了那一碗尿，算是鎮住了心。……九分散就好，和些在燒酒裡，跟她喝。」

她喝了燙滾的燒酒，更迷糊了。

不知過了好久，又被一陣哭聲哭醒，這是她的媽媽鄧大娘的哭聲。站在旁邊抹眼淚的，是她的後父鄧大爺。

鄧大娘看見她醒了，便住了哭，一面顫著手撫摸她的頭面，一面哽咽著道：「造孽呀！我的心都痛了！打得這個樣子，該死的，那些雜種！」

她也傷心的哭了起來道：「媽！……你等我死了算了！……」

大家一陣勸，鄧大爺也說了一番話，她方覺得心氣舒暢了些，身上也痛得好了點。便聽著石姆姆向她媽媽敘說：「鄧大娘，那真駭人呀！我正在房子後頭餵雞，只聽見隔壁就像失了火的一樣鬧起來，跟著就聽見蔡大嫂大叫大鬧的聲音，多尖的！我趕快跑去，鋪子門前儘是兵、差人，圍得水洩不通，街上的人全不准進去。只聽見大家喊打，又在喊：『這婆娘瘋了，咬人！鴆死她！鴆死她！』跟著蔡大哥著幾個人拖了出來，腦殼打破了，血流下來糊了半邊臉。蔡大哥到底是男人家，還硬錚，一聲不響，著大家把他背剪起走了，又幾個人將蔡大嫂扯著腳倒拖得出來。……唉！鄧大娘，那真造孽呀！她哩，死人一樣，衣裳褲子，扯得稀爛，裹腳布也脫了，頭髮亂散著，臉上簡直不像人樣。拖到街上，幾個兵還凶神惡煞的又打又踢，看見她硬像死了一樣，才罵說：『好凶的母老虎！老子們倒沒有見過，護男人護到這樣，怕打不死你！』大家只是搶東西，也沒人管她。我才約著張三孃，趁亂裡把她抬了進來。造孽呀！全身是傷，腦殼差點打破，口裡只有一點游氣。幸虧張三孃有主意，拿些尿來跟她抹了一身，直等兵走完了，土盤子抱著金娃子找來，她才算醒了。……造孽呀！也真駭死人了！我活了五十幾歲，沒有見過把一個女人打成這樣子！……我們沒法，所以才趕人跟你們報信。」

鄧大娘連忙起來，拜了幾拜道：「多虧石姆姆救命！要不是你太婆，我女兒怕不早死了！……將來總要報答你的！」說著，又垂下淚來。

鄧大爺從外面進來道:「搶空了！啥子都搶空了！只剩了幾件舊家具，都打了個稀爛！說是因為幺姑娘咬傷了他們一個人，所以才把東西搶空的。還要燒房子哩，管帶說，怕連累了別的人家，鬧大了不好。……」

鄧大娘道：「到底為的啥子鴆得這樣凶？」

「說是來捉羅大老表的，他們是窩戶，故意不把要犯交出，才將女婿捉走了。朱大爺的家也毀了，不過不凶，男的先躲了，女的沒拉走，只他那小老婆受了點糟蹋，也不像我們幺姑娘吃這大的虧！」

「到底為的啥子事呀？」

「這裡咋曉得？只好等把幺姑娘抬回去後，我進城去打聽。」

十六　棺材

蔡大嫂被抬回父母家的第三天，天回鎮還在人心惶惶之際，顧天成特特從他農莊上，打著曾師母酬謝他的一柄嶄新的黑綢洋傘，跑到鎮上，落腳在雲集棧的上官房內。

顧天成在鴉片煙館與陸茂林分手之後，剛走到西御街的東口，便碰著顧輝堂的老二天相，一把拉住，生死不放，說是父親打發來請他去的。他當下只佩服他幺伯的消息靈通，以及臉皮來得真老！

雖然恨極了他幺伯，但禁不住當面賠禮，認錯，以及素所心儀的錢親翁幫著在旁邊，拿出伺候堂翁的派頭，極其恭而有禮的，打著調子說好活：「姻兄大人是最明白道理的人，何待我愚弟說呢？令叔何敢冒天下大不韙，來霸占姻兄之產？這不過，……不過是世道荒荒，怕外人有所生心，方甘蒙不潔之名，為我姻兄大人權為保護一下！……」

幺伯娘又特別捧出一張紅契，良田五十畝，又是與他連界的，說是送給他老婆做祭田。他老婆的棺材哩，已端端正正葬在祖墳梗子內，壘得很大，只是沒有豎碑。說不敢自專，要等他自己拿主意。

阿三也在那裡，來磕了一個頭，說是前六天才被幺太公著人叫回農莊，仍然同阿龍一處。房子被佃客住壞了些，竹子也砍了些，一株棗子樹著佃客砍去做了犁把。只是牛欄裡，多了一條水牛，豬圈裡，新餵了兩頭架子豬，雞還有三隻，花豹子與黑寶仍在農莊上。阿三還未說完，幺伯已拿出一封老白錠，很謙遜的說是賠修農莊之用。

平日動輒受教訓的一個侄子，平步登天的當了一家人的尊客，講究的正興園的翅席，請他坐在首位上作平生第一遭的享受，酒哩，是錢親翁家藏的陳年花雕，燙酒的也是錢翁親一手教出來的洪喜大姐。

酒本是合歡之物，加以主人與陪客的殷勤卑下，任你多大的氣，也自消了。況乎產業僅僅被占了一百多天，而竟帶回了恁多子息，帳是算得過的，又安得而不令他欣喜呢？於是，大家胸中的隔閡全消，開懷暢飲暢談起來。今天的顧天成，似乎是個絕聰明，絕能幹，絕有口才的人了；他隨便一句話，似乎都含有一種顛撲不破的道理，能夠博得聽者點頭讚賞，並似乎都富有一種滑稽突梯的機趣，剛一出口，就看見聽者的笑已等著在臉上了。他吃了很多的酒，錢親翁不勝欽佩說：「天成哥的雅量，真了得！大概只有劉太尊才陪得過！」

他從幺伯家大醉而歸的次日，本就想回農莊去看看的。恰逢三道堰的案件發生，又不敢走了。並連許多教友都駭著了，已經出了頭大搖大擺在街上挺著肚皮走的，也都一齊自行收藏起來。就是洋人們也駭了一大跳，找著教友們問，四川人是不是放馬後砲的？

幸而四川的官員很得力，立刻發兵，立刻就把這馬後砲壓滅，立刻就使洋人們得了安慰，教友們回覆了原神。

他留了十來天，把應做的事，依照陸茂林所教，做了之後，便回到農莊。舉眼一看，無一處不是欣欣向榮的，獨惜鐘幺嫂沒有回來，不免使他略感一點寂寥。

過了兩天，叫阿龍到天回鎮去打聽有甚麼新聞。回來說的，正是他所期待的。於是，待到次晨，便打著洋傘走來，落腳在雲集棧上官房內。

他大氣盤旋的叫幺師打水來洗臉。洗臉時，便向幺師查問一切：賭博場合呢？前天星散了。羅歪嘴等人呢？前天有兵來捉拿，逃跑了；連舵把子朱大爺都跑了。為甚麼呢？不知道，總不外犯了甚麼大案。

羅歪嘴等人逃跑了，真是意外啦！但也算遂了心願，「雖沒有砍下他們的驢頭，到底不敢回來橫行了。」他想著，也不由笑了笑。

他不是專為打聽羅歪嘴等人的消息而來的，他仍將藍大綢衫子抖來披上，扣著鈕絆時，復問：「蔡興順雜貨舖在那一頭？」

「你大爺要去看打得半死的女人嗎？看不著了！已抬回她娘家去了！」

顧天成張眼把幺師看著，摸不著他說的甚麼。幺師也不再說，各自收了洗臉盆出去。

顧天成從從容容走出客棧，心想，他從北場口進的場，一路都未看見甚麼興順號雜貨舖，那麼，必然在南頭了，他遂向南頭走去。

果然看見一間雙間鋪面，掛著金字已舊了的招牌。只是鋪板全是關上的，門也上了鎖，他狐疑起來：「難道閙場日子不做生意嗎？」

忽見陸茂林從隔壁一間鋪子裡走出，低著頭，意興很是沮喪，連跟在後面送出的一個老太婆，也不給她打個招呼。

顧天成趕快走到他背後，把他肩頭一拍道：「喂！陸哥，看見了心上人沒有？」

「啊！是你，你來做甚麼？」

他笑道：「我是來跟你道喜的！只是為啥子把鋪面關鎖著？」

「你還不曉得蔡大嫂為護她的男人，著巡防兵打得半死，鋪子也著搶光了？」他也不等再問，便把他從石姆姆處所聽來的，完全告訴了他。說完只是頓腳道：「我害了她了！我簡直沒想到當窩戶的也要受拖累！打成這樣子，我還好去看她嗎？」他只是嘆氣。

走到雲集棧門前，他又道：「早曉得這樣，我第一不該出主意，她曉得了，一定要報復我。第二我該同巡防營一道來，別的不說，她就挨打，或者也不至於挨得這樣凶法。說千說萬，我只是枉自當了惡人了！」

顧天成邀他進去坐一坐，他也不。問蔡大嫂的娘家在那裡？他說了一句，依舊低著頭走了。

第六部分
餘波

一　打開

成都平原的冬天，是頂不好的時候，天哩，常是被一派灰白色的厚雲矇住，從早至晚，從今天至明天，老是一個樣；有點冷風，不算很大，萬沒有將這黯淡的雲幕略為揭開的力量。田野間，小春既未長出，是冬水田哩，便蓄著水，從遠望去，除了乾乾淨淨的空地外，便是一方塊一方塊，反映著天光，好像坡塘似的水田。不過常綠樹是很多的，每個農莊，都是被常綠樹與各種竹子蓊翳著，隔不多遠便是一大叢。假使你從天空看下去，真像小孩們遊戲時所擺的似有秩序似無秩序的子兒，若在春夏，便是萬頃綠波中的蒼螺小島，或是外國花園中花壇間的盆景。

氣候並不十分冷，十幾二十年難得看見一次雪，縱然有雪，也可憐得好像一層厚霜。不過城裡有錢人到底要怕冷些，如像郝公館裡，上上下下的人除了棉套褲棉緊身，早已穿起之外，上人們還要穿羊皮襖、狐皮袍、猞猁猻臥龍袋，未曾起床，已將銅火盆燒好，只是也有點與別處不同地方，就是只管饒火向暖，而窗戶卻是要打開的，那怕就是北向屋子，也一樣。

鄉壩裡的人畢竟不同，只管說是鄉壩裡頭風要大些，但怕冷反而不如城內人之甚。既如此刻正在大路上鬥著北風向祠堂偏院走回去的鄧大爺，還不只是一條毛藍布單褲，高高紮起？下面還不是同暑日一樣，光腳穿了雙草鞋？但上身穿得卻要多點：布面棉襖之上，還加了一件老羊皮大馬褂，照規矩是敞著胸襟不扣嚴的。髮辮是盤在頭上，連髮辮一併罩著的是一頂舊了的青色燕氈大帽。這一天有點雨意，他手上拿了柄黃色大油紙傘。只管由於歲月與辛苦把他的頸項壓弓下去，顯得背也駝了，肩也聳了，但他那赤褐老皺的健康臉上，何嘗有點怯寒的意思呢？

他臉上雖無怯寒之意，但是也和天色一樣，帶了種灰色的愁相。這愁，並非最近塗上的，算來，自女婿被捉拿，女兒被打傷的一天，就帶上了。

他今天又是進城到成都縣卡房去看了女婿回來。去時是那樣的憂鬱，回時還是那樣的憂鬱。不過近來稍為好點，一則是女兒的傷全好了，看來打得那麼凶，好像是寸骨寸傷，幸而好起來，竟復了原，沒一點疤痕殘疾；二則焦心的日子久了，感情上已感了一種麻木，似乎人事已盡，只好耐磨下去，聽天爺來安排好了。

他進了院子，看見女兒正縮著一雙手，烤著烘籠，怯生生的坐在房門外一張竹片矮凳上，金娃子各自坐在土地上，拿著最近才得來的一件玩物在耍。

她仰著頭，毫不動情的，將他呆望著。臉上雖已不像病中那樣憔悴慘淡，雖已搽了點脂粉，可是與從前比起來，顏色神氣不知怎的就呆板多了，冷落多了，眼睛也是滯的，舌頭也懶得使用。

他站在她跟前道：「外面風大，咋個不在堂屋裡去坐呢？」

她搖搖頭，直等她父親進房去把雨傘放下，出來，拿了一根帶回的雞骨糖給與金娃子，拖了一根高板凳坐著，把生牛皮葉子煙盒取出，捲著煙葉時，她才冷冷的有陽無氣的說了一句：「還是那樣嗎？」似乎是在問他，而眼睛卻又瞅著她兒子在。

鄧大娘剛做完事，由灶房裡走出，一面在放衣袖，一面在抱怨牛肉太老了。看見鄧大爺已回來了，便大聲叫道：「曉得你在場上割了些啥子老牛肉？燉他媽的這一天，摻了幾道水，還是幫硬的！」

鄧大爺抬起頭來道：「人家說的是好黃牛肉，我問得清清楚楚，才買的。還是出夠了價錢的哩，三十二個錢一斤！」

兩老口子一個責備，一個辯論，說得幾乎吵了起來。他們的幺姑娘方皺起眉頭，把兩個人一起排擅道：「那個叫你們多事？又燉不來牛肉，又買不來牛肉，你們本是不吃這東西的，偏要聽人家亂說：牛肉補人，牛肉補人！枉自花錢勞神，何苦哩！我先說，你們就再花錢，我還是不吃的。」

鄧大娘連忙說道：「為啥子不吃呢？你還是那樣虛的！」

「不吃！不吃！」她撅著嘴不再說，兩老口子互相看了一眼，男的吧著煙，搖搖頭；女的嘆了口氣，便去將金娃子抱到懷裡。

沉寂了一會，鄧大娘忽問她丈夫道：「蔡大哥的板瘡好完了嗎？」

鄧大爺嘆了一聲道：「好是好完了，聽說還要打，若是不供出來，還要上夾棍，跪抬盒，坐吊籠哩！」

蔡大嫂身上忽來了一陣寒戰，眼睛也潤溼了，向著她父親道：「你沒有問大哥，想個啥法子，把這案子弄鬆一點？」

她父親仰著頭道：「有啥法子？洋人的案件，官府認真得很，除非洋人不催問就鬆了。」

她恨恨的道：「不曉得那個萬惡東西，鴆了我們這一下！」

她母親道：「也是怪事！朱大爺的死信都聽見了，羅老表的蹤跡，簡直打聽不出，要是曉得一點點也好了！」

蔡大嫂看著她道：「你是啥意思？莫非要叫傻子把羅大老表供出來嗎？」

「為啥子不呢？供出來了，就一時不得脫牢，也免得受那些刑罰呀！幺姑，你沒看見喲！我那天去看他，光是板子，已經打得那樣凶，兩條大腿上，品碗大的爛肉，就像爛柿子一樣！還說抬盒，夾棍？……唉！也不曉得你們兩口子是啥運氣！天冤地枉的弄到家也傾了，你挨躉打，他受官刑！……」

蔡大嫂也長嘆了一聲，低著頭不開口。

她媽又道：「說來，咋個不怪你那羅老表呢？要去做出那些禍事來累人害人！他倒乾乾淨淨的跑了，把人害成這個樣子！……」

「媽，你又這樣說，我是明明白白的，他並沒有做那事哩。三道堰出事那天，他在害病，在我床上睡了一整天，連房門都沒有出。」

「幺姑，你還要偏向他呀！你們的勾扯，我也曉得，要說他當真愛你，他就不該跑！管他真的假的，既掉在頭上來了，就砍腦殼也該承住！難道他跑過灘的人，還不曉得自己跑了要拖累人嗎？就跑了，像他們那樣的人，難道沒有耳朵？你挨了毒打，蔡大哥捉去受官刑，他會一點不曉得？是真心愛你的，後來這麼久，也該出來自首了！就不自首，也該偷偷掩掩的來看一下你呀！這樣沒良心的人！你還要偏向他！……」

蔡大嫂初聽時，還有點要生氣的樣子，聽到後來，不做聲了，頭也垂了下去。

「……倒是旁邊人，沒干係的，還有心。你看，顧三貢爺，又不是你們親戚，又不是你們朋友，平日又沒有來往過，說起來，不過是你羅老表賭場上一個淡淡的朋友。人家就這樣有心，光這半個多月，就來看了你幾次，還送東送西的，還說要跟你幫忙，把案子弄鬆。……」

鄧大爺插口道：「說到顧三貢爺，我想起了。你大哥曉得他。今天說起，他問我是不是叫顧天成。二天等他來了，問問他看。」

蔡大嫂抬起頭來，將她父親瞪著道：「大哥曉得他呢？他是叫顧天成。」

「那麼，一定是他了。你大哥認識他的一個兄弟，叫顧天相。說起來，他現在很了得，又是大糧戶，又是奉了教的。」

他老婆站了起來道：「你咋個不早向大娃子說呢？早曉得他是奉教的，也好早點托他了！」

「托他有啥好處？他又不是洋人。」

「你真蠢！奉教的也算是半個洋人了，只要他肯去求洋人，啥子話說不通呢？難怪他說要幫忙，把案子弄鬆？……」

蔡大嫂好像想著了甚麼似的，忽然睜起兩眼，大聲說道：「一定是他！一定是他！……」

二　七次

顧天成到鄧大爺的偏院，連這次算來是第七次。

他第一次之來，挾有兩個目的：第一個目的，也與他特特從家裡到天回鎮的時候一樣：要仔細看看這個婆娘，到底比劉三金如何？到底有沒有在正月十一燈火光中所看見的那樣好看？到底像不像陸茂林所說的那樣又規規矩矩又知情識趣的？並要看看她挨一頓毒打之後，變成了一個甚麼樣子？第二個目的，頂重要了。他曉得羅歪嘴既與她有勾扯，而又是在巡防兵到前不久，從她鋪子中逃跑的，她丈夫說起來是那樣的老實人，並且居於與他們不方便的地位，或許硬不知道他那對手的下落，如其知道，為甚麼不樂得借此報仇呢？但她必然是知道的，史先生不肯連她一齊捉去拷問，那麼，好好生生從她口頭去探聽，總可知道一點影子的。

他第一次去時，蔡大嫂才下得床。身上的傷好了，只左膀一傷，還包裹著在。腦殼上著槍筒打腫的地方，雖是好了，還梳不得頭髮，用白布連頭髮包了起來。她的衣裳，是一件都沒有了，幸而還有做姑娘時留下的一件棉襖，一雙夾套褲，將就穿著。聽說有羅歪嘴的朋友來看她的傷，只好拿臉帕隨便揩了揩，把衣褲拉了拉，就出來了。

顧天成說明他是在賭博場上認識羅歪嘴的，既是朋友，對他的事，如何不關心？只因到外縣去有點勾當，直到最近回來，才聽見的。卻不想還連累到他的親戚，並且連累得如此凶。他說起來，如何的感嘆。仔細問了那一天的情形，又問她養傷的經過，又問她現在如何；連帶問問她丈夫吃官司的情形，以及她令親羅德生兄現在的下落。一直說了好一陣，鄧大娘要去煮荷包蛋了，他才告辭走了，說緩天他還要來的。

第一次探問不出羅歪嘴的下落，隔三天又去。這一次，帶了些東西去送她，又送了鄧大爺夫婦兩把掛面，正碰著她在堂屋門前梳頭。

一次是生客，二次就是熟客，他也在堂屋外面坐下吃煙，一面問她更好了些不？她遂告訴他，是第一次梳頭，左膀已抬得起來了。每一梳子，總要梳落好些斷髮，積在旁邊，已是一大團。她不禁傷心起來，說她以前的頭髮多好，天回鎮的姑姑嫂嫂們，沒一個能及得到她，而今竟打落了這麼多，要變成尼姑了。他安慰她說，仍然長得起來的。她慨然道：「那行！你看連髮根都扯落了！我那時也昏了，只覺得頭髮遭他們扯得飛疼，後來石姆姆說，把我倒拖出去時，頭髮散了一地，到處掛著。……說起那般強盜，真叫人傷心！……」

他又連忙安慰她，還走過去看她腦殼上的傷，膀子上的傷。一面幫著她大罵那些強盜，咒他們都不得好死！一直流連到她把頭梳好，聽她抱怨說著強盜們搶得連鏡子脂粉都沒有了；吃了鄧大娘煮的四個荷包蛋而後去。

第二天上午，就來了，走得氣喘吁吁的，手上提了個包袱，打開來，一個時興鏡匣，另一把橢圓手鏡，還是洋貨哩，特別一些桂林軒的脂粉、肥皂、頭繩，一齊拿來放在蔡大嫂的面前，說是送她的。她大為驚喜，略推了推：「才見幾面，怎好受這重禮！」經不住他太至誠了，只好收下。並立刻打開，一樣一樣的看了許久，又試了試，都好。並在言談中，知他昨天趕進城是剛挨著關門，連夜到科甲巷總府街把東西買好，今天又挨著剛開門出城的，一路喊不著轎子，只好跑。她不禁啟顏一笑道：「太把你累了！」鄧大娘在旁邊說，自抬她回來，這是頭一次看見她笑。

到第四次去，就給金娃子買了件玩具，還抱了他一會。第五次是自己割了肉，買了菜去，憑鄧大娘做出來，吃了頓倒早不晏的午飯。

第六次去了之後，顧天成在路上走著，忽然心裡一動，詢問自己一句話：「你常常去看蔡大嫂，到底為的啥子？」他竟木然站著，要找一句面子上說得過，而又不自欺的答案，想了一會，只好皺著眉頭道：「沒別的！

只是想探問仇人的下落！」自己又問：「已是好幾次了，依然探問不出，可見人家並不知情，在第三次上，就不應該再去的了；並且你為啥子要送她東西呢？」這是容易答的：「送人情啦！」又問：「人情要回回送嗎？並且為啥子要體貼別個喜歡的，才送？並且為啥子不辭勞苦，不怕花錢，比孝敬媽還虔誠呢？」這已不能答了，再問：「你為啥子守在人家跟前，老是賊眉賊眼的盡盯？別人的一喜一怒，干你屁事呀，你為啥子要心跳？別人挨了打，自己想起傷心，你為啥子也會流眼淚？別人的丈夫別人愛，你為啥子要替她焦心，答應替她把案子說鬆？尤其是，你為啥子一去了，就捨不得走，走了，又想轉去？還有，你口頭說是去打聽仇人的下落，為啥子說起仇人，你心裡並不十分恨，同她談起來，你還在恭維他，你還想同他打朋友？你說！你說！這是啥子原由？說不出來，從此不准去！」

他只好伸伸舌頭，尋思：問得真軋實！自己到底是個不中用的人，看見蔡大嫂長得好，第一次看見，不討厭；第二次看見，高興；第三次看見，歡喜；第四次看見，快樂；第五次看見，愛好；第六次看見，離不得。第七次，……第八次，……呢？

他把腳一頓道：「討她做老婆！不管她再愛她丈夫，再愛她老表，只要她肯嫁跟我！……」

他第七次之來，是下了這個決心的。

蔡大嫂又何嘗不起他的疑心呢？

羅歪嘴那裡會有這樣一個朋友？就說賭場上認識的，也算不得朋友，也不止他這一個朋友呀！朋友而看到朋友的親戚，這交情要多厚！但是蔡掌櫃現正關在成都縣的卡房裡。既從城裡來，不到卡房去看候掌櫃，而特特跑幾十里來看朋友的親戚的老婆，來看掌櫃娘，這交情不但厚，並且也太古怪了一點！

光是來看看，已經不中人情如此。還要送東西；聽見沒有鏡匣脂粉，立刻跑去，連更曉夜的買，就自己的兄弟，自己的丈夫，自己的兒子，還不如此，這只有情人才做得到，他是情人嗎？此更可疑了！連來六回，越來越殷勤，說的話也越說越巴適，態度做得也很像，自己說到傷心處，他會哭，說到丈夫受苦，並沒托他，他會拍胸膛告奮勇，說到羅歪嘴跑灘，他也會愁眉苦眼的。

這人，到底是什麼人？問他在那裡住，只含含胡胡的說個兩路口；問他做過什麼，也說不出；問他為何常在城裡跑，只說有事情；幸而問他的名字，還老老實實的說了，到底是什麼人呢？看樣子，又老老實實的，雖然聽他說來，這樣也像曉得，那樣也像曉得，官場啦，商場啦，嫖啦，賭啦；天天在城裡混，卻一臉的土相，穿得只管闊，並不蘇氣；並且呆眉鈍眼的，看著人憨痴痴的，比蔡興順精靈不到多少。猜他是個壞人，確是冤枉了他，倒像個土糧戶，臉才那樣的黑，皮膚才那樣的粗糙，說話才那樣的不懂高低輕重，舉動才那樣的直率粗魯，氣象才那樣的土苕，用錢也才那樣的潑撒！

這樣一個人，他到底為著什麼而來呢？他總是先曉得自己的，在那裡看見過嗎！於是把天回鎮來來往往的人想遍了，想不出一點影子，一定是先曉得了自己，才藉著這題目黏了來！那麼，又為什麼呢？為愛自己想來調情嗎？她已是有經驗的人，仔細想了想，後來倒有一點像，但在頭一次，卻不像得很，並且那時說話也好像想著在說。難道自己現在還值得人愛嗎？沒有鏡子，還可以欺騙自己一下，那天照鏡子時，差點兒沒把自己駭倒；那裡還是以前樣兒，簡直成了鬼相了！臉上瘦得凹了下去，鼻梁瘦得同尖刀背差不多，兩個眼眶多大，眼睛也無神光了，並且眼角上已起了魚尾，額頭上也有了皺紋，光是頭髮，羅歪嘴他們那樣誇獎的，落得要亮頭皮了。光是頭面，已像個活鬼，自己都看不得，一個未見過面的生人能一見就愛嗎？若果說是為的愛陸茂林為什麼不來呢？他前幾個月，為愛自己，好像要發狂的樣子，也向自己說了幾次的愛，自己也沒有十分拒絕他；現在什麼難關都沒有，正好來；他不來，一定是聽見自己挨了毒打，料想不像從前了，怕來了惹著丟不開，所以不來，陸茂林且不來，這個姓顧的，會說在這時候愛了自己，天地間那有這道理？那麼，到底為什麼而來呢？

她如此翻來覆去的想，一直想不出個理由，聽見父親說，此人是個奉教的，忽然靈光一閃，恍然大悟：顧天成必是來套自己口供，探聽羅歪嘴等人的下落，好去捉拿他的。並且洋人指名說羅歪嘴是主凶，說不定就是他的支使，為什麼他件件都說了，獨不說他是奉教的？越想越像，於是遂叫了起來：「一定是他！一定是他！……」

她向爹爹媽媽說了，兩老口子真是聞所未聞，連連搖頭說：「未必罷？陽世上那樣有這樣壞的人！你是著了蛇咬連繩子都害怕的，所以把人家的好意，才彎彎曲曲想成了惡意。」

但她卻相信自己想對了，本要把他送的東西一齊拿來毀了的，卻被父母擋住說：「顧三貢爺一定還要來的，你仔細盤問他一番，自然曉得你想的對不對，不要先冒冒失失的得罪人！」

於是在他們第七次會面以前，她是這樣決定的。

三　腳下

他們第七次會面，依然在堂屋前檐階上，那天有點太陽影子，比平日暖和。

蔡大嫂的烘籠放在腳下，把金娃子抱在懷裡偎著，奇怪的是搽了十來天的脂粉，今天忽然不搽了，並且態度也是很嚴峻的。

顧天成本不是怯色兒，不曉在今天這個緊要關頭上，何以會震戰起來？說了幾句談話之後，看見蔡大嫂眉楞目動的神情，更其不知所措了。

蔡大嫂等不得了，便先放一炮：「顧三貢爺，你是不是奉洋教的？」她說了這話，便把金娃子緊緊摟著，定睛看著他，心想，他一定會跳起來的。

他卻坦然的道：「是的，今年四月才奉的教，是耶穌教。蔡大嫂，你咋會曉得呢？」

第一炮不靈，再來一炮：「有人說，洋人指名告羅德生，是你打的主意！」

他老老實實的道：「不是我，是陸茂林！」

第二炮不但不靈，並且反震了過來，坐力很強，她臉上的顏色全變，嘴唇也打起戰來。

金娃子一隻小手摸著她的臉道：「媽媽，你眼睛為啥子這樣駭人呀！」

她彷彿沒有聽見，仍把顧天成死死盯著，嗄聲說道：「你說謊？」也算得一炮，不過是個空炮。

「一點不謊！陸茂林親口告訴我，他想你，卻因羅五爺把你霸占住了，他才使下這個計策。大嫂，我再告訴你，我與羅五爺是有仇的。咋個結下的仇？說來話長，一句話歸總，羅五爺張占魁把我勾引到賭博場上，耍我的手腳，弄了我千數銀子。我先不曉得，只恨他們幫著劉三金轟我，打我，我恨死了他們，時時要報仇。你還記得正月十一夜東大街耍刀的事不？……」

蔡大嫂好像著黃蜂螫了似的，一下就跳了起來。把金娃子跌滾在地上，跌得大哭。鄧大娘趕快過來將他抱起，一面埋怨她的女兒太大意了。

她女兒並不覺得，只是指著顧天成道：「是你呀！……哦！……哦！……哦！……」渾身都打起戰來，樣子簡直要瘋了。

鄧大爺駭住了，連忙磕著銅煙斗喊道：「幺姑娘……幺姑娘！」

顧天成蒙著臉哭了起來道：「大嫂，……我才背時哩！……本想藉著你，臊羅五爺張占魁們一個大皮的，……我把你當成了羅奶奶了，……那曉得反把我的招弟擠掉了！……我的招弟，……十二歲的女娃兒，……我去年冬月死的那女人，就只生了這一個女娃兒，……多乖的！……就因為耍刀，……掉了！……我為她還害了一場大病，……不是洋醫生的藥，……骨頭早打得鼓響了！……嗚嗚嗚！……大嫂，……我才背時哩！……嗚嗚嗚，……我的招弟哇！……」

蔡大嫂似乎皮人泄了氣樣，頹然坐了下來，半閉著眼睛瞅著他。她後父眼力好些，瞥見她大眼角上也包了兩顆亮晶晶的淚珠，只是沒墜下來。

鄧大娘拿話勸顧天成，但他哭得更凶。

蔡大嫂大概厭煩了，才把自己眼角揩淨，大聲吼道：「男子漢那裡恁多的眼淚水！你女兒掉了一年，難道哭得回來嗎？……盡哭了！真討厭！……倒是耍刀時候，還像個漢子！……你說，後來又咋個呢？」

他雖被她喝住了哭，但咽喉還哽住在，做不得聲。

她臉色大為和緩了，聲音也不像放炮時那樣嚴厲，向他說：「是不是你掉了女兒，就更恨羅五爺了？」

他點點頭。

「是不是你想報仇，才去奉了洋教？」

他點點頭。

「是不是因為三道堰的案子，你便支使洋人出來指名告他，好借刀殺人？」

他搖搖頭道：「不是我！……我原來只打算求洋人向縣官說一聲，把羅五爺等攆走了事的。……是一天在省裡碰見陸茂林，他教我說：『這是多好的機緣啦！要鴆羅歪嘴他們，這就是頂好的時候。你要曉得，他們這般人都是狠毒的，鴆不死，掉頭來咬你一口，你是承不住的。要鴆哩，就非鴆死不可！』我還遲疑了幾天，他催著我，我才去向曾師母說：有人打聽出來，三道堰的案子是那些人做的。

「你因為羅五爺他們逃跑了，沒有把仇報成，才特為來看我，想在我口頭打聽一點他們的下落，是不是呢？」

他點點頭道：「先是這麼想，自從看了你兩次後，就不了。」

「為啥子又不呢？」

他是第一次著女人窘著了。舉眼把她看了看，只見她透明的一雙眼睛射著自己，就像兩柄風快的刀；又看了看鄧大爺兩夫妻，也是很留心的看著他，時而又瞥一瞥他們的女兒；金娃子一雙小眼睛，也彷彿曉得什麼似的將他定定的看著。

她又毫不放鬆的追問了一句。他窘極了，便奔去，從鄧大娘手中，將金娃子一把抱了過來，在他那不很乾淨的肥而嫩的小臉上結實親了一下，才紅著臉低低的說道：「金娃兒，你莫嘔氣呀！說拐了，只當放屁！你媽媽多好看！我渾了，我妄想當你的後爹爹！……」

鄧大爺兩夫婦不約而同的喊道：「那咋個使得？我們的女婿還在呀！」

蔡大嫂猛的站了起來，把手向他們一攔，尖聲的叫著：「咋個使不得？只要把話說好了，我肯！……」

四　世道

話是容易說好的。

他什麼都答應了：立刻就去找曾師母轉求洋人趕快向官府說，把蔡興順放了，沒有他的事，並求洋人嚴行向官府清查懲處擄搶興順號以及出手毆打蔡大嫂的凶橫兵丁；出三百兩銀子給蔡興順，作為幫助他重整門面的本錢；蔡興順本人與她認為義兄妹，要時時來往，他不許對他不好；還要出二百兩銀子給她父母，作為明年討媳婦的使用；金娃子不改姓，大了要送他讀書，如其以後不生男育女，金娃子要兼桃蔡顧兩姓，要繼承他的產業；他現刻的產業要一齊交給她執管；她要隨時回來看父母；隨時進城走人戶，要他一路才一路，不要時，不許一路；他的親戚家門，她喜歡認才認，喜歡往來才往來；設若案子鬆了，羅德生回來，第一，不許他再記仇，第二，還是與蔡興順一樣要時時來往；他以前有勾扯的女人，要丟乾淨，以後不許嫖，不許賭，更不許胡鬧；更重要的是她不奉洋教！

她僅僅答應了一件：在蔡興順出來後就嫁給他。附帶的是：仍然要六禮三聘，花紅酒果，像娶黃花閨女一樣，坐花轎，拜堂，撒帳，吃交杯，一句話說完，要辦得熱熱鬧鬧的！

蔡興順那方的話，她自己去說，包答應。

顧天成歡天喜地，吃了午飯，抱著金娃子狂了一會，被她催了好幾遍，才戀戀不捨的走了。

她父母才有了時候，問她為什麼答應嫁給顧天成？

她笑道：「你兩位老人家真老糊塗了！難道你們願意眼睜睜的看著蔡傻子著官刑拷打死嗎？難道願意你們的女兒受窮受困，拖衣落薄嗎？難道願意你們的外孫兒一輩子當放牛娃兒，當長年嗎？放著一個大糧戶，又是吃教的，有錢有勢的人，為啥子不嫁？」

「你拿得穩他討了你以後不翻悔嗎？」

「能夠著羅歪嘴提了毛子，能夠著劉三金迷惑，能夠聽陸茂林的教唆，能夠因為報仇去吃洋教，……能夠在這時節看上我，只要我肯嫁跟他，連什麼都答應，連什麼都甘願寫紙畫押的人，諒他也不敢翻悔！……我也不怕他翻悔！……就翻悔了，我也不會吃虧！」

「蔡大哥是老實人，自然會聽你提調的。設若你大哥不願意呢？」

「大哥有本事把我男人取出來，有本事養活我沒有？叫他少說話！」

「就不怕旁的人議論嗎？」

「哈哈！只要我顧三奶奶有錢！……怕那個？」

金娃子不知為什麼笑了起來。

鄧大娘默默無言。

鄧大爺只是搖頭道：「世道不同了！……世道不同了！……」

（《死水微瀾》，1936 年 7 月，上海，中華書局）

死水微瀾：

掙而不脫的時代局限，市井小民的愛慾悲歡

作　　者：李劼人
發 行 人：黃振庭
出 版 者：崧燁文化事業有限公司
發 行 者：崧燁文化事業有限公司
E-mail：sonbookservice@gmail.com
粉 絲 頁：https://www.facebook.com/sonbookss/
網　　址：https://sonbook.net/
地　　址：台北市中正區重慶南路一段六十一號八樓 815 室
Rm. 815, 8F., No.61, Sec. 1, Chongqing S. Rd., Zhongzheng Dist., Taipei City 100, Taiwan
電　　話：(02)2370-3310
傳　　真：(02)2388-1990
印　　刷：京峯數位服務有限公司
律師顧問：廣華律師事務所 張珮琦律師

定　　價：299 元
發行日期：2023 年 09 月第一版
◎本書以 POD 印製

國家圖書館出版品預行編目資料

死水微瀾：掙而不脫的時代局限，市井小民的愛慾悲歡 / 李劼人 著 . -- 第一版 . -- 臺北市：崧燁文化事業有限公司 , 2023.09
面；　公分
POD 版
ISBN 978-626-357-539-4(平裝)
857.7　　112011420

電子書購買

臉書

爽讀 APP